麦克米伦世纪 全称北京麦克米伦世纪咨询服务有限公司,由全球最大、最知名的国际性出版机构之一的麦克米伦出版集团和二十一世纪出版社集团共同注资成立。

北京麦克米伦世纪咨询服务有限公司
北京市海淀区花园路甲 13 号院 7 号楼庚坊国际 10 层
邮编:100088　　电话:010–82093837
新浪官方微博:@麦克米伦世纪出版

终 极 战 队

[美] 罗伊斯·白金汉 著　张剑锋　刘莹莹 译

21 二十一世纪出版社集团
21st Century Publishing Group
全国百佳出版社

图书在版编目(CIP)数据

终极战队 / (美) 罗伊斯·白金汉著；张剑锋，刘莹莹译.
-- 南昌：二十一世纪出版社集团，2017.8
ISBN 978-7-5568-2795-4

Ⅰ.①终… Ⅱ.①罗… ②张… ③刘… Ⅲ.①长篇小说—美国—现代 Ⅳ.① I712.45

中国版本图书馆 CIP 数据核字 (2017) 第 139789 号

The Terminals

版权合同登记号 14-2015-087

终极战队 （美）罗伊斯·白金汉 著 张剑锋 刘莹莹 译

编辑统筹	唐明霞
责任编辑	刘晓静
美术编辑	费 广　　排版制作　蒿薇薇
出版发行	二十一世纪出版社集团 (江西省南昌市子安路 75 号　330009)
	www.21cccc.com　cc21@163.net
出 版 人	张秋林
经　　销	全国各地书店
印　　刷	江西华奥印务有限责任公司
版　　次	2017 年 8 月第 1 版 2017 年 8 月第 1 次印刷
开　　本	1/32
印　　张	10.75
书　　号	ISBN 978-7-5568-2795-4
定　　价	25.00 元

赣版权登字 04-2017-449　版权所有，侵权必究
发现印装质量问题，请寄回本社图书发行公司调换 0791-86512056

本书献给我 13 岁的儿子——阿斯彭·白金汉。他是我忠诚的试读员，恰好也是《终极战队》的目标受众。小家伙，谢谢你所有的建议。

我还要感谢贤内助卡拉，以及年仅 9 岁却直觉敏锐的艾登，艾登参与了餐桌前的"头脑风暴"，贡献了很多点子。

最后还要向凯莉、凯特琳、开普敦·埃里克、戴夫博士以及众人大声说一声谢谢，感谢你们在我写作的时候，抽空阅读并提出中肯意见。

卡姆的歌单 ▶

♥ 42   👤 8   👍 352

▶ 1.《你好，格林先生》 演唱：堕落天使 　17

2.《路杀动物》 演唱：自杀松鼠 　27

3.《棍棒有灵》 演唱：狗喘 　36

4.《欢迎来到动物园》 演唱：矮胖猴道 　44

5.《闻着像星期一》 演唱：人造奶酪 　57

6.《宣　誓》 演唱：玩具彩虹圈 　69

7.《嘿，我知道这首歌》 演唱：无名氏 　79

8.《冰雪消防员》 演唱：大嘴巴 　86

9.《我爱培根》 演唱：美食家 　92

10.《悄声细语》 演唱：好啦，肯奇 　98

11.《爱的节奏在推》 演唱：丽莎跑了 　103

12.《高烧少年》 演唱：风铃和恩典 　113

13.《第六时祷告和我》 演唱：水手Z 119

14.《见面打招呼》 演唱：哪一段旋律 127

15.《混　乱》 演唱：魔鬼守护人 139

16.《装满灵魂的背包》 演唱：C.白杨·B. 148

17.《漂》 演唱：咕噜咕噜 155

18.《不准打我》 演唱：212区 159

19.《破碎的心》 演唱：乡下人 162

20.《休息时间》 演唱：笨蛋机器人 171

21.《演出焦虑症》 演唱：痴迷 180

22.《仓鼠滚轮》 演唱：毛茸茸的兔宝宝 189

23.《曝　光》 演唱：呼吸 196

24.《野蛮生长》 演唱：幸运儿 203

25.《我的或者你的心》 演唱：爱情这玩意儿 209

26.《骰　子》 演唱：穿一只鞋的无厘头先生 214

27.《没错儿，整我吧》 演唱：就这么开始啦 221

28.《无尽的虚无》 演唱：死亡信徒   231

29.《希望与改变》 演唱：那个古怪女孩   243

30.《爆 炸》 演唱：真见鬼   255

31.《没门儿！》 演唱：钓鱼去   263

32.《踩 水》 演唱：盲人给盲人指路   266

33.《这只小猪》 演唱：吱吱叫的轮子   274

34.《飞 》 演唱：畏惧   283

35.《告发你》 演唱：击鼓少年   289

36.《伟大，伟大》 演唱：水上飞机   299

37.《束 紧》 演唱：狩猎日   306

38.《放你走》 演唱：黑鸦   313

39.《愤怒女孩》 演唱：茧子   318

40.《用类固醇的我》 演唱：瘾君子之邦   322

41.《深入腹地》 演唱：蒸汽朋克   328

42.《我们一起孤单》 演唱：平面地球社   335

序　幕

　　身体被强化之后，她变得比他们更快、更强壮，但对方人
多势众，她又没有任何武器。

　　西耶娜逃离藏身之处，越过朽烂的圆木，避开危险的灌
木丛。茂密、湿重的树冠遮蔽了百分之八十的阳光，使得这里
即便在白天，也漆黑一片。她那双比普通人略大的瞳孔扫视
着四周，分辨着每一条可能绊倒她的根茎、每一个可能撕裂她
血肉的树刺。她赤裸着少女的双脚，在林间轻盈穿越，寻找平
坦、松软的大地。

　　西耶娜张望四周，想找一根可以做木棍的树枝，她赤褐

色的长发此时顺势左右飘动起来。已没有时间停下来折取树枝了，因为她听见，在距离她不足二十米的地方，他们的网球鞋正发出轻微的脚步声。

她来到一处枝叶相对稀疏的地方，上面透着隐隐约约的阳光。她抓住一段低垂的树枝，一跃而起，翻身攀上树干，开始向上攀爬。她身后的地面很快变得昏暗模糊。有那么一瞬间，她觉得自己很聪明，可下一秒，她无意间惊动了一只橙色的小猴，小猴逃走时的尖叫声穿透树林。想必他们已能锁定她的确切方位——他们头顶上方十米高的树上。

西耶娜赶紧离开相对安全的树干，蹑手蹑脚地走向一段粗树枝。树枝渐渐变细，并且开始在她身体的重压之下弯曲。可她仍完美地保持着身体的平衡，堪比芭蕾舞者，甚至做得更好，只不过，她这种状态持续不了多久。"逃离"意味着再也得不到"TS-8"药剂，她超乎常人的能力也将逐渐消退，直至与常人无异。至于身后那些追兵，他们的强化才刚刚开始。然而，只要能换来一线生机，她就觉得一切都值得。

一支飞镖"嗖"的一声从下方射来，击中细细的树枝，距离她的脚边只有几厘米。只见飞镖向树枝注入一股墨色液体，她很清楚那是什么。他们已经近了，下一镖很可能就会射中她。这时，只见细枝如颤悠悠的跳水板一般略一下沉，她的双腿压低树枝，然后趁着柔韧的树枝向上回弹之际，她顺势一跃而起。

要想像猴子那样在林间跳跃，垂直定向至关重要。只见她飞身跃向下一棵树，那棵树的枝杈与上一棵树部分重叠，不过它们的前端细得实在无法承受她的重量，她必须迅速换到更粗壮的枝干上。如果一个人没被强化过，并且不经助跑就想跳七八米远，是不太可能的。不过她是强化人。只见她冲破层层细枝的屏障，细细的枝条纷纷弹在她的脸上，在她的额头、双颊划出长长的血痕。这些伤痕定会吓坏寻常的女孩，因为她们还得参加正式的社交活动，或者在姐妹联谊会上留影纪念，可此刻西耶娜毫不在乎。她猛地穿过树冠，腾身飞向主干旁边的粗树枝。她歪头避过即将扎进她右眼窝的树杈，全神贯注地用双臂朝两根树枝抓去。在手掌轻触树枝的瞬间，她便牢牢抓住它们，并顺势甩动身体，腾空而起，离地面十来米高的树枝被她身体的重量坠得咯吱作响。

来不及庆祝这成功的一跃，西耶娜继续向远处冲刺。她猛地一发力，纵身跃上树干，继而迅速向上攀爬。穿过浓密的树冠，她又重见天光。她回头看去，两条黑影正从下面爬上来。身后的夕阳低垂，暮色勾勒出了他们的轮廓。她转过身，脚尖沿着另一段枝干向东疾奔，在临近柔韧纤细的树梢时，再次纵身跃起。

西耶娜在树顶之间穿行，每一次腾跃都会获得新的体会，不久之后，她的身法就变得十分娴熟了。她渐渐甩开了追兵，然而直升机的旋翼仍在远处呼啸、盘旋。她心头一沉，意识到自己拉开的这点儿距离优势根本不值一提。一旦飞行员发现她，直升机将瞬间而至，它可比她速度快，快太多了。她愁眉不展：看来藏身树冠并不比在地面上安全。

前方，海洋映入她的眼帘，如同带着褶皱的海蓝色毯子，在树林的尽头向远方铺展开去。西耶娜向海的方向跳跃，攀上足以观察海岸全景的高处。这片树林以北，有一处十五米高的悬崖临海而立，崖石嶙峋，峭岩突兀。她掠过树枝，向悬崖的方向跳去。在平稳地落在枝头之后，她再次跃起，并借着向下的冲力提高了自己的速度。她回头一看，追兵也已回到地面，只是仍对她穷追不舍。她暗忖：必须甩掉他们，或者干掉几个以儆效尤。她倾向于第二个选项，但要对付这些装备齐整的追兵，她最多只有五成的胜算。她能听见直升机正在靠近，飞行员已经发现了她，可能是追兵用无线电通知他的，总之，对方此刻正从空中追踪她。

地面上的追兵超过两拨，刚才上树的那两个人恐怕只是先遣队。她在心里盘算着自己的优势：速度、力量与灵活性。优势不多，对手不少。不过，对树林的熟悉程度也是她的一项重要优势。她已经在这里待了将近一年，新人大都不会待这么久。她脚点着树枝跳跃，冲破树叶的阻挡，重回地面，继续奔跑。这样一来，直升机就看不见她了，其他人自然不得不奔跑着追赶她。

西耶娜听见身后传来树枝折断的声音。这些新人笨手笨脚的，却一直在朝她逼近。她的脚底板血肉模糊，要是穿着鞋子，她早就轻松地甩开他们了。她向悬崖跑去。那里有一处秘密藏身之所，是她在受训时无意间发现的。

现在，她都能听到追兵的喘息声了。那两个人离她很近，其中一个人已近在咫尺。她发现了一棵很眼熟的树，并辨认出了一片白斑灌木。越过灌木丛，悬崖随即映入眼帘，而她已经做好了准备。

西耶娜借着惯性向下方坠落，不过保持着头上脚下的姿势。就在下坠到与崖壁上一处小山洞平行之际，她把身体翻转了 180 度，同时迅速伸出双手抓取树木以减缓自己下坠的速度，紧接着，只见她身形一晃，借势将自己甩入了洞穴之中。她的身体擦着山洞的地面，重重地撞在岩洞的壁上。这一撞把她疼得够呛，但她并没有叫出声来，相反，她紧咬嘴唇，屏住呼吸，安静地等待着什么。

上方传来一阵急促的脚步声，接着传来一声惊呼。

那个因为对地形不熟悉而紧随着西耶娜坠崖的男孩年龄和她相仿，大约 19 岁的样子，和她在另一种生活里（就是过去的生活）约会过的男孩子差不多。只见他手里攥着一支飞镖，仿佛将它当成了救生索，可惜它不是。就在男孩发现峭壁上的洞穴，与西耶娜四目相对的一瞬间，他的眼中出现一丝夹杂着惊惶的醒悟。男孩继续下坠，双臂在空中乱舞。他扔掉飞镖，试图抓住峭壁上的枝条，只是他的双手不是与它们擦边而过，就是把它们也拽了下去，他无法止住自己的下坠。他想调整成头上脚下的下坠姿势，但水平坠落的身体已不听他使唤。下坠途中，他的脑袋"砰"的一声撞上一块凸起的岩石，类似于椰子砸在地面碎裂的声音遽然响起。西耶娜没有探身查看，也没有这个必要，一切已然结束。

她知道，其他的追兵会下去查看的。如果他们搜查这片区域，迟早会发现她。于是，她迅速脱下背包，朝着悬崖下的尸体扔了过去。在片刻之前，那具尸体还是一个活生生的少年。

　　就在海浪即将把那个装有西耶娜的逃生必需品的背包与男孩的尸体卷走之际，上方的悬崖又响起一阵脚步声。西耶娜听力极其敏锐，立刻听出这种由靴子发出来的脚步声比上一拨人的更沉重——这是成年人特有的脚步声。只听脚步停止，一时之间，四周无比寂静。片刻之后，无线电接通的声音响起。沉重脚步声的主人开始汇报悬崖这边的情况。

　　"我是私人教练。"这是一个男人的声音，"西耶娜的学期已经结束。此外，我很遗憾地向您报告，皮特在她之前毕业了……"

　　西耶娜环抱双膝，躲在隐秘的洞穴里。大海无情地完成了清理工作，留下一片空荡荡的海滩。

　　"看来我们得再找一个孩子了。"那个声音继续说。

卡姆的歌单

1.《你好，格林先生》 🔊
演唱：堕落天使

2.《路杀动物》
演唱：自杀松鼠

3.《棍棒有灵》
演唱：狗喘

嘿，我带来一些消息。

不全是好的，但都是真的。

上帝可把我玩惨了，卡姆心说。

医院里，卡姆躺在一张可调节的病床上，耳机里传出的音乐低沉而缓慢，像是他的挽歌。卡姆今年19岁，本该在西华盛顿大学的足球队担任首发右边锋，被人唤作"僚机"。

他翻身看了一眼心率监测仪。监测仪发出平稳的鸣叫。他心想：起码这一刻，我还活着。

他觉得自己不该躺在床上，也不该待在医院里。他应该为几个星期之后的花园街聚会做好准备，应该为一个月后的返校日舞会搞一件无尾晚礼服，并在学期结束时位居优秀学生之列。更重要的是，本学期他应该同克丽丝蒂·班克斯以及另外五个朋友合租一栋可以夜夜办派对的超棒房子。该死的克丽丝蒂·班克斯，见鬼，他本该找个女朋友，本该读完大学，面试找工作，然后开创一番事业的。

他不该在这里等死。

他身旁，模制塑料导轨上的冲压金属标签刻着"硬脑膜护理充气床"几个字。他给这床起了个"奴摩"的名字。奴摩可以帮着病人调整出 124 种令人舒适的姿势。在刚来的一个小时里，卡姆就通过触屏控制系统把所有的姿势都试了个遍。奴摩舒服得简直令人不安。

"难怪人们都来这里度过生命的最后时光。"卡姆心想，"这里样样都好。在最后的生命里，这里把人伺候得舒舒服服——舒服得要命的床，想吃什么就吃什么，不管想做什么都有无线遥控器的辅助，再加上一点儿能帮人放松的药物，告别了，世界。搞定！下一位，请上前。"

还有，门外的 3C 走廊寂静而空旷。白花花的墙壁让走道看起来宽得吓人，声音回响如同置身峡谷一般。每天早晨还能闻到漂白剂的味道。走出自己的房间时，他觉得好像走进了被全部刷成白色的往生世界。3C 走廊是医院的"死亡侧廊"，这个别名是医务人员背着病人用的。

门外的喧闹是他爸妈的哭声，他们以为他听不见。其实，他听得见。这太令人尴尬了，像印花的患者手术袍一样。

卡姆没法不抱怨：谁能来告诉我，我不会死在这里？

可惜的是，当他想到这种事的时候，就已经被下了死亡通知。考试得高分，为新学期做准备？提高带球技巧，好在季后赛中大显身手？都不用考虑了。至于女人，更是不用想了。在青葱岁月里，他是没什么异性缘的好哥们儿，甚至帮几个朋友追到了女生。现在，他好不容易强壮了一点儿，知道怎么给自己纤细的金发做造型，不必当个顶着锅盖头的傻瓜了（秘诀就是喷发胶），可一种听都没听过的怪病就跳出来要让他一命呜呼。

所幸，还好有克丽丝蒂，他心想。也许，她是自己临终黑暗里的唯一一丝光明。当他第一次坦露自己的病情时，她真真切切地为他难过了好一阵子。在整场午夜电视秀里，她一直与他相拥着躺在沙发上。也许，用不了多久他们就能接吻了，甚至吻个够。

这时，响起了一阵近似愧疚的礼貌敲门声。是克丽丝蒂，很准时。他用被子盖住了漏风的花病号服。

"嘿！"卡姆答道，他随即觉得这样回应太自大，有点儿惹人厌，于是改口道，"我是说，请进。"

门开了，金发的克丽丝蒂·班克斯探头进屋。"现在方便吗？"她问。

除非你想在我快死的时候再来，卡姆心想。

克丽丝蒂溜了进来，但人还贴着门。她穿着紧身短袖牛仔T恤和牛仔裤，脚踩高跟鞋。一头蓬松的金发垂至双肩，再顺着她的曲线向下延伸，如同蜿蜒在山间的欢快小溪。卡姆情不自禁地看着她。他听见一阵急促的鸣叫声，赶紧丢了条毯子盖住那泄露他心事的心率监测仪。

"当然方便。"卡姆答道，"谢谢你来看我。"

"贝琪说我应该来。"克丽丝蒂解释着,"我是说,我也想来,但是不确定这样到底好不好。"

"好得不能再好。"

克丽丝蒂有些犹豫,似乎被这些医疗设备吓到了。试管与电线仿佛圣诞树上的彩灯,"装扮"着卡姆。

"我知道自己看起来像个牵线木偶。"卡姆说,"不过这病不传染。"

克丽丝蒂努力挤出一丝微笑。"当然不传染。"她走到床边,并没有与他热吻,连吻一下都没有。两人靠得很近,近得卡姆都能闻到她用的洗发水有一股化学合成的苹果香。

"你感觉怎么样?"她问道。

"感觉好得很诡异,连我的私人医生都认为我很健康。可是,这个专家给我做了一次 CT 扫描,在我脑袋里发现了一个肿瘤。不过,说真的,我想穿着内裤去霍特科姆瀑布公园游泳,你能开车送我去吗?"

"你的病难道不严重?"

"好吧,如果你是指这个,那我的确是快要死了,但是病情一时还不会恶化。今天我来这儿只是让专家做一次更全面的检查,明天就能出院。"

克丽丝蒂点点头,仔细问道:"整个学期你都不用住院吗?"

这个问题听起来很怪,卡姆随即就明白了她究竟要问什么。克丽丝蒂站在那里,长长的假指甲轻叩着"奴摩"的金属栏杆,等待着答案。卡姆觉得体内另一个瘦弱的自己觉醒了。他想和那个自己搏斗,但做不到。

"如果你要找个新室友，我能理解。"最后，他说。

克丽丝蒂看上去有些吃惊，但是没有争辩："真的吗？因为本·理查兹需要一个住处。"

当克丽丝蒂提到本·理查兹的名字时，卡姆发现她的双眼游离不定。他苦笑了一下。"完全不是问题，"卡姆补充道，"真的。"

"你真是个好人。"她差不多都要搂住他了，但电线隔在他们中间。最后，她轻轻拍了拍他的肩膀，又问了一些让人不自在的问题，卡姆还说了几个蹩脚的笑话，但他们始终没有接吻。

"好了，我该走了，你好好休息。"克丽丝蒂说。这次她拍了拍他的手肘——另一个让他毫无心跳感的部位。之后，她缓步走向房门，同时摸索着裤兜里的粉色手机。

"整个早上我都躺在这里，一点儿也不累。"

"但也许需要一些时间好好想想吧？"

卡姆倒觉得是克丽丝蒂需要些时间好好想想，到底该打电话给哪个返校日舞会当晚不会躺在医院里奄奄一息的男生。本·理查兹？也许吧。

"来见你，我很开心。"她说。

卡姆挤出一丝微笑："我也很开心。"

她躲了出去。卡姆能够听见她逃离3C走廊时按手机的声音。

房门就要关上时，卡姆的姐姐翠茜正好推门进来。翠茜比卡姆大5岁，年纪既没小到能和弟弟做同龄朋友，也没大到对他生发出母性本能，结果就是，她觉得弟弟很烦。她没上过大学，不是那块料，平时住在镇子靠近高速公路那边外形千篇一律的一间小屋里，在商场边的成衣店里卖衣服。

翠茜站在卡姆的床边，差不多就是刚才克丽丝蒂站着的地方。

"如果以前我对你有什么地方不好，对不起。"她说。

她没具体说是什么事情，仿佛这个道歉就是要一股脑儿涵盖所有曾经对他说过的刻薄话、做过的难堪事。这句话虽然十分简短，但卡姆很清楚，姐姐一定提前想过怎么措辞，因为这句话里包含着她并无愧疚的懊悔以及不屑的挑衅，以便让卡姆明白她说这句话是奉了父母之命。她很快说完，之后便等着弟弟接受道歉。

"好，谢谢。"卡姆说着，心想：姐姐恨了自己一辈子，就这么轻易放过她真不公平。可他也知道，如果不接受道歉，姐姐肯定会立即向父母抱怨。他可不愿在人生的尽头为了这种事再耗上一个小时，并让父母来做他俩的调停人。

卡姆心想：那可就太婆婆妈妈了。

翠茜发表完简短的演讲，就站在那儿大声地嚼口香糖。她吹起一个小泡泡，泡破了，在她嘴唇上留下一块粉色的斑点。她说话的时候，斑点也随之一起一伏。

"我们知道你的病以后，感觉什么都变糟了。"她说。

"嗯。"卡姆也认同。

"老妈和老爸那里一团糟。每次我要和他们谈点儿要紧事，他们立马哭得一塌糊涂。"

"那还真是麻烦。"

"你不用担心这个，得病不是你的错。"

"嗯，我也不想生病。"

"你真有趣，我会想你的。"

"我不会马上就死掉的，还会再活……大概……一年吧。"

"哦，是吧。我是说，那之后我会想你的。"

没有拥抱，也没有轻拍肩膀，可卡姆并不觉得被冷落。自从姐姐到了青春期并定下"别碰我"的规矩后，他们就没再有过身体接触，哪怕是饭桌上递黄油的时候。卡姆体内那个瘦弱的自己依旧潜伏着，劝他不要因为这个而把事情闹大。翠茜好像在等卡姆说也会想念她，但卡姆不认为自己有这个念头，再说，他也讨厌撒谎。

"感谢你来看我。"他说。

"没事。"她竭力笑得温柔一些，"我只是上班途中顺便过来看一下。"

访客一批接着一批。

足球队的几个队友来看他，还带来了他的队服。19号，正好是他的年龄。球衣被整齐地折好放在展示盒内。除非为了应急而打碎玻璃将它取出，否则队服会永远保存在里面。紫色天鹅绒的底衬上，用亮银色潦草地写着"僚机"的绰号。卡姆装出一副很喜欢的样子。

之后，卡姆的姨姥姥和姨姥爷到了。他们年纪非常大，"在卡姆还没降生以前就认识他了"，卡姆也不太明白这是怎么一回事。老人说起他们所知道的快死于各种疾病的其他人，还用干枯的手抚摩他的脸颊，他们的手如冰冷的收割机。卡姆已经烦了，不想再说自己感觉还好，至少现在是这样。看到他的病情没有更加痛苦或者更为有趣，两位老人似乎还有些失望，所以卡姆开始编造一些奇怪的感觉。他告诉他们，有时他觉得有蜘蛛在他的头发里钻，并一脸严肃地说自己最近有过绿色粪便。直到姨姥姥告诉了护士，护士急匆匆赶来检查他出了什么问题，他这才停止胡说八道。

最后，梅森走进房间。梅森这个人，和卡姆同岁，住 24 小时噤声宿舍；不踢足球，却喜欢玩"英雄传奇在线"。梅森不太可能会去参加返校日舞会。从上小学起，梅森就住在卡姆家南边第三栋房子里。他每星期六早上都来敲卡姆家的门，看看卡姆能否出来一起玩。两人在 11 岁时一同加入了童子军。上五年级那年，梅森为陪刚做了扁桃体切除手术的卡姆玩陆战棋，甚至没参加学校年底组织的水上乐园之旅。现在大家都上了大学，平时也不怎么在一起玩，但梅森不会因为卡姆有了球场上的朋友而抱怨，依旧时不时在星期六来敲他家的门。

"病号袍挺好看呀。"梅森说。

一天下来，卡姆头一回笑了："你喜欢吗？要是你想要，我想他们有你的尺码。"

梅森也笑起来。他双手各伸出两根手指指向两侧的太阳穴，嘴里哼哼着，做了一个读心术式的动作。之后，他沉默下来，研究着心率监测仪和从床上垂下的心率图纸。"有没有看过别的医生？"

"那家伙是专家，这是他的本行。"

"那你现在有什么对策？"

"什么意思？"卡姆说，"明摆的事，我接受治疗。"

"我听说治疗也救不了你。"

"对，可能性很低。"

"希望发生不可能的事情，这不一定是该做的选择。"

"你有什么建议？"

"有没有打同情牌和谁好上？"

"试过了，不管用。"

"克丽丝蒂？"

"嗯。"

"不错，你尝试过了，好样的。"梅森轻拍自己的窄下巴，"你知道的，你一直都是一个'行动者'，卡姆。我记得我们读高中的时候，你主动请求让我们的小破乐队在年终聚会上表演，就只是为了吓得我们一个劲儿地练习。"

"对，你那时都气疯了。"

"但这件事让我们都变得更好。"梅森说，"是被逼着做的违心事中我做得最好的一次。"

卡姆瞧着朋友的脸，对方脸上没有一丝嘲讽之意。

"你这么一个行动派躺在床上，什么也做不了，想想真是古怪。"梅森接着说。

"我也感觉怪怪的。"

"那么……做点儿什么。"

这时，辛格医生走进病房，他就是肿瘤病专家。

"我希望，你为我最关心的病人提出的建议，不要和我的建议相左。"医生笑吟吟地说。

梅森又向卡姆做了个读心术式的动作。"这个邪恶的医生判了你死刑，等我有了消灭他的计划，我会马上回来的。"他朝辛格医生眨眨眼，然后精神抖擞地离开了。

辛格医生走到床边。他是印度裔，印度的印度人，不是美国原住民印第安人[①]。他没有一上来就告诉卡姆他快要死了，事实上，这个永远神采飞扬的医生微笑着走进来告诉他首轮检测的结果。微笑！他有一副专家的派头以及专科医生的信誉，他飞回来就是为了卡姆这个病例，他对这种病了如指掌，当地医生都对他敬而远之。

"你是个不同寻常的范本。"他操着浓重的口音说。很显然，他遍游全美，为的就是找寻卡姆这样的病例。自信的家伙，还很友好。不过，"不同寻常"对于卡姆的病而言可不是什么好事，微笑也没有阻挡这位四处游历的医生说出最后的结果：死亡。一年或者更快，百分之九十的可能性，在卡姆心目中这就等同于百分之百。

"我还想做一些别的测试。"辛格医生说，"我们希望……"

卡姆假装听着，其实他早就看过大脑里致命肿瘤的模糊影像。书上说，假如在那个部位有芸豆状的肿瘤阴影，就说明你死定了。卡姆觉得，肿瘤看上去更像个梨子，他心里很清楚，在主要体感皮质层，无论出现什么食物状的阴影都是个坏消息，其他的全无关痛痒——疾病的名称也好，它的生成机理也罢，以及为什么疾病会选择毁掉他的人生，这些都不重要。不知道，不关心，不听。他只知道，自己肯定没办法出去闯荡了。

[①] 英语中，印度人与印第安人均为"Indian"一词，故而原句中对此加以补充说明。——译者注，下同。

卡姆的歌单

2.《路杀动物》 🔊
  演唱：自杀松鼠

3.《棍棒有灵》
  演唱：狗喘

4.《欢迎来到动物园》
  演唱：矮胖猴道

想在街上玩，
就得脚步轻快点儿。

　　太阳抛下卡姆，逃出了西面的地平线，但卡姆还没睡着。相反，他的思绪在半梦半醒间徘徊，感到将要有事发生，但是又看不清，无法阻止它发生。他缓缓移动，像在沙中行走，身边还坐着一个奇怪的家伙……

　　卡姆睁开双眼。一个奇怪的家伙，身穿棕色连身衣，戴着皮手套，正坐在自己的床边。很显然，这人既不是医生，也不是护士，而且探访时间早在两个播放列表之前就结束了。他看上去三十来岁，身材挺匀称，不胖不瘦。两只耳朵发炎似的泛红，头发支棱着。卡姆心想，这头发乱得像是套过头戴式耳机。这人赫然出现在卡姆床边，像在检阅他。

卡姆猛地坐了起来。"嘿！伙计！搞什么鬼？"

"卡姆，你现在感觉如何？"男人泰然问道。

"你是医生？"

"我看上去像医生吗？"

"不像。那你是谁？"

"我是给你带来一个好机会的人。"

"看来你还不知道。"卡姆边说边靠回枕头，"我恰好刚刚失去了所有机会。"

那人咧嘴笑起来。"哦，我听说了，还看了你的健康记录、医疗报告、标准化测试成绩以及志愿服务申请。这几天我忙坏了。我甚至看过你的球队数据——去年没有得分，但有六次助攻，你是团队型选手。你的成绩单说明，你用心听，谨遵教导。"

卡姆这下彻底清醒了，一只瞌睡虫也不剩。他扬起眉毛。"真了不起！这么说，你是咨询师？"

男人点点头。"从某种意义上说是的，不过我做的不止这个。"

卡姆不需要咨询，但也不想表现得粗鲁，于是并没有打断那人的话。

"在我看来，你可以在日渐衰败中慢慢度过生命中的最后一年：每星期一次来这儿接受难受又无用的治疗，直至最后一次爬上这舒适的调节床，就像一只爬到门廊下等死的猫……"

"哎呀，"卡姆打断了他的话，"你不是来这里幸灾乐祸的吧？"他用怀疑的目光审视着那人，"听上去你接下来还要说'或者'。"

"聪明。"男人又咧嘴笑起来，"或者你可以加入我们的组织，来救助和你一样的人。"

卡姆摇摇头。"果然被我猜中了。抱歉，我可不想因为自己快要死了就加入宗教团体。"

"哈，我们所招募的青年男女可是很特别的哟，他们前往异国他乡，车飙起来飞快，还会从飞机上往下跳……这听上去是不是更有趣一些？"

卡姆不由得有点儿兴奋起来："对，有点儿意思。"

"卡姆，在生命的最后一年里，你想干点儿什么？"

"我不知道。踢足球，找女朋友，也许所有你提到的酷玩意儿。"

访客轻声笑了起来："还有呢？"

"别的还能有什么？"

"随便，说说看。"

"钱吧？或者至少是钱能买来的东西。"

"没问题。"

"超级好吃的？很棒的健身锻炼？"

"当然可以。不过，这些都只是物质方面的。你想要做什么？成为什么样的人？"

"好吧，反正也是做大梦，我猜我想当主角。你知道的，大干一场，抱得美人归，诸如此类的特别俗的事。"

"你想成为英雄？"

"可以这么说。"

男人点点头。"嘿！好，说得好，我们正要招募一批青年精英。你，还有其他九个像你这样的年轻人，都是恶性胶质瘤患者，都将不久于人世，也都具有超凡的天赋。如果你加入，我们就会训练你，派你参与机密行动，执行秘密任务，这非常危险。不过话说回来，没什么比你正在面对的更加危险，对吧？"卡姆没有回答，男人接着说，"我不是在许诺你会重获新生，卡姆，你依旧会死。但是，我们给你一次让自己与众不同的机会，让你最后一年的生命活出精彩。"

卡姆觉得自己心跳加快。他瞟了一眼心率监测仪，心率上升，超过一百，数值比克丽丝蒂·班克斯在的时候还要高。"你们那是什么组织？"他问道，"培养小间谍的许愿基金会？"

"如果你这个粗略的概括能帮你理解我说的话，那就是吧。这是一份承诺，能让你在世界上仅存的日子里做些有意义的事，承诺的时限为……"

"让我猜猜看，一年。"

"对，或者直至你死亡，看哪个先到期喽。"

"这简直是疯了。"卡姆看不透这男人。他直言不讳，没有半点儿花言巧语，诚实得有些古怪。"我怎么知道你说的是真的？"

"昨天你家人收到一封信，信上说，如果你死了，他们就有资格依照相关信用卡保险条款继承25万美元，那保险条款连你自己都不知道，对吧？"

卡姆点点头，纳闷对方怎么会知道家人收到了哪些信件。

"是我们寄的，你的信用卡公司并不提供这样的条款。如果你拒绝加入组织，那封信就会变成垃圾邮件，但是，如果你签字加入，这笔钱就会在两至三星期内到账。"

卡姆再次挑眉，扑克脸也难以维持下去了。这笔钱听起来像推销的夸大宣传，但是他也不得不承认，这的确是个诱人的提议。父母能够借此颐养天年，或者帮他那讨人厌的姐姐买套房，过上正经的日子。

"你就为了我这剩下的半条命给我家里人寄了张 25 万美元的支票？"

"我们更喜欢说'浓缩'的生命。"

卡姆不知道是否应该相信这家伙。整件事情离奇得吓人，但又不像是假的，实在需要好好考虑。我需要点儿时间，他想。

男人点点头，打量着卡姆的反应。"慢慢来。"他说，像猜出了卡姆的心事一般。"好好想想。待会儿，五点的时候，我还会回来的。你只有一次加入的机会。"

"我得和朋友、家人谈谈。"

男人摇摇头："不，你不能和他们谈。事实上，如果你告诉其他人，我就不会再回来。"

"但是我心里有疑惑。"

"那么，我们有答案。晚安。"说完，他便站起身走了出去。

卡姆费劲地将自己从监测仪器的线缆和被褥中挣脱出来。片刻之后，他站在犹如空洞穴一般的 3C 廊道中，正巧护士刚休息回来。

"他去哪儿了？"

"谁去哪儿了？"

廊道空空如也，男人踪影全无。

"好吧……"卡姆走回自己的房间，躺在床上，盯着天花板。是时候听点儿音乐好好考虑一下了，他心想。他按下播放键，将耳机深深塞入耳朵。

卡姆在床上辗转反侧，一眼瞥见了时钟。都快4点55分了，还是没有人来。他心想，那家伙不回来了，这根本就是个愚蠢的梦，是他沮丧的情绪虚构出来的故事。不过卡姆并不会因为做了这奇怪的梦而自责，毕竟，他才意识到自己快要死了，这种事肯定会把人给搞蒙。事实上，他估计做噩梦在这个侧楼里非常普遍。

不久他听到了敲击声，是从窗户外面传来的。不是门，是窗户。这听起来也许不算是很古怪的事情，窗户可在离地面12米的地方。

时钟显示现在是凌晨4点59分。

卡姆离开舒适的奴摩，踉跄着爬到一张椅子上，以便看到外面的情形。玻璃窗外有一张脸——千真万确，就在四楼的窗外，倒着的一张脸——是那个身着连身衣的男人。他指指自己的手表，卡姆打开了窗户。

"该做决定了，"男人说，"接受还是拒绝？"

卡姆整晚都在考虑，但还是无法下定决心。他的心头思绪万千。现在招募人就在面前，像蜘蛛人一样荡在四楼的高空。卡姆不得不承认，这很酷。对方所代表的组织需要他——

卡梅伦·科迪①，而克丽丝蒂却不需要他，他的足球队也没有将他列入未来的发展计划中。如果毕业时他病得都没法工作了，更没有什么潜在雇主会让他参加第二轮面试。事实上，再没有什么人会为了任何事而选中他。

卡姆点点头，男人也点了一下头以示回应，一切就这么定了。

招募人一个翻转正过身来。从连身衣的一个口袋里掏出迷你喷灯，开始拆除窗户外的安全网。他切断一根铆钉，空气中散发出刺鼻的灼烧味，他说："你得离开这里。我会把你绑在我背上，如果你头晕，就别往下看。"

他扯松了安全网，将卡姆拉了出来。当男人用一根尼龙绳将他绑在自己身上时，卡姆仿佛一只受惊的猴子紧紧地抓住对方。之后，男人又若无其事地将安全网焊回原处。

"我们会伪造你的死亡。"他说，"半夜里你被送去急救。医生用直升机送你横跨大陆，你在路上不治身亡。真是遗憾。你的父母签署了一张表格同意捐献你的遗体以供科学研究，他们真是开明。我们就借此来操作。根据协议，你的遗体会被运走，接受防腐处理，再被解剖。没人会去找你的遗体。我很抱歉，你不能向大家道别。我们会安排让你家人在你的遗物中找到一张便条，这是你'临终'前写给他们的遗言。你想在上面写些什么？"

①卡姆的全名为卡梅伦·科迪。

卡姆想象着母亲看到自己空床时的情形，她也许早就想来互道别离。父亲应该对一切都已了然。这不是最好的离别方式，他们也不应该面对这样的境地，但总好过眼睁睁地看着儿子像门廊下等死的猫。

最终，卡姆说："就写，你们是最好的父母。"

他的招募人点点头。"这话很体贴，卡姆，这是我听到过的最好的留言。唉，我真希望自己也曾对爸爸妈妈这么讲过。还有别的话吗？"

"不，我想应该没别的了。"

"那我们上路吧。"

卡姆向下望去，他并不喜欢待在高空。"为什么从窗户走？"他问道。虽然身体被绳子固定了，但手还是紧紧抓住对方。

招募人认真地瞧着他。"因为这样更有趣。"然后他笑了起来。"还因为，我们不能让你从一栋满是目击者与摄像头的大楼里走出来。昨晚我就已经冒着被发现的危险，我可不想被拍到和你同一时间离开医院。"他开始摇动手动曲柄，单向卷动绳索，将两人往上拽。

不久之后，他们奔跑着穿过医院屋顶的直升机平台，卡姆患者手术袍的下摆被清晨的微风掀起，他很高兴没人瞧见这一切。

"我们是要上那架医用直升机吗？"

"是的，但它不是真的医用直升机，我们只是把它涂成那个样子。"

不久之后，他们上了飞机。卡姆把自己塞进后方的一个位子里，系上安全带。男人戴上头戴式耳机，迅捷又很仔细地检查了一遍仪表盘。然后，旋翼开始旋转、呼啸，卡姆的心跳也随之加速。片刻间旋翼声充斥着他的耳朵，就像重金属乐队恶魔守望者的一首歌，既令人胆寒，也令人兴奋。直升机突然一斜，卡姆一瞬间感到失重，随即他们就在空中了。他脑海里只剩下：我的天，我刚才都做了些什么？

随着他们越飞越高，市镇在他脚下铺陈开来。首先是他出生的医院，然后是他居住的街道、就读过的高中以及向四方延展的大学校园。他全部的人生。一时间，他都搞不明白自己是否早就死了，也不清楚这次的旅程是不是就是带他走向永生之旅。他伸出手，摸到耳机还挂在脖子上。一切是真的。

卡姆的招募人建议他先睡一会儿，这将是一段漫长的旅程。卡姆想回过身再看最后一眼，但是直升机没有后视窗。他转而看向前方。太阳正缓缓升起，他正朝着太阳飞去。

卡姆的歌单

3.《棍棒有灵》◀))
演唱：狗喘

4.《欢迎来到动物园》
演唱：矮胖猴道

5.《闻着像星期一》
演唱：人造奶酪

嘿，你们，请像我一样尖叫。

卡姆被摇醒了，一方面是招募人在用手摇他，另一方面是由于直升机遇到一阵狂风而突然发生的摇晃。他们飞了一整天，偶尔停下补给燃料。卡姆在其中某次经停时醒过，发现停靠点像一个荒漠中的村庄；由于昨晚辗转反侧，他早已筋疲力尽，不久便又沉沉睡去。

旋翼再次启动。卡姆靠窗向外望去，他们正在茂盛的树林与浓密的灌木上方的高空飞行。他能够瞧见前方的一大片水域，广阔而蔚蓝，是一片海洋。从身后太阳的位置来判断，他所瞧见的水域在东面。美国的本土大陆上没有如此大面积的丛林，所以他们肯定已经离境了。

"我可以问你个问题吗？"卡姆对招募人说。

"当然，随便问。"

"这里是南美吗？"

"我不能说。"招募人回答，恰逢直升机在上旋气流中先下后上、颠簸不止，"问我点儿别的。"

"你有晕车药吗？"

"卡姆，你是个棒小伙。"男人笑着说。

"你有名字吗？"

"飞行员。"男人说。这次他没有笑，卡姆也没有刨根问底。飞行的速度开始降了下来，卡姆看着飞机从每小时 190 千米的速度稳步降低，直至几乎悬停不前。

"我们是不是快到了？"

"对。"飞行员指指窗外。

在他们的下方，丛林就像一卷正在收起来的深绿色地毯，而宽阔的树冠中间却有一个单一、浑圆的蓝点。从他们身处的位置看去，蓝点很小，但是卡姆猜想这蓝点真实的地面直径会超过 30 米。

"那就是你的目标。"

"什么目标？"

飞行员递给卡姆一本册子："把它背下来。"

"为什么？"

"你的生死全靠它。"

卡姆翻开手册，上面印着：

降落伞使用指南

自背包底部的小袋中拉出导伞，然后放手。导伞就会迎风膨胀，顺势扯出伞袖，并发出弹爆的声音。

降落伞绳以"Z"字形置于伞包之内。当导伞迎风膨胀，绳索展开并拉伸，空气会让伞衣膨胀起来。

切勿瞬间让伞衣完全展开，否则时速将瞬时自190千米降至16千米。这会让你受伤或撕裂绳索、伞衣。

当降落伞被扯出并打开时，抬头观望，确保无绳索缠结。如有问题，使用两肩处的把手，打开备用伞。

一旦你开始滑行，抓住两端操纵杆，引导降落伞抵达着陆目标。

"哇哦，真酷。"卡姆说，"所以说，目标地是我将要学习高空跳伞的训练区喽。"

"你已经学好了。"飞行员递给卡姆一个背带很结实的沉甸甸的背包，"这里有张示意图，教你怎么系扣以及哪里是把手。"

图示非常简单，只是一些最基础的，很容易识记。招募人之前的调查是对的——卡姆非常用心，指令学得快。他从来就不是坐在教室后排、用吹管乱吹乱射纸团或者传字条混日子的差生。

卡姆抬起头，心里一沉。虽然嘴上没说，但脸上的表情却泄露了他的担心。

招募人点点头。"对，这是'跳下飞机'那部分。"

"这是架直升机。"

"注重细节，好极了，我们就喜欢你这样的。现在，听好了。"飞行员指向卡姆放在腿上的伞包，"搭扣横置于胸前。主开伞索在右边，次开伞索在两肩。数到十，然后猛拉。拉左侧系链往左飞，拉右侧系链往右飞。朝大蓝圈的中心去。当你看得清草叶的时候，就卸掉主伞，别带伞跳进海里。在水里被降落伞盖住可不是好事，如果被降落伞缠住，你就会淹死。都明白了？"

"你在开玩笑，是吧？"

"那就是听懂了。"飞行员打开卡姆身旁侧舱门的门销，门猛地敞开了。从机舱外广阔的天空吹来的风以及直升机旋翼所产生的气流，搅得卡姆的金色头发在脸上疯狂舞动。一星期前，妈妈就告诉过卡姆，该理发了。此刻，卡姆真心觉得，她说得很对。

卡姆开始背上伞包，根据图示检查每一个步骤。步骤简洁，而且是他喜欢的快速流程。他们虽然悬停在空中，直升机却因为气流不断地摇摆。

"还有问题吗？"飞行员问。

"多得不得了。"

"关于跳伞的程序呢？"

卡姆深吸一口气。他可是全神贯注，完全遵照指令，非常注重细节。对于流程已经没有疑问了，所以他摇了摇头。

"很好，我们到了。"飞行员说，"跳出去。"

卡姆抓住机舱的门框，装出自信满满、准备停当的模样。他要做的是往前迈一步，就出发了。然而，他觉得从自己的座位到大开的舱门这 30 厘米居然这么远。

看他犹豫不前，飞行员皱起眉头："你得下了。我要降落的地方，你不能去。"

卡姆做了个鬼脸："跳下去？玩真的？"

"跳！"

卡姆迅速起跳，片刻后他就飞在空中了。

没多久，他就顾不上直升机的轰鸣声了。身旁呼啸而过的气流充斥着他的耳朵。他早就告诫过自己不要叫出声来，但现在还是忍不住尖叫，他的叫声又悠长又响亮，有如尖锐的警报。

等恢复意识的时候，他发现自己正紧紧抓着开伞索，在从 1 往 10 数。已经数到 6 了，大地扑面而来，一切都越变越大，仿佛他在通过照相机镜头将景物放大。似乎离地越近，速度就越快。原来，蓝点是一个湖，圆得近乎完美。不，等等，那是个落水洞。他看过关于落水洞的介绍：坍塌的地下石灰石或石英岩岩洞，里面还充满水。

"九、十。"他猛地一扯。

"砰"的一声巨响，卡姆记得，这是对的。伞衣张开，索带勒紧，卡姆的身体随之猛然一抖，世界仿佛随之慢了下来。他在空中飘荡，四周安静得出奇。他听到远处直升机旋翼的轰鸣声渐渐远去，他再次感到自己已经离奇重生——从某种意义上说，他的确是重生了。

　　他抬头看去，绳索没有纠缠在一起。他摸索着索扣，他还记得，向左拉往左飞，向右拉朝右飞。当看清草叶的时候，跳进水里。非常简单。他觉得，从极高处落下是一种让人全神贯注的法子。

　　落水洞就在他的下方。除了西南几千米之外的一块空地，这就是整个树林里唯一的开阔地。他差不多是在朝着正确的方向滑行。降落伞操控起来比飞行员说的难得多。卡姆往左边拽得太狠了，之后又矫枉过正朝右扯过了头。哦，不！他觉得自己要错过降落点了。他又稳稳地向左拉扯，很幸运，一阵风帮了他的忙。不久，他便向蓝色的洞池滑去。

　　落水洞的洞壁都是坚硬的石头，对卡姆而言，它像是被外星人用直径 30 米的钻头在基岩上打出的一个巨大圆坑。池水低于地面 6 米，死一般的沉寂。看起来，光滑的洞壁上没有可以攀爬的地方。卡姆不禁觉得自己像置身于一个玻璃罐子之中。残忍的小男孩会用这种罐子困死昆虫，因为昆虫会一直徒劳地抓挠着光滑的四壁，直至筋疲力尽。我可不能掉下去，卡姆心想，那样就会踩进水里淹死。突然，他看见了洞口边缘的草。招募人把他弄到这儿，也许就是希望卡姆自己找死，于是他有些犹豫。接着，他又看见一条绳梯在洞中来回摇摆，但是现在要往下跳已经太迟了——惯性会让他撞上石壁的。怎么才能把自己拉上去？他开始在脑子里胡思乱想。手册里可没有这一条！

　　卡姆全速撞上落水洞边上的几棵树。他往下冲的时候，树枝抽打着他的身体，树叶遮蔽了他的视线，他也搞不清自己是否会迎头撞上树干。最终,他猛地刹住了,可还是摇摇晃晃。全身划痕累累,还好没撞上树干。他挂在半空,前后摇摆。

"好吧,"他嘟囔着,"真够背的。"

他感觉自己应该没有摔断骨头,但也因为不相信指示而受到了严惩。他肯定浑身都是瘀青,还有好几处伤口在流血。他往上一瞧,降落伞和枝叶缠成一团。

卡姆呻吟着,爬上一条较粗的树枝,再"咔嗒"一按,把自己与绳索分开。可还有一条散乱的绳索依然无药可救地缠着他的一条腿。他直起身坐好,确认自己的方位。

他正在一棵硕大又满是树瘤的高树上,离地差不多6米。他张望四周。这棵树树干细长,树皮呈灰褐色,长着巨大的种荚。是木棉树?他记得,奇异的木棉树长有独特而巨大的种荚,他曾在牙医办公室的《极度自然》杂志上读到过。它们生长在亚马孙丛林和非洲,蚕丝般的绵丝曾被用来包裹吹箭的毒镖。他肯定不是在非洲,所以这里肯定是南美,他想。是南美洲哪里呢?如果非要说的话,恐怕这里就是无名地带的正中心。

当务之急是下去。只要脚踩实地,他就能先查看一下那副绳梯。很显然,它是专为准确跳进水里的人准备的,可惜自己没能做到。

还没等他解开绳索的纠缠,灌木中传来了窸窣声。有个男人手握一把大砍刀,在树下的灌木间前行。

这人一副硬汉模样,皮肤晒得黝黑;装备齐全,腰带上挂着一个水壶、一串绳索和一把单刃猎刀。武装分子?走私客?

卡姆希望都不是。

正当卡姆坐在树枝上揣测的时候,男人抬起头,皱起眉头,似乎正在脑海中还原刚才那一幕。不久,他就左右手交替,徒手朝树上爬来,姿势灵活得像体操运动员。他非常强壮,那健硕如甜瓜般的上臂鼓胀着,仿佛肌肉有着自己的肌肉。他爬到卡姆所在的树枝时,再次抽出大砍刀举起。卡姆畏缩着,做好了最坏的打算。只见男人手起刀落,砍断了缠绕卡姆双腿的绳索。

男人别好大砍刀,问卡姆:"喂,你在下落的时候有没有尖叫?"

卡姆没有回答。

"没什么的。"男人大笑,"你们都会那样叫。"

"你是谁?"卡姆问道。

"我?我是你的私人教练……"

卡姆的歌单

4.《欢迎来到动物园》🔊
　　演唱：矮胖猴道

5.《闻着像星期一》
　　演唱：人造奶酪

6.《宣　誓》
　　演唱：玩具彩虹圈

丢人，瞧你干的好事。

"扔掉降落伞，卡姆。"当他们来到树下，私人教练说，"它已经完成了自己的使命，我们要上路了。"

卡姆点点头，伸伸腿，确信自己没有摔断骨头或者拉伤肌肉。看来他基本上没事。

"那么，你刚才学到了什么，卡姆？"

"遵守指令？"

"答对了。这是第一课，遵守指令。"

"我用寻常名字来称呼你行吗，比如鲍勃或者弗兰克？还是说只能用职务来称呼你们？"

"够直接的啊，我叫沃德①。不过，如果你想问我的姓氏的话，免了吧。"

沃德正视着他，但是并不准备和他握手。相反，他从身上一个口袋里抽出一管软膏，迅速涂抹在被树枝划伤的卡姆的手臂上，接着涂在卡姆自己都没发觉的面部伤口上。之后，沃德在那些伤口上都贴上了创可贴。

"好了，你现在看起来好多了。我们走吧。"

说完，沃德像只豹子一样潜入丛林的矮树丛中去。卡姆别无选择，只能跟着他一起钻了进去。他苦苦追赶着。之前，飞行员给了卡姆一条宽松的灰色运动裤、一件 T 恤以及一双轻便高帮帆布鞋。帆布鞋看着像是均码的。T 恤上印着一只吼叫的猴子，吼的是："无所谓"。

卡姆心想：如果我现在死掉，至少不会穿着那件可笑的病号袍被发现。事实上，人们可能根本就发现不了我。

他们沿着落水洞口的边缘前行。每次靠近洞沿，卡姆都会朝下瞅一眼那如水晶般通透、沉静的湖水。四周树木环抱，密不透风，湖泊沉入地下，水波不兴，湖面像一片玻璃。卡姆踢了一颗石子进湖里，水花四溅，湖水荡漾开来，随即又淹没了石子，湖面重新恢复平静，似乎那颗石子从未存在过。

沃德用眼角的余光瞧着卡姆。"想知道有多少人跳伞跳进了湖里？大约只有一半吧。"

"我在想这湖真诡异。"

① 即 "Ward"，若小写，在英语中还有 "监护""守卫" 之意。

"也挺美的,哈?"

"算是吧。湖里死过人吗?"

"还没有。"

他们来到绳梯正上方的区域,然后走进林子。林中的闷热立刻包围了两人,让他们汗如雨下。沃德的汗水闪闪发光,卡姆像融化了的蜡烛一样汗流不止。他用 T 恤擦擦脸,结果发现纯棉纤维早已吸饱了水。充满好奇心的黄蝇成群结队地在他身边嗡嗡飞,仿佛昆虫粉丝团因他的到来而兴奋不已,它们能发现卡姆每一寸裸露的皮肤,一膜拜就咬他一口留下一个血点。不过它们似乎不怎么理睬沃德。卡姆想,也许是它们已经尝腻了沃德血液的味道,换句话说,卡姆自己大概是一个可口的新菜品。

卡姆惊喜地发现,当两人在昏暗的矮树丛间费力地穿行时,沃德有如欢乐的导游般滔滔不绝地介绍着各种信息。飞行员几乎什么都没告诉他。沃德证实了卡姆的猜测——他之前的确落在一棵木棉树上;还解释了黄蝇为什么这么喜欢卡姆——他的美式饮食习惯令他体内富含糖和盐,这使得他的汗水闻起来异常可口;在他们经过或踩到各种动植物的时候,沃德还一边讲解一边指给他看。卡姆听见远处猴子们的交谈声;鸟儿因为害怕人类,用洪亮多变的啼叫呼唤彼此,仿佛在告诉卡姆他是这里的外来者。

"卡姆,你去过的最具异域风情的地方是哪里?"

"迪士尼的魔幻音乐屋、西部边疆、太空过山车,都和这里很像,只不过那些地方都有人工铺设的道路和卖热狗的小吃摊。"

沃德听了大笑起来。

他们走了好几千米，或者说感觉上走了好几千米——地形很不好走。有一半的时间得用来爬过倾倒的树木，摆脱厚实的枝叶，另一半才用来走路。丛林慢慢地不再美丽了。卡姆又饿又累，觉得左脚跟快要磨出水泡来了。

"我们究竟什么时候能到目的地？"

"现在。"沃德边说边用大砍刀砍断荆棘、灌木丛组成的墙。

灌木那边的世界一下子展现在眼前。随着光线泻进来，卡姆望见了广阔的水域，是海洋。他们正站在高耸的悬崖顶上。

"在那里。"沃德说着，手指向下面的海滩。

卡姆隐约看见一些远处的黑点，它们之间的间隔规则绝非自然之功，只可能是人力使然。

"我们怎么下去？"

"我们爬下去。"沃德脱下背包，开始解绳索和安全带。"没有通向海滩的路。这样更安全。"

卡姆开始还搞不清楚，爬下悬崖抵达目的地为什么会更安全，片刻之后才意识到，沃德的意思是这样做能让目的地更安全，因为可以让人没那么轻易到达那里。

沃德将绳索系在一棵敦实的树上，然后又套住自己，并示意卡姆跟上。卡姆双腿套上安全带，摆弄着绳索和搭扣，又抬头看向沃德。

"这样行吗？"

"行。在下降的过程中，逐步释放绳索。"说完，沃德倒退着走下悬崖的崖脊。

卡姆是一名出色的运动员，一年多以前就能仰卧推举23

千克的杠铃了。不过才下到半途,他就已紧咬牙关,手指痉挛,二头肌仿佛在燃烧似的有些疲惫。他并不信任绳索,只是紧抓着老鼠般大小的抓手,不合脚的高帮帆布鞋的鞋尖不是插入悬崖表面的凹洞,就是勉强踩上小小的凸起的岩石。

"沃德……"他叫着,盲目地用脚乱刨,"我脚底打滑了。"

"别乱动,"回应声传来,"我还没下来,抓不到你。"

"我要掉下去了。"卡姆平静地说,"我快要死了。"

"爬回之前最后一个落脚点。"沃德建议道,"在那儿坚持一分钟,等我下来。你做得到。"

卡姆向上紧拽绳索,身上每一块肌肉都在"尖叫"。就在他快找到一个更好的抓手时,沃德下来了。

"抓住你了!"他叫着。

"我现在松手吗?"

"对,相信我。"

卡姆别无选择。即便找到一个更好的抓手,他的手臂也已经支持不住了。他松开手,原本松弛的绳索被略微拽了一下,也紧绷了起来。接着,他就半悬在沙滩的岩石上方,双手紧抓着绳索,双脚抵住崖壁。

"现在要把放我下去吗?"

作为回应,绳索开始往下放,卡姆随之悬垂下降,双脚每隔几米就点一下石壁。他双脚一蹬就向外荡去,接着又荡回来,双脚踹在岩石上,如此跳动着下行。

"别跳了!"沃德朝他叫道,"走下去。"

卡姆落回石壁上,开始倒退着慢慢往下走。不久,他就能步履稳健地朝下走了。掌握了技巧，一切就出奇地容易。不过到达海滩时，他依旧解脱般地长出了一口气。

海浪安静地爬上沙滩，绕着卡姆脚边的沙子打个转，又溜回大海。

"你做得很好。"沃德说，"这次你学到了不少东西，下次记住要用腿来支撑，别单用手拽，你的双腿要强壮得多。还有问题吗？"

"只有一个，既然已经到了海平面，我就不会再摔死了，是吧？"

他们在沙滩上走着，卡姆对新环境颇为惊奇。身后高耸的悬崖直直地潜入一片沙滩中，数十块散落分布的巨石已风化了几百年。蓝色的海水涌上沙滩，直接撞向崖壁，切断了南面的所有退路。海浪已经将岩石切割成十分陡峭的斜坡，似乎随时就要塌陷。在他们前方以北，高耸的悬崖与大海之间，一条渐渐变宽的褐色沙带成了一片安全地带——要是出现在旅游宣传手册上，这片海滩称得上风景如画。在这片与世隔绝的平坦海滩上，卡姆看到了带有茅草屋顶的吊脚小建筑，共有五栋。

"茅草屋？"

"传统特色，对吧？"沃德说，"我们管它们叫'小屋'。这种房子能保持干燥，也能躲过大部分的坏天气。如果暴风雨太大或潮汐水位过高，我们就要搬到更高的地方去。你住最后一栋，里面有一张空床，阿里也在。"

"阿里？"

"你的室友。"

他们走过几栋小屋。卡姆能看出它们都是坚固的单间结构，不是临时房或者摇摇晃晃的那种房子。每栋房子略有不同，虽然都是手工建造，但是大小看起来并无二致，房子内的空间也和他本来要与朋友合租的房子的起居室大小相当。海滩再过去一点儿，有一栋用炉渣砖建成的巨大方形建筑嵌在崖壁上，没窗户，只有狭窄的入口。它似乎是这个建筑群的主要建筑，呆板又棱角分明的灰墙与它身后那鲜亮而有纹理的绿色丛林以及它前方翻滚的蔚蓝海水形成鲜明对比。它让卡姆想起了配有射箭孔的监狱。

方形建筑再过去一些是一个天然泻湖，湖水浅而静，与外海隔绝。卡姆满怀好奇，走过灰暗的建筑，来到泻湖边。湖水微蓝，与天一色，清澈通透。靠近时，卡姆都能看见在湖底细沙上、零星岩石间穿梭的斑斓"彩带"。

"有鱼！"他瞅了一会儿，颇为着迷。

沃德哈哈笑着。"对，它们是随着大海进来的。"他轻拍卡姆的肩膀，示意他往那片小屋走，"我们走吧。如果想来点儿刺身，你可以等休息的时候，或者在狩猎采集训练期，再来这儿。"

卡姆跟着沃德，琢磨着什么是狩猎采集训练。他没有发问，因为要搞明白的事情实在太多了。绕过泻湖，只见海滩的北端林立着许多悬崖峭壁。卡姆注意到，这里的峭壁表面平滑，只看得见零星几个抓手和落脚点，很难上下攀爬。

他们反身朝那栋主要建筑走的时候，一群橘色小猴出现在楼顶，蹿上蹿下，盯着渐渐走近的他俩，不时地窃窃私语，仿佛一群露天看台上的兴奋球迷。

"它们想要食物。"沃德向卡姆解释道，"讽刺的是，它们自己就是食物，只是它们不懂。"

"你是说，我们吃猴子？"

"如果你饿的话。"

"我不饿。"

"你会饿的。"沃德又大笑起来。

沃德这么频繁的大笑让卡姆有些困扰，引他发笑的那些事情并不是都很有趣。哪怕有人告诉沃德他刚刚踩了美洲豹的尾巴一脚，他可能也会哈哈大笑。而且，沃德也很可能不会耽误工夫，比如空手做一副豹皮手套。也许这就是他大笑的原因——他知道自己该做什么。可是卡姆毫无头绪。

"我什么时候能见到其他人？"

"现在如何？"

"好。"卡姆等着，可是沃德并没有把他带进灰暗的主体建筑。

"嗯，他们在哪儿？"

"就在我们身边。"

卡姆转身，一个人也没看见。

"卡姆，你的身手很快吧？"

"还行。"

"那在进入你的小屋之前，能不被任何人抓住吗？"

"抓住？被人碰一下？"

"差不多吧。"

"尽头的那栋小屋？"

"对。准备好了吗？"

这是一次游戏，一场测试，一件有意义的事情。卡姆扫视整片海滩，仍然一个人影也没有。"好了。"

"开始！"

卡姆在海滩上小步快跑起来。他觉得，其他人肯定都躲在小屋里，于是绕开了第一栋小屋，往贴着陆地一侧的悬崖奔去。他动作迅速，但在一开始并没有跑起来。他想瞧出个名堂，便紧紧盯着海滩上的建筑群，不料脑袋遭到了攻击，这时他才注意到，攻击他的是一根杆子。

沙滩的触感比想象中的硬多了。一阵迷糊之后，卡姆才抬头，看着一名伪装技巧高超的人与崖壁分离开来。从身形来看，这人是一名男性，和他年纪相仿，但比他要高，胸腹的肌肉隆起，像一堵有着波纹的墙。这人全身涂满了泥巴，手持一根两端套着软布的杆子。这人摇落脑袋上一株不知名的植物——帮助他融入崖壁的装饰物。

"挨了当头一棒，嗯？"伪装者说，"我叫唐尼，奉劝你，记住这个名字。你这么躺着，敲个地面认输，我就不会再抓你了。"他抬起棍子的另一头——红色的，在阳光下闪闪发光。

"哦……好的。"卡姆说着，两手插进沙子，想要单膝站起来。

"你必须认输。"唐尼不耐烦地说着，"敲地三次，这样沃德才能看见。"

"等一下，你打得可真重，我完全糊涂了，是不是真……"

卡姆突然朝着唐尼的脸扔了满满两把沙子，同时身体猛地滚向左边。唐尼的杆子以令人难以置信的速度落下，狠狠地砸中了卡姆刚才所在的沙地。转眼间，卡姆就迅速闪身逃掉了。两个人的前后距离不大，而且唐尼还在揉眼睛。只是追到第一栋小屋前，唐尼停了下来。他咆哮着骂了一句脏话，然后吹了一声响哨。

搞定一个，卡姆心想，可这哨声很像某种信号。这里还有人，也许是另外八个"关卡"。他远离悬崖，可还没走向第二栋小屋，就感觉到了不对劲。结果什么都没发生，没人出现阻止他，也没人从崖壁上跳下来，他面前只有一大片开阔的空地。这有点儿太容易了。他环顾左右，沙滩上只有一只鸟的影子在移动，而且正逐渐向他飘来。他抬头看去，只见红色的油漆迎头泼了下来，他立刻退回唐尼的小屋，才堪堪避过一场泼溅。油漆像颗红色炸弹一样落在海滩上。卡姆猜，一旦被涂上红漆，游戏恐怕就会结束。

阴影折返而去，卡姆偷偷张望，发现那其实是一架悬挂式滑翔机。当三角形的飞行器试图再度横穿海滩时，卡姆飞速冲向悬崖。刚挨着崖壁，滑翔机就向他俯冲而来。这里已无路可退，卡姆把自己逼入了绝境。但是，滑翔机也没法贴着崖壁飞，可它依旧冲过来了。卡姆觉得，滑翔机上的那个家伙疯了。他现在能看清楚那人，一头红发，脸上满是雀斑，正咧着嘴狂笑。随着滑翔机迎头飞向崖壁，那人已准备好了另一个桶。最后一刻，他一个急转，但已经太迟了。滑翔机一侧的纤维机翼刮到岩石与污泥后散架了，将机上的雀斑脸家伙甩向海滩。他翻了三个滚儿，躺在沙滩上一动也不动。恰在此时，第二个铁桶猛砸在他背上，泼了他一身红漆。

这可是个硬着陆，卡姆差点儿跑过去帮忙，但是他听见倒霉的飞行员发出一声呼哨，才意识到测验还在进行中。

卡姆跑过第二间小屋。他没有停下，反而加速跑向房屋近水的那一边并继续前进。屋子里有动静。他侧身，左右躲闪着白色海浪，摸索上了沙滩。突然，上臂扎进一根尖刺，这说明他的闪避策略是对的。他瞟了一眼，一支飞镖正插在手臂上，尖头已埋进了血肉里。

"该死！"

他想要边跑边把飞镖甩掉，但是他的胳膊却动不了。他的二头肌与上臂传来一阵剧痛，整条手臂已经不听使唤了，臂膀绵软无力、麻木无感，像夏天的冷腊肠。他用另一只手抓住飞镖，猛地拔了出来，心中琢磨着要是射中他的脖子或者脸会发生什么事情。

接下来的挑战者就坐在第四间小屋的台阶上，也是一个和他年纪相仿的家伙，也许与卡姆上下只差一岁。随着卡姆越走越近，他站了起来，大长腿伸展开，人也越来越高，站直后，他的身高至少有两米。他才跨了两大步，就直接堵住了卡姆的路。他还很壮，有一双粗壮的猿臂。

看着这个大块头，卡姆盘算着对方应该跑不快，便换了个角度，再次冲向崖壁。大家伙跟在后面。速度是卡姆最大的资本，他很快，要赢得大学足球队首发右边锋的位置，他就必须要快。但不知怎的，大个子居然能跟上。卡姆冒险回头看了一眼，这家伙笨拙却又迅速地摆动着两条有力的大腿，不过，他似乎并不太适应自己惊人的速度。卡姆把自己的"助燃器"都发动起来，双腿在沙上翻飞，可居然还听得见身后不远处传来的沉重的呼吸声。这不可能，他觉得，这家伙块头这么大还跑得这么快，绝对是职业橄榄球运动员的料，绝不会是一个将死的肿瘤患者。

停下来和这怪物厮打是绝不可能的，尤其现在一条手臂已经派不上用处了。可是被人从后面扑倒也好不到哪里去，太丢脸了。卡姆觉得自己是在带球突破，后面"对方球员"正紧追不舍。球员带球跑时，总是比不带球要慢上一拍。他想起了以前碰到这种情况时偶尔会做的一个动作。他的教练很讨厌他这套，但是每次总能造成防守队员犯规，获得一个直接任意球机会。他放慢速度，刚好让追赶的庞然大物能追上来，然后忽然停下，低头弯腰，稳住下盘。

以追兵的块头、速度以及笨拙的步伐，大块头根本停不下来。他翻滚着超过卡姆，摔进沙堆里。卡姆一刻也不耽误，直起身子，继续向前猛冲，这几秒钟就让他赢得了无法逾越的领先优势。

一阵猛冲，他跑过了第四栋小屋，自己的那栋已出现在眼前。他扫视水边与天空的方向，自己与房门之间除了沙子什么也没有。那条麻木的手臂随着奔跑而摇摆，啪啪地敲击着他的身体。他希望这只是暂时的——看在上帝的分上，我可不是左撇子。

就在这时，一堆沙子——他面前的唯一物体——突起来，抓住了他的脚踝。卡姆向前摔去，他没法靠废了的手臂稳住身体，于是脸朝下砸在沙滩上。满嘴沙砾，还好他迅速闭上了

眼睛，双眼才没被扎瞎。他翻转身子，看见一只纤细的手抓着
他的腿。他把手踢开，慌乱地站了起来。但是沙子迸射，一条
人影从沙下同卡姆一道站了起来。

她先于他站定，是个女性，从塞进短款潜水服的身材来
看，很显然是一名女性。她摇落浅色的沙子，凌乱的头发和她
的眼睛一样，都是黑色的。她还很健美，她的腿上有一条条的
肌腱，衣料随她的腹肌微微起伏。他只这么看了一秒钟，她就
已经抬起一条腿踢了过来，正中他的胸口。卡姆向后飞了出
去，一屁股摔在地上。她停下来，摸索着挂在腰带上的某样东
西。卡姆没有留下来单挑，他的状态已经很糟糕了。他可不
要手臂上再中一镖、头上再挨一杆子或者胸口再被踹上一脚。
他喘着粗气，靠左手撑起自己，踉跄着往前走。他没有回头看，
也没有听见身后有脚步声，他也不冒险回头看。他尽力加速，
小屋只需一个短程冲刺就能到，回头只会让他慢下来。

随着卡姆逐步靠近，一个男孩从小屋里向外瞧。他看上
去很年轻，身体纤弱，用深陷的双眼打量着卡姆。他点头表示
赞许，挥手示意卡姆继续前行。阿里，卡姆心想，这是他的室
友。卡姆还觉得阿里不会妨害自己，最后的几米距离，卡姆朝
他跑去，直到他看见阿里面部抽搐了一下。

卡姆想到了躲闪，他早该如此。绳索砸上他的颈背，绳
套沉重的末端猛地缠上他的喉咙，快得让他无法意识到是怎
么回事，装满油漆的小球就在他下巴底下撞击、爆开，将他的
胸口染成了红色。

"抓着了。"一个女性声音在他身后响起，言语间有些得意。

卡姆的歌单

5.《闻着像星期一》 ◄))
演唱：人造奶酪

6.《宣 誓》
演唱：玩具彩虹圈

7.《嘿，我知道这首歌》
演唱：无名氏

伙计,这就像…… 唉,还是算了。

卡姆双膝跪在海滩上，距离小屋只有 5 米远；他喘着气，手抓向喉咙。绳索勒得很紧,他都没法呼吸,更没法开口求救。随着意识逐渐模糊,他隐约觉得女孩正得意扬扬地俯视他。阿里弯下腰松开绳套,其间卡姆挥舞的双手还打断了他的动作,但是女孩出手帮着他钳制住了卡姆。最终,空气冲入卡姆的肺部。

"沃德来了。"卡姆听到阿里说,他眨着眼睛大口呼吸,"他会问你学到了什么,再添上一句愚蠢的警句格言。"

"比如说'迈出第一步是每段旅程中最艰难的部分'。"卡姆喘着气说。

阿里笑起来。"说对了，特别是你的第一步是跳出直升机舱门。"他伸出手来招呼着，帮助卡姆站起来，"我叫阿里。"

卡姆抬不起手臂来。"不好意思，我的手臂都麻木了。"他说，"我被什么东西给扎了。"

"一支飞镖。"阿里说，"如果只是射中你的手臂，那就是还不到一半的剂量，你会恢复的。"

"你们这帮家伙对我用毒？"

阿里抓住卡姆的左臂，把他拉了起来。"放轻松，比这多两倍的剂量才会要你的命。"

卡姆并未因此感到释然，但他觉得阿里很招人喜欢，也许是更容易让人觉得可信。这个瘦削的家伙很友好，也有几分真诚，不是一个总说警句的教员。卡姆转过身，同刚才的漂亮刺客打招呼。

"嘿，我叫卡姆。"他傻傻地说，又咧嘴一笑，表示和解。

"你死了。"女孩回答道，没有一丝笑容，"死人不会说话。"

阿里把绳套递还给她。"卡姆，请容许我向你介绍刺杀你的刺客——扎拉。"

卡姆等着对方伸出手，但她没有。

不久，沃德来了，身后还跟着一小群年轻人，他们看起来都在 18 岁与 20 岁之间。卡姆心想，这就是我的队友。

那个块头大、跑得快的家伙实在太显眼。驾驶悬挂式滑翔机的"红头发"雀斑脸男孩走路一瘸一拐，却咧着嘴笑得很开心。伪装者唐尼提着套着软衬的杆子大步走在后面，眯缝着眼睛打量卡姆。一个小家伙紧靠他的肩头而立，像小恶魔，卡姆猜想那就是扔飞镖的人。卡姆无法相信沃德身后两个细皮嫩肉的女孩就是刚才对自己甩毒飞镖的人。其中一个女孩的嘴唇、雀斑以及双眉的颜色都很淡，和她的皮肤融为一体，像是有人用图片编辑软件给调过色。另一个女孩，眼睛相较鼻子而言太大，而下巴相较嘴巴来说又太小，她看上去像嘉年华游园会上画家画的卡通人物，某些特征被夸张过头，都不好意思把图片给朋友们看。最后还有一个戴眼镜的女孩，她看上去没有攻击性，虽然她的嘴唇抿得很紧，让卡姆想起了爱挑剔的安斯蒂丝姑姑，他还记得安斯蒂丝姑姑挑剔起来会有多恶毒。

"是扎拉制伏了目标。"沃德说。女孩自豪地点点头。"但是这并不完美，你是从背后袭击他的，没利用好你的武器。想象一下，假如他有一把枪，现在的结果会如何，你一犹豫，就'毕业'了。"

卡姆听不太懂，但扎拉听到"毕业"这个词的风险，似乎不太开心。

"他刚才和我打的时候，用的都是烂招。"唐尼说。

"唐尼，你也有机会一下子制伏他。"沃德说，"但你选择先打伤他，这是个糟糕的选择。残忍激怒了你的对手，而你还像大反派那样得意扬扬地给了他逃脱的机会。你不但没能让他知道谁是老大，反而让他给了你一个下马威。"

唐尼一脸怒容。"我只打了一下，他就趴下了，后来我给了他机会认输，他却……"

"他却扬了你一脸沙子？"阿里咯咯笑了。

唐尼朝着这个瘦小的男孩恶狠狠地瞪了一眼。"这是毫无荣誉感的行为，斯坦尼。"唐尼说，"我是让他喘口气。没有下次了。"

"这儿的个体对抗与荣誉感无关。"沃德打断了他，"只有为了集体的利益才有荣誉感可言。"

"所以我没通过测试？"卡姆问，虽然结果很明显。

"你去洗漱干净，然后到碉堡和我们会合。小屋里有你需要的东西。"沃德并没有回答卡姆的问题，只是转过身，朝着沙滩的方向走去。

其他人跟在沃德后面，只有脸部特征夸张的女孩没有跟去，她走到阿里身边。

"为什么唐尼那家伙叫你斯坦尼？"卡姆问。

"大概是陷进了悲伤的无底洞不能自拔？"阿里答道。

女孩脸一红，咯咯笑起来。卡姆扬起眉毛，阿里的嘴巴还挺厉害的。

"唐尼是个死忠。"大眼睛女孩说。

"他想成为沃德的翻版，有点儿把荣誉、职责、任务啊这些，太当回事了。"阿里发觉卡姆还没明白，便补充道，"但在对抗中，你绝对希望和他做盟友。"

"那么，你的姓是斯坦尼？"

"不是，在这儿我们不能透露姓氏。斯坦尼是呆瓜的意思，指像物理学家一样聪明的犹太人。"

"阿里的智商非常高。"女孩边说边流露出一丝钦佩。

"朋友，你有多处磨损和挫伤。"阿里听到称赞只是耸耸肩，"来，让我先给你做个急救。"说着，阿里用手指摸索着卡姆跳伞时受的伤，还有被两头有软衬的长杆击打之后开始显现的瘀伤和肿胀。他掰着卡姆的脑袋，查看他脖子上的红色勒痕。"再来点儿后续治疗。顺便介绍一下，这是朱尔斯。"

女孩向前跳了一步，抓住卡姆的手臂，抖了半天才意识到卡姆的这只手臂出了点儿问题。她尴尬地松开手说："抱歉！"

"没什么，很高兴遇见你，朱尔斯。你应该不在刚才想要狠揍我的那群人里吧？"

"哦，不。"她立刻说，"这次卡拉培和我都只在旁边看，虽然我们曾经干掉过欧文。不是真的干掉，我是想说抓住他。这是一场混战——所有人站成一圈，提着棍子，棍子两端沾着红漆。原来在派恩布拉夫市的时候，我们可从来没干过这种事。"

"不是说好不能透露自己来自哪里吗？"

"朱尔斯，你话太多了。"阿里说。

朱尔斯眨着她那双大大的眼睛说："好像听我说话的口音就猜不出似的。"这倒是事实，她说话时的鼻音很显然就是阿肯色州或者周边地区的口音，当然，要猜出派恩布拉夫市还是很难的。

"进屋吧，卡姆。"阿里拉着卡姆往小屋走，"你看上去真是糟糕透了。"

屋子很小但十分精致。家具的尺寸都是航海标准配备，专为局促空间设计，品质上乘。两张床架悬挂在半空，各配了一个窄床垫。由尼龙绳与销子组成的软梯供人上下。每张床下方都有一张小木桌，桌上摆着铅笔与手掌大小的笔记本。

笔记本的封面是防水塑料，大小刚好够放进口袋儿里。卡姆注意到，这儿没有电脑。床底小提箱里装着衣服——几件超轻薄速干衬衣与一件夹克，都是迷彩色或黑色的，一看就是高价货。还有厚实的裤子与轻薄的绑腿、紧身裤。几双靴子和不系带网球鞋。阿里解释道，之所以球鞋不用"魔鬼粘"，是因为假如在隐匿的情况下要脱掉球鞋，它发出的声音太大。

阿里和朱尔斯用小型便携式急救箱给卡姆治疗。他们动作快、效率高，显然受过培训，演练过多次。阿里甚至知道需要寻找什么症状来确定卡姆是否有脑震荡。检查表明，他没有脑震荡。除了脸上因跳伞时的小插曲而留下的伤口，就只有他的脑袋被唐尼的杆子打肿，背部由于大块头泰根翻倒时撞到他而酸痛，脖子被扎拉的绳套磨出了血，胸口被她一脚踢得出现瘀伤，手臂才开始恢复知觉。随着肌肉的温度慢慢回升，他感到手指有些刺痛。

"谢谢。"卡姆说。

"别客气。"阿里回答，"只是标准流程而已。"

"我猜我彻底搞砸了第一次测验。"

朱尔斯将软膏涂在卡姆的脖子上。"不是这么回事。"她说。

阿里看着他的眼睛说："伙计，在没有被强化的情况下，你比整个队伍里的所有人走得都远，这就是唐尼会气得要死的原因，你比他强。"

一个小时后，他们在碉堡碰头，进了碉堡右边的第一扇门，一个像主会议室的房间。里面的椅子大致呈"V"字形，卡姆坐在"V"的尖上，离讲台最远，大概因为他是新人。唐尼坐在"V"字的左首，扎拉坐在"V"字的右首。

"她真是个漂亮姑娘。"卡姆对阿里耳语。

阿里咯咯地笑起来。"漂亮姑娘？老兄，她就像啤酒广告里的美女，有胸的詹姆斯·邦德。不过，别想跟在后面追她。如果她看上你，会主动来找你的。"

随后，沃德走上讲台。他信心十足的神情，配上宽阔的肩膀，仿佛已经征服了全场。他向小组成员和蔼地一笑，然后翻开其中一个小笔记本，举起一个拳头以吸引大家的注意力。沃德给卡姆的印象是顾问、教授，再加上教官，他还掌握所有关于卡姆的资料。

"我讨厌，讨……厌……讨厌做重复的事，"他开始发言，"但是卡姆才加入我们的游戏，我们欠他一次开诚布公的入队训练。我们需要他全身心地投入，这样我们才能信赖他。有问题吗？"他迅速地扫视房间，"既然没问题，我们继续。"

他转身，在干擦写字板上画了一个金字塔。卡姆试探地举起手。

阿里用力把他的手打下去，低声耳语道："你刚才错过了提问的时机，以后再问。"

沃德转过身面向大家。"你们所有人都会死。"他说，"只是时间早晚的问题，也是在医生诊断出来的这段余生当中，你们想干什么的问题。在这段时间里，我将竭尽所能维持你们的健康。"

来之前，卡姆就对治疗很好奇。其他人不仅看着健康，而且看上去异常健康。扎拉和唐尼几乎是体格完美的典范，泰根壮得像头牛，阿里虽然体型瘦弱，但他行动敏捷，而且精力充沛。

沃德开始在写字板上画线条。"你们这些被招募的人都接受过专业医生的诊断，拿到了名为 TS-9 的药，我们喜欢将它叫作'强化剂'。对于普通患者，它能延缓病情恶化。而对于你们，它能提升身体的力量、速度以及智力。它对你们每个人的作用略有不同，这主要取决于你们的特长。"

卡姆的手迅速抬了起来，他忍不住了。沃德停下来，因为被人打断，不悦的表情在他脸上一闪而过，但很快就换上了一副笑容。

"等一会儿再问吧，'僚机'。你困惑的很多问题的答案就在我接下来要讲的内容里。"

卡姆放下手。

"僚机？"阿里小声对着卡姆嘀咕。

"我曾是球队的右边锋。"卡姆嘟囔着。

"真难得。"

"别说话了，这些是说给我听的。"

"好吧。"沃德继续说，"我们大家都知道，TS-9 不是——我再重复一遍，不——是——治病的药。"

"它只是种超级类固醇。"阿里含糊地说。

"嘘——"卡姆发出嘘声。阿里耸耸肩表示抱歉，在嘴唇上做了个封口的动作，但是一切都太迟了。

"好吧，卡姆。"沃德说，"如果你非得打断我，那就赶快问你的问题。"

"为什么我们来的地方就没有这种'神奇药剂'？"

"这药还不够完善。"

"你说'不够完善'是什么意思？"

"食品及药物管理局在我们未能完善 TS 系列之前就禁止了相关研究，因为在药物测试过程中出现了一些副作用——头痛，有些实验者不幸死亡，有几位医生甚至为此进了监狱。"

"我好像曾经看过相关报道。"卡姆说着，并不太肯定。

"那只是早期试验，几十年前的事了。可是出现了这些负面报道之后，似乎这药再也无法重见天日，直到他们创立了这个项目。"

"所以我们是在服用实验性药物？"

"你不会，至少在你病情恶化之前不会服用。即便到了那个时候，服药也是自愿的。强化剂的任何不良反应至少需要一年才能显现，这可远比医生给你们诊断的最后时日还要长。还有问题吗？"

卡姆瞥向他的队友，他们不耐烦地回瞪着他，唐尼翻了个白眼。卡姆意识到，他们早就听过这番话，并且早已认可。显然，泰根早就开始服用强化剂了。这就是他的速度那么快的原因。而从扎拉的肌肉来看，她很可能也用了。

"没了。"卡姆说，"没问题了。"

"非常好。"

沃德转向写字板，继续扮演教授的角色。

"我们挑候选人基于三个理由，并附加了一些排他性因素，从而缩小了选择范围，你们十个人就是筛选的结果。第一个理由，19 岁是接受全新人生哲学的完美心理年龄，我们不招募任何超过 21 岁的人；第二，只有一无所有的人才会冒着巨大风险甘愿尝试；最后一条，你们都是特别坚持正义的人。这里有基督教青年联盟成员、全球绿道志愿者以及大学生运动员，是善于团队合作、肯出力的人。没有报酬但愿意奉献生命的慈善人士。"

沃德的音量越来越大，语速越来越快，卡姆被镇住了。在西部联盟中，每次大赛之前，他的足球教练也是这般鼓舞人心的。卡姆也曾听到过非常成功却缺乏个人魅力的政治家的演讲。他心想，他们是从哪儿找来沃德这家伙的？

"我们的目标就是在最短的时间内做最多的好事，就这么简单。"沃德像牧师一样举起手臂，"我们的第一个任务恰好出现了。卡姆刚加入，时机刚好。女士们、先生们，无辜的人们正遭受折磨，被无情地压榨，濒临死亡。在我们离开这个世界之前，我们的职责就是尽可能地帮助更多的人。我们将拯救生灵，朋友们！"

听完这番话，唐尼激情澎湃地用拳头猛敲桌子，卡姆吃了一惊。坐在唐尼边上的爱挑剔的眼镜女孩——她叫格温，如摇头娃娃般频频点头。"V"字队形的另一侧，滑翔机飞行员红发沃利脸上挂着大大的微笑，看上去他的"发动机"已经转起来了，有些疯狂。卡姆瞥向扎拉，她正轻轻咬着铅笔上的橡皮。幸运的橡皮，他心想。虽然不像老师的乖学生格温那么起劲，但她也连连点头。投入，这个词在卡姆的脑海中不断回响。

沃德早就让团队其他成员对这套说辞深信不疑，现在，他

只是在集结部队而已。卡姆搞不清别人是不是正等着他欢呼
或者吹口哨来表忠心，很可能是这样吧。他在教室后排向沃
德竖起大拇指，表达对他的赞许。强壮的私人教练点了一下
方下巴作为回应。

沃德继续宣讲，并在写字板上写下巨大的板书。沃德在
上面写，卡姆在下面用灵活的手指转动小笔记本。这个小把戏
是他以前在课堂上根据转笔的乐子自学而来的，以便让不安分
的手有事可做——目的其实和扎拉咬铅笔头差不多。他不知
道自己该不该记笔记，不过沃德的列表非常简短，真仁慈。

五条原则：

1. 接受训练。
2. 接受会死的事实。
3. 不同外界联系。
4. 不向外界泄露组织。

沃德认为，第五条是最重要的：

5. 集体利益高于个人利益。

沃德还解释，原则三与原则四必然是紧密关联的。外部
世界——更确定地说是他们原来的国家——不会理解这样一
个向年轻人提供试验性药物，并派遣他们冒着生命危险——
无论剩下的生命有多短——去执行危险任务的组织。如果有

关政府注意到了组织的存在，特别是美国政府，组织将受到处罚并解散，无法再继续推行善举。

写完列表，沃德又在原则旁边写上"坚不可摧"，不知到底指的是什么"坚不可摧"。

"都听清楚了吗？"他问。每个人都点点头。"这个学院很小，但组织紧密。除我之外，你们日常接触的成年人就只有'飞行员'。如果有信息外泄，上头也会知道这是招募进来的成员泄露的。"之后，他的语气又软了下来。"在这儿，你们也许有时会感到有些与世隔绝，但是忠诚的伙伴就是你们极其亲近的人。你们和我在一起的时候，我会照顾好你们，你们能够得到你们所需要的一切。"

"我觉得食物有点儿太局限于本地菜。"阿里小声对卡姆说，"但是，潜游很棒。龙舌兰酒妙极了，二十多种。"

卡姆仰起头，再次举起手。"也就是说没有宵禁？没有限定饮酒年龄？没有监护人？没有类似的禁令？"

"这儿不是大学。"沃德说，"你们都是大男生、大女孩了。除了遵守写字板上的这些原则，度过余生的方式都由你们自己决定。我也不会长时间待在这营地里。"

"没有监管？"

"除了训练，其他都没有。为执行任务做好准备就可以，除此之外，你们可以做任何你们想做的事。"

卡姆的歌单

6.《宣 誓》🔊
演唱：玩具彩虹圈

7.《嘿，我知道这首歌》
演唱：无名氏

8.《冰雪消防员》
演唱：大嘴巴

把手给我，伙计。

　　培训结束后，沃德宣布晚餐时间到，他们都来到过道对面的餐厅里。那个令人惊喜的食物储藏室和可以走进去的超大冰箱里储藏了卡姆想得到的所有能吃的食物，很多都已经料理停当可以马上食用。更妙的是，这里全天开放。卡姆听了朱尔斯的推荐，选了一碗鸡肉意大利面，放进微波炉中加热。还有用长相奇特的蔬菜做成的类似沙拉一样的食物，他也拿了一份，并在上面淋满了辣酱汁。水果也很奇异，朱尔斯告诫他在刚来的时候最好别吃它。他惊奇地看见几箱啤酒，并想要拿一罐——不为别的，只是为了装酷或者放松一下——但是最终还是没拿，只选了利乐包装的果汁。他刚经历过严重的睡眠障碍，还浑身是伤，泡沫酒精饮料似乎没有办法使他放轻松。喝啤酒这念头让他感到头晕，而不是酷。

他挑了个位子，猜测着别人拿好食物以后就会来和他坐一起。他吃着饭，其他人开始围拢到他桌边。没料到他们居然会围住他，有的站在他背后，有的跨坐在他身边的长凳上；泰根站在桌子对面，比所有人都要高。他们盯着卡姆，没有说笑，没有自我介绍，大家都表情严肃。

"怎么啦？"卡姆嘟囔着，嘴里满是沙拉。

唐尼说话了："沃德有他的规矩，而我们有我们的规矩。"

眼镜女孩格温把手搭在唐尼一侧的肩上，欧文站在另一侧。

"皮特是我们的前队友，你只是匆忙找来的替补。我们认识皮特，我们不认识你。"

"还不认识……"阿里插嘴道。

"我们需要你证明你的忠诚。"

卡姆看向阿里，后者点点头，对他说："卡姆，虽然讨人嫌，但也是非常有必要的一步。"

"你得许下誓言。"唐尼说。

"团队誓言。"格温随声附和。

"是彼此信任、相互尊重的誓言。"雀斑女孩说。她说话的声音太轻柔，卡姆差点儿没听清，但是她的话比起唐尼的话更能打动他。卡姆觉得，如果她、阿里还有唐尼都已达成共识，想必是靠谱的。

"我们将为了大计一同出生入死。"唐尼继续说。

"对，没错。"卡姆也同意，"我既然已经来到这儿了，是吧？所以我也是一分子。我要说什么？"

"哎呀，大概是这样吧。"红发沃利说着，随即咯咯地大笑个不停。

"为大众谋福利。"唐尼说，同时朝沃利皱起了眉头。

"就这几个字？"

格温不满地清了清嗓子，又调整了一下她的眼镜。"这几个字表示你发誓，为了世界的福祉，将生死交给团队。"她代替唐尼解释道。

"没问题。"卡姆说，"虽然有些严肃可怕，但是我乐意合作。在此，我宣誓奉献一生，为大众谋福利。"

但是，他们都没有动，看上去不是特别相信。

"我是认真的。"卡姆补充道，"百分之百认真。"

他们依旧围着他。

朱尔斯做了个鬼脸："还得有……嗯……有一个刺青。"

扎拉从腰带上的刀鞘内抽出一把尖刀，问他："你要刺在哪里？"

海浪冲上沙滩，溅在木塔下方带着火气的红色灰烬上。引得篝火啪啪作响。篝火堆是沃德教他们搭建的用以生火的木制金字塔，在塔坍塌之前，它比卡姆还要高，火烧起来的时候，没人敢在1.5米的距离之内靠近它。

沃利奔跑并跃过燃烧的圆木，像野人一样尖叫，直至两条裤腿都着了火。他随即跑向涌上来的浪涛，打起滚来。卡姆被他滑稽的动作所吸引。要知道，沃利连酒都没碰过。

这边，唐尼在一个多小时里就灌下了7罐啤酒，之后便和卡姆勾肩搭背，宣称自己原谅了卡姆此前逃避应战时丢沙子的犯规行为。卡姆表示感谢，但不知道该不该把醉话当真。对某些人而言，一起喝酒会增进情谊，使得彼此的话更有分量；可对一些家伙而言，第二天一睁眼就会忘记之前的诺言。他还没看透唐尼到底属于哪一类。

有件事卡姆很确定，那就是格温崇拜这家伙。她看唐尼时双唇噘起，仿佛生怕他会溜走一般。当他扑通一声坐在他们从崖壁拖回来的圆木上时，她匆匆赶去为他取了一罐啤酒，然后挤到他身边坐下。她啜了一口表面布满水珠的银罐至尊塞尔巴达[①]，小脸一皱，很显然，这不符合她的口味，但她又想努力适应当前的气氛。

泰根静静地发呆，猜不透他在想什么。

那边，扎拉像只大猫一样懒洋洋地躺在沙滩上，两腿伸直，头枕着一边的手肘。她穿了件紧身T恤，眯缝着双眼盯着那些偷瞄她的男队友，直至他们像小学里互瞪比赛中的失败者那样看向别处。卡姆只坚持了五秒钟就败下阵来。

总之，这场给卡姆办的迎新会，仿佛一场天堂聚会。只不过，因为他们都将在年纪轻轻的时候离开人世，所以不免给庆祝活动投上了一层难以言喻的阴影。

“组织叫什么名字？”卡姆随口问道。

“没名字。”朱尔斯说。

---

① 西班牙语中啤酒的说法之一。

"我明显地感到，他们出于安全考虑，不使用任何可辨识的名号。"格温解释着。

沃利一跃而起："我们应该给它取个名字！"

阿里咧开嘴笑起来。"叫它'混账宇宙救世主'怎么样？"

"'宇宙救世主'是一个西雅图乐队的名字。"卡姆说。

"但我加了'混账'一词。"阿里温和地争辩道。

格温皱起眉头："我不觉得我们应该……"

"最后一口气？"欧文说。

格温摇摇头："太压抑。换一个。"

"全体安详。"卡拉培建议道。

扎拉傻笑起来，她的上唇像一条翻滚的蛇一样外翻："这是我听到过的最糟的特工组织代号。"

"没错。"阿里也同意，对着他最喜欢的龙舌兰酒直哼哼，"我们应该取一个很酷炫的名字。"

"比如说？"唐尼啐了一口。好像阿里无论说什么，他都准备反对。

贝灵汉医院重症病区跃入卡姆的脑海，他原以为自己会安静地死在那可怕、虚无、空荡的 3C 走廊上。虽然现在他仍和其他重症病人在一起，只是在地球另一端参加海滩聚会，置身于热带雨林的声、色、味里，为秘密任务做着准备。同一个病人，不同的生活场景。

"比如'死亡之翼'？"卡姆说。

没有人反对或者嗤之以鼻，没有一个人说话。他们的沉默表示这个名字很好。

等其他人都睡下，卡姆与阿里坐在朱尔斯与卡拉培对面——两个女孩也是一对室友。明天一大早，小队就要接受训练。唐尼一宣布要去睡觉，其他人就像绵羊一样紧随而去，只剩下他们四人。

"我的文身真疼啊。"卡姆说，他举起倒霉的右臂。它才刚从毒药造成的麻木中恢复知觉，就被嗜血的"泳衣模特"留下了永久的伤疤。他们几个人都有相同的文身——一系列的心电图心跳谷峰，末尾是一条直线。卡姆的文身环绕着右上臂。卡拉培的环绕她的脚踝，吃的苦头少——周长越小，被撕裂的皮肉也就越少。阿里的文身在胸口。朱尔斯的在她的腰背处——她不打算天天看到这伤。他们说，沃利的心跳线沿着他的脊椎骨而下，直直的尾线消失在他的股沟内。卡姆认为应该相信他们说的。文身的方法很残忍——扎拉在匕首尖上裹着一层薄薄的、浸透墨汁的布，再用匕首的尖端连续扎好多下。

"说正经的，我对她再也没有兴趣了。"他宣布。

"我觉得扎拉喜欢用刀子伤人。"阿里边说边将一个空的至尊啤酒罐扔进将要熄灭的火堆里，"自从我来这儿以后，她给每个人都弄上了文身。我觉得一切都是她的主意。"

"她很俗气。"朱尔斯嘲笑道，转向卡拉培，"难道你不这么想吗？"

"好吧，她很性感。还很自信。"

"性感也是分级别的。"朱尔斯说，"友好、卖俏、卖弄风情、风流成性、下流、淫荡、堕落。你觉得她属于哪个程度？"

"卖俏吧？"

朱尔斯再次冷笑。

"卖弄风情？"卡拉培又试着说。

"哦，你真是太善良了。"

"对。"阿里说，"卡拉培彬彬有礼，不会对我们的团队发牢骚。她加入进来是希望能拯救可爱的毛茸茸的动物或者热带雨林。"

"我也想要帮助人。"她辩解道，"我本来以为我们会去建造学校或者挖掘水井。我们的训练看上去有些暴力。"

"瞧见了吧？很有爱心，可惜没勇气。"阿里笑道。

她听了只是微笑，并不觉得受到了冒犯。卡姆想象不出她发牢骚或者被激怒会是什么样子。她举止温柔，如同她的嗓音、略带雀斑的奶白皮肤，和像面纱或雾一般垂于面前的纤细的淡金色秀发，都一样柔和。

"你从哪儿找的'卡拉培'这样酷的名字？"卡姆问。

她的脸红了："我自己挑的。"

"好吧，这是个很不错的绰号。"

"谢谢，不过这不是绰号。"

"不是吗？"

"不是。我出生时叫爱丽丝，是我爸给我取的当时流行的名字。在学前班里还有两个爱丽丝，我是最安静的，所以是爱丽丝三号。6岁的时候，我在马戏团看见一个机器，很大，是一架有风管的钢琴。蒸汽喷射而出，好像机器在生气，但是它却将蒸汽转化为音乐。"

"哈！一架汽笛风琴。"卡姆说。

"对。我花光了自己所有的钱买了很多马戏票，让那人一遍又一遍地弹奏曲子。好几个月我都哼唱那曲子。我多想自己也能拥有一台这样的风琴，但是我妈是单亲妈妈，她是个秘书，无力负担那样的东西。她给我买了一个二手电子琴，又带我去法院改了名字。"

"你妈妈真酷。"朱尔斯说。

阿里傻笑着对卡拉培说："你真幸运，名字不叫风琴①。"

卡姆透过火焰上方的热流注视着卡拉培，热气流扭曲了她的容颜，使她看上去像是个模糊不清、头发微红的鬼魂。脸色苍白，带有雀斑，毫无血色的嘴唇上挂着令人捉摸不定的笑容。她很苗条，没有诱人的曲线。卡姆觉得，她的美不在身材，她不是传统意义上的美丽，但是自有她的魅力。

"你喜欢音乐？"他问。

碉堡开着，它总是开着，随时提供任何他们需要的东西。卡拉培领着卡姆走过会议室，穿过餐厅，从冰库拿走一大盒巧克力布丁，用一把大木头搅拌勺把它吃了个精光。

"就在前头。"她边说边舔着嘴角边的巧克力。在空旷的大厅内，她的轻声细语也变得洪亮起来。

他们走过一个小健身房，沉重的拳击吊袋自天花板上垂下来，头盔挂在钩子上，几根套着软垫的杆子靠在泡沫墙边。

---

① 希腊神话中司雄辩和叙事诗的女神卡拉培与汽笛风琴的英文均是 "calliope"，区别仅为前者大写而后者小写。

"防守与进攻。"卡拉培说,她猜到卡姆要问什么。"跆拳道、综合武术,这一类玩意儿。扎拉在这儿一待就是几个小时。我不喜欢这些东西。沃德教我通信技术。"

卡姆点点头,心里想着自己会接受什么样的训练。然后,他们走进了一个小房间,屋内只有一张电子琴与一把长凳。

"为什么这里的墙上有泡沫?"他问。

"相同的原因,防范这儿的暴力行为。"她说着就咧嘴笑了。

"哦,为了音响效果。"卡姆才意识到,"我真傻!"

她坐了下来。其实,与其说是坐下来,还不如说是滑下来,顺滑、自然,如同她已经在这儿或在家做过无数遍——都很有可能。她臀部一沾凳子,就与之融为一体;同时,她往前倾,轻触开关。她纤细的双手有如蝴蝶翅膀在琴键上飞舞,十指一会儿落在这边的黑键上,一会儿落在那边的白键上。

"你是不是要——"卡姆开始发问。

卡拉培敲击出和弦,乐声澎湃,淹没了卡姆的声音。他不再说话,她则身子略微后倾,转而演奏一首轻快的曲子。卡姆觉得,这是她在让他噤声。于是他服从了指令,乐曲缓缓奏出。她的双手在琴键上翩翩起舞,起初活泼灵动,随即变得迫切起来,之后又露出一丝绝望的渴求。只见那双手索寻、敲击着键盘。没多久,她就不再轻抚琴键,而变成了惩罚它们。只见她双肩屈曲绷紧,呼吸越发急促,鼻孔张开。她一连三遍弹出一段音符,越弹越快,随即陡然升高八度,在高潮处又戛然而止。卡姆不知道她演奏完没有,不过他没敢发问。

表演尚未结束。她敲击了一个低音键——一个单音符——

持续不断地敲击，然后，她唱起歌来。她的歌声令人意外——嗓音深沉而沙哑，如同她的双手一般苦涩、凶猛。唱至高音时，歌声里透露出女性特质，但她更偏好低音，更中意琴声低沉的部分。她唱着小时候紧抱着被执行安乐死时不断挣扎的爱犬，唱着希望自己长大成人但永不可能如愿。这两件事让卡姆很同情她，但同情的原因又各不相同。随着歌声中的情感越来越丰富，悲伤之中出现了一丝愤怒。最后，她发出一段悠长低沉的悲鸣，进而迸发为一声简短的尖叫，随即戛然而止。唱完这歌，她瘫软下来，似乎用尽了所有的情感与气力。她盯着琴键，沉默了好久。

"哦，我的上帝。"卡姆说，"你真是……太棒了。"

她挤出一丝笑容。"那么你喜欢这歌？"

"这是不是'丽莎跑掉了'乐队的歌？听上去像，但我从没听过啊。不过，从歌词来看，又有点儿像'畏惧'乐队的歌。"

"你很懂音乐。"卡拉培说着，摇摇头，"虽然都深受他们的影响，但不是他们的歌。"

卡姆歪着头。"是你写的歌。"他意识到了什么，"就是你写的歌！"他像一个傻子一样朝着她笑，"显然，你有些烦恼。"

她笑了："我们都快要死了，卡姆，还记得吗？烦恼不由人。"一个小时前，这句消沉认命的话若是从她的嘴里说出来，会有些怪异，但是现在，这句话与她很相称。

"对，我记得。"卡姆说，"但是刚才，你让我忘记了这一点。"

卡姆的歌单

7.《嘿，我知道这首歌》🔊
演唱：无名氏

8.《冰雪消防员》
演唱：大嘴巴

9.《我爱培根》
演唱：美食家

有些东西很熟悉，可是啊，又如此特别。

训练早早就开始了。他们在沙滩上碰头。沃德、扎拉、泰根还有唐尼。四副潜水呼吸面罩与呼吸调节器整齐地摆放在沙滩高水位标识的上方。

"卡姆，你是运动型队员。"沃德说，"让我瞧瞧潜水队这个任务适不适合你。"

其他人都已经穿戴完毕、调整好装备，卡姆却依旧站在那儿琢磨软管和搭扣，于是他们就帮他穿戴。沃德则站在一旁，背朝大海，喋喋不休地说着各项步骤、要领以及警句格言。

"水肺 SCUBA 也就是'自持式水下呼吸器'……除非你

想爆炸，否则不要比气泡上升得更快。不要，我再重复一遍，不……要……屏住呼吸……"

大家全神贯注地听着每一个字。显然，他们从前都听过，只是依旧保持着敏锐与警觉。因为有过一段跳伞的经历，卡姆深知能否保住性命全仰仗于此，因此听得格外用心。

"有问题吗？"沃德直视卡姆。

"没问题，先生。"卡姆回答。

"你确定？如果你游泳不行，现在就告诉我，承认弱点并不丢脸。"

卡姆瞥了一眼伙伴们。扎拉、唐尼也观察着他，估摸着他的水平。才怪，承认弱点当然丢脸，他心想。"我确定。"他说。

"非常好。唐尼，你是领队。你们游到浮标，然后再回来。"他说，"快！"

唐尼、泰根、扎拉径直走进海浪中，脚蹼击打着沙滩。卡姆跟在后面。起先，海水轻触双腿，之后一个齐腰的大浪撞上他。扎拉早就跳进涌来的海浪的低潮中。卡姆弓背越过浪尾，向前冲去，他插上呼吸调节器，潜入接踵而来的浪头。

波涛之下出奇地安静。卡姆不得不踩水离岸，潜出拍岸的海浪。潮水帮了他的忙，退潮十分迅猛，不久后他就自由地漂浮在平静的远海。其他人就在正前方，稳健地踩着水。唐尼回头看看，但没有减速。卡姆追赶着他们。他们必须在没有灯标的情况下找到那浮标，"训练就是实战。"沃德说过。他们的第一个任务就是没有灯标做提示的。

卡姆很好奇，他们的任务究竟是什么。很显然，目标是救人，走水路是行动计划的一部分。阿里被指派跟着"飞行员"去接受他的训练任务，也不知道是什么。卡姆曾经问过阿里，后者只是大笑，并说自己拿到了"美差"。卡拉培被安排去学习通信技术。他们都知晓计划的某个部分，但不曾从沃德那里得到整个计划内容。

卡姆以为会看到鱼，但是陡然变得深邃的海洋毫无生气，这与泻湖截然不同，泻湖水深较浅，在阳光下显得生机勃勃。现在，他目力所及之处，一片昏暗，他不禁想象死亡是否就是如此。寂静无声，无边无际，孤独落寞，最后陷入极度的自我意识，完全感受不到丝毫的外界刺激。他还意识到自己已经开始疲倦，速度也放慢了。他们还没有到达浮标，他觉得自己要专注于手头上的任务，就像沃德多次强调的那样。他奋力划水，追赶着团队。也许他们会浮出水面，在浮标处休整一会儿，然后再返回。但是，当他抬起头看时，他们已经游远了。

骂了一句，在水下吹出一串气泡，卡姆迷失了方向。昏暗、遥远的海底早已无法引导方向。他觉得自己可以浮上水面，确定海岸的方向，但是训练的关键点就是躲在水下不被发现。他怀疑沃德正在用挂在脖子上的望远镜观察他们。卡姆随波浪漂流，一圈圈地打转，晕头转向，彻底丧失了方向感。最后，他选定一个方向，划水向前，但是游了几分钟，还是什么也没瞧见。

水面有光，这一点他很清楚。他咒骂着自己，划水向上方游去，小心地不让自己上升得比气泡快。他破浪浮出海面，心中既感到挫败，又觉得释然。海滩很远，比他想象的远得多。

悬崖下的小屋不过就是棕色绸带上的圆点。他已经远远游过了红色浮标,浮标处于他与海岸的中间,在深蓝的海浪上起起伏伏。虽然他只是在原地漂浮,海岸却慢慢远去。我被卷向大海了,他这么想。海浪是逆向的,游回去变得更加困难了。他双手划水,但是却未能前行。他奋力蹬,能稍稍向前,但是只要稍作停歇,立马就退回原地,甚至退得更远。很快,他就筋疲力尽,比之前离海岸更加远。

突然,有东西从他身后的水下升起,钳住了他的躯干。卡姆惊慌失措,拼命挣扎,在那东西的钳制中不断扭动。是鲨鱼!他感到大腿上部有一股暖流冲出。我流血了!

"冷静!如果你挣扎,我可救不了你这没用的废物。"唐尼的声音有些激动,同时也透出一丝不屑。他以救生的方式,从卡姆的腋下夹起他,向海岸游去。"放松,我可以拖着你游。"

卡姆弄不清自己是该如释重负还是该忍辱负重,但是他也别无选择。他只能让这个傲慢的蠢货来救自己。至少唐尼不可能知道他吓尿了。卡姆全身放松,任由唐尼拖着自己往海滩游去,他被拖着,姿态就像水母。途中,唐尼把他交给泰根。最后,扎拉拖着他游完了剩下的路程,这和此前被唐尼搭救一样令人难堪。三人依旧矫健地游着,卡姆并非不善水性,而是他们不同寻常,几近反常。

"从这儿开始我可以自己游回去。"当他们来到朝海岸涌去的波浪中时,卡姆大叫了一声,他可不想像个罪犯一样被拖到沃德跟前。扎拉耸耸肩,放下了他。

但是,卡姆还没做好准备,对付这种海浪又经验不足。一个浪头卷起他，就像大风刮起树叶一样，将他冲上海滩，他随即一路翻滚，一头扎进了被海浪拍打的沙子里。这一摔粗暴地提示了卡姆，这沙子比度假视频里人们能用脚带起的蓬松沙子要坚硬得多。他呻吟着翻过身来，最后发现自己正躺在沃德脚边。

"你受伤了？"

"是。"卡姆说。

"哪儿？"

"我的自尊心。"

沃德点点头，但是没有让自己笑出来，还是继续专注于手头的工作。

"所以，"他说，"潜水小分队没人受伤，嗯？"

"没有！"唐尼踏着沉重的步子走上海滩，也不再自命不凡。他被惹恼了，看起来非常生气。"这家伙彻彻底底失败了！他不够强壮。"

"一个团队成员的失败常被认为是团队领导的失败。"沃德淡然地说，"当卡姆开始被海水带走的时候，你在哪里？你当时正在拼命向前游，不是为了炫耀自己的实力吗？"

唐尼咬住嘴唇。他的脸看上去隐约有些泛紫。卡姆意识到，他正屏住呼吸，好让自己不要回嘴。沃德并不要求唐尼回答。他知道答案。他转向卡姆。

"说实话，这不算失败，卡姆。这是必须汲取的生活经验，我认为我们刚认识到，你将加入另一个小分队。"

"别着急。"阿里一边说，一边咬了一大口烤鸟之类的东西，"他们都服过药，你可没有。这事无损于你的男子汉气概。"

"我被辣妹拖上了海滩。"卡姆嘟囔着。

"那是强化了的辣妹，哥们儿。"

"我什么时候也能整点儿强化剂？"

"TS-9？随时可以，不过我的建议是，等病症开始压垮你的时候，再开始接受强化。"

"唐尼就是这样？"

"哦，唐尼用药较早，他一向激进。"

"那你呢？"

"我像是服用了类固醇吗？"

"像，我敢打赌，你以前比现在还要瘦。"

阿里不自然地笑了起来。"你反应真快，卡姆。说对了。你知道，TS 也能帮人集中精神，我从来没像现在这么逻辑清晰、思维敏捷过。"

"听上去很神奇。"

"最终也会要了你的命，别忘了这一点。"

"嗯，但是总归晚于我们的自然死亡时间。"

"我还是要提醒你，等你需要了再用药。"

"也许我需要药物来帮我跟上你们的进度。"

"听我说，我之所以用药，是因为他们对我进行诊断以后，我的身体情况开始恶化。我过去是全天然、有机的，诸如此类，但是当你还活着却感觉到身体开始衰败，就会变得惶恐。为了回想起一个月前熟知的知识，脑子变得格外吃力，这感觉，不管你几岁，都糟透了。更何况 19 岁就碰上这样的事，真是一场彻头彻尾的闹剧。TS强化剂解决了这个问题。但是，伙计，你还没有出现身体衰败的状况。"

"你是谁，我的医生？"

"如果我还能多活几年，估计就是了。"

卡姆琢磨着室友的话。阿里没有理由撒谎，除非他和唐尼、扎拉一样争强好胜，也想让卡姆垫底，这不太可能。"只要发病，就算只有一次，我就要和你们一样使用TS强化剂。"

"当这一天到来的时候，我会亲自给你买一个疗程。但你也就真的回不去了。所以，在那之前，尽可能保持'原装'的你吧，僚机。"

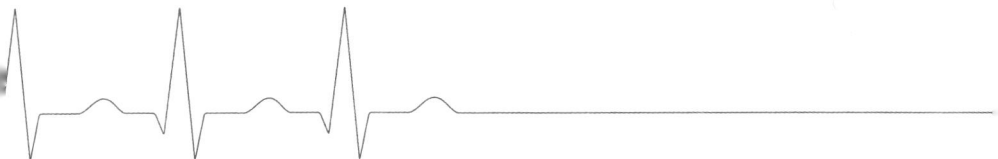

卡姆的歌单

8.《冰雪消防员》🔊
演唱：大嘴巴
___

9.《我爱培根》
演唱：美食家
___

10.《悄声细语》
演唱：好啦，奇奇

融化，融化，融化，就像女生们的幻梦。

休息了一小时之后，他们翻身下床，向碉堡走去。其他人早就在里面了，大家在会议室内排成"V"字形坐着，沃德在最前面。这次飞行员也加入进来。他坐在会议室旁边的一把椅子上，穿着跳伞服，好似随时得爬上直升机。他叼着牙签，戴着大大的太阳镜。其实直升机不在营地里，直升机在沙滩上降落很困难，因为从峭壁吹来的风增加了诸多不确定性。飞行员是坐船来的，划着一艘爱斯基摩皮艇从南面的悬崖绕过来。

当卡姆和阿里走进来时，扎拉鄙夷地笑了笑，唐尼则皱起了眉头。卡姆翻了一个白眼，走向自己位于后排的位子。卡拉培坐在边上,用铅笔画着卡通画,假装没看见。卡姆不知道她是不是因为前一晚用琴声和歌声过分袒露心声而感到尴尬,或者只是瞧不起他这个失败者。朱尔斯却热情地拍了拍他的位子,以大大的笑容迎接他。

"我很高兴你不是傻大个儿。"她低声说着,还朝他笑了笑,"也就是说,你会和我们一起行动。"

沃德举起紧握的拳头示意,房间便静了下来。

"这是你们一直期待的通报会。"他宣布道,"今天,我会向你们说明第一个任务。除了我们的新队友卡姆,你们所有人一直在为特别的任务各自接受训练。现在我们将各部分的力量整合起来,整体力量将比个体力量更为强大。"

他拿出一个手机,将它瞄准了碉堡上粉刷过的白砖墙。一束光线射出,一张照片出现在墙上,照片上,八个人蜷在一起,惊恐不已。他们背对一栋砖式建筑排成一排,大部分是白种人。两个亚裔女性相拥在一起,相互慰藉,一个高个儿黑人女性身着鲜明的非洲服饰。有 3 个人看上去是北欧人,他们几个穿的 T 恤上不同的语言告诉卡姆,这些人的国籍不同。至少有一人看着是美国人——那个头戴波士顿红袜棒球队帽子的年轻人。

沃德的声音充斥着房间——听着像一名播报员正在叙述一则新闻故事,这是他的又一项厉害技能。"这些是人道主义救援组织 WAWT——'分立的世界,融为一体'的医生,他们在海上被海盗劫持了。这是该组织收到的索要赎金的照片。医疗队队长和船长没有在照片上,因为他们已经死了。幸存的八个人正被关押在离这儿不远的地方。你们要去拯救他们。"

房间里响起一阵低语。

"海盗？"卡姆低声对阿里说。

"我听说过这些浑蛋。"阿里低声回答道，"不久前，一个类似的南美帮派向一家韩国公司索要一百万美元，来赎回他们公司的船，他们剁下了船长的一只手寄给了那家韩国公司总部。你觉得会不会是同一伙人？"

卡姆耸耸肩。

另一个团队的成员也在交头接耳。沃德不得不再次举起拳头让大家安静下来继续往下讲。

"他们被关押的国家最近由于政治动荡而局势不稳。加上选举临近，该国的临时首脑控制了军队，并对外宣称，任何在其境内的外来势力的行动均会被视为宣战行为，所以没有政府会管这件事。"沃德咧嘴笑起来，"但是你们会。"

他按下一个按钮，一张战术地图出现在墙上。有一组图形代表着一个营地，恰好是他们所在的营地。波浪线勾勒出大海，海岸线是一条很粗的实线，旁边几个简单的方块形状是建筑。

"渗透小队将坐船在海盗区'放饵'，目的是被他们抓住。这队有阿里、朱尔斯、卡拉培、格温，现在再加上卡姆。欧文加入潜水队成为第四个成员。"

欧文摩拳擦掌，并激动地连拍唐尼的后背。唐尼只是耸耸肩，不过最后还是向欧文竖起大拇指，貌似只是为了让欧文别再碰他。

"在与海盗碰面之前，潜水队将在海上先行脱队，等船只被劫持以后再尾随。沃利在空中待命。"

沃德稍作停顿，给大家时间来领会任务的主旨。底下没人再窃窃私语。唐尼紧握拳头，跃跃欲试。朱尔斯皱起眉头，露出关切之情。沃利嘴角勾起一个笑容。卡姆则茫然地盯着前面看。海盗？他不确定自己原先的预期如何，但显然不是让一帮持枪行凶的杀人狂徒抓住自己。卡拉培两眼圆睁的表情告诉他，她也没预料到会有如此安排。格温看上去并不担心他们小分队的任务——相反地，她向唐尼、扎拉投去焦虑的目光，显然不满意目前的分组。

沃德继续说："在长达数月的考量后，我已经选定了此次行动的队长。"

唐尼和扎拉彼此看了对方一眼。扎拉咧着嘴笑起来。卡姆心想，对她而言，这恐怕只是一场游戏。唐尼没有笑，说明这对他而言是正经事，是一个四肢发达的家伙证明自己是赢家的最后机会。唐尼的表情在绝对自信与绝望间摇摆。

"阿里，你来负责。"沃德简单地宣布。

卡姆还以为会是唐尼，而唐尼此时的表情瞬间大变，像是自己的百事可乐里被人恶作剧地撒了一泡尿。阿里点点头，似乎早就知道会是这个结果。卡姆向阿里投去诧异的眼神。

"蛮干不如巧干。"他的室友眨了一下眼睛，低声说。

"为什么不是格温？她很聪明。"

"过于死板，不够灵活。"

"恭喜啦。"

阿里哼了一声说："很好，你刚才有没有注意到，这些海盗通常会先干掉头目？"

卡拉培皱着眉，试探性地举起了手。"我们是不是得……那个……杀死海盗？"

沃德也朝她皱起眉头。"你们得尽量避免杀死任何人，无论是海盗还是其他人。"他回答道，"规则不能因为危险增加或某些个体的道德观有问题而改变。万不得已杀死一个，只能是为了拯救更多的生命。大家都听明白了吗？"他环视房间，眼神饱含深意，依次与每个人的目光相接，并在唐尼、扎拉和沃利那儿做了短暂停留。

介绍其他信息又花了两个小时。沃德喋喋不休地下达指令，并安排后勤保障，墙上陆续映出许多影像。那些海盗已经臭名远扬：其中一些是曾参与打击贩毒行动中的老兵，另一些则是穷苦绝望的新人。他们装备了一大堆各式来复枪与手枪，他们的惯用伎俩就是索要赎金，并杀死一些人质来刺激被勒索的一方。在杀死人质以前，他们是否会虐待人质还是未知，但是沃德建议，为以防万一，渗透组的女性成员都使用卫生棉条以免不幸遭到凌辱。朱尔斯、卡拉培看上去经验不足。团队的行动将通过卡拉培的微型耳机来进行协调，但是抓住他们的海盗很可能会夺走所有的计时器。"格温会在脑子里计时。"沃德自信地说，虽然听上去这是一项不可能的任务。卡拉培的接收器看上去像一对廉价的耳环，发射器则像是一个舌钉。他们的任务就是要找到八名幸存的医生，然后返回。目的简单，却是一项要命的艰巨任务。

最后的指示是：在出发之前，他们所有人都要看"医生"，接受体检。

看医生？卡姆纳闷起来。他从没想到过，森林里还有专业的医疗人员。当然了，肯定要配备医生，卡姆醒悟过来，我们可都有肿瘤，分分钟会死于绝症恶魔之手。

沃德以一个口号结束了会议，并提醒他们用今晚余下的时间去找点儿乐子。卡姆想不明白，在艰巨任务的重压之下，大家怎么还会有心情找乐子，可是沃利一下子跳起来。

"去海滩！"他嚷道。

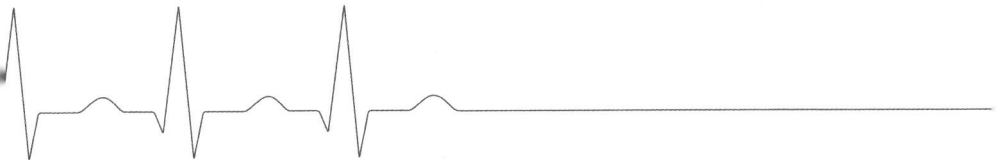

卡姆的歌单

9.《我爱培根》 🔊
演唱：美食家

10.《悄声细语》
演唱：好啦，肯奇

11.《爱的节奏在推》
演唱：丽莎跑了

哐哐叫，吱吱响，美味不肯停。

会后，他们都聚在海滩上，七嘴八舌地聊着天往月下泻湖走去。唐尼一言不发，格温、欧文在他身边说个不停。当大家在一块公共毯子上坐定时，卡姆不禁激动起来。

泻湖平滑的水面泛着宁静的银光，偶尔有红、蓝色的光点闪耀其间，昭示着湖里还有悠闲的鱼儿。丛林内的声响亘古不变，只是遥远而舒缓，如同优美的背景音乐。

"我们应该配枪的！"沃利说，"他们有枪。"

"得怪她。"扎拉回答，她朝卡拉培点了一下头，"小美女要用鲜花来与枪炮斗争。"

"我没搞懂。"卡姆说，"为什么我们不用枪？"

"我加入可不是为了杀人。"卡拉培温柔地说。

"不用枪的事，在你来之前就决定了。"阿里解释道，"我们努力避免通过杀人的方式来救人。你可以看出这里的哲学悖论。在使用枪弹的情况下，很难做到以非致命的方式让别人失去抵抗能力。我们使用喂着当地产的毒药的飞镖。毒药提炼自一种可爱却有毒的天然花卉，在别处调制而成。一剂会让你昏迷几个小时，但不会致死。"

"啊。"卡姆说，"我的胳膊曾尝过这可爱玩意儿的苦头，到现在都不好受。"

"但是，两镖就可以把一个人永远放倒。"扎拉补充道。

"对，所以我们中的极端分子如果真的想要杀人，依旧能够做到。"阿里说，"这是一种妥协。"

"我们都想做好事。"朱尔斯说。

晚餐送到了，他们兴致勃勃地开始大快朵颐。沃德运来了手撕猪肉墨西哥玉米饼，是用他亲手猎杀的野猪肉做成的，沃德把这饼称为帕奇拉。饼在盘子里摞得高高的，边上是各种绿叶蔬菜。团队成员互相传递着装在大木头水壶里甜甜的番石榴果汁。卡姆喝了满满三杯，沃利则将一大口果汁喷向空中，洒到众人头上，庆祝接到新任务。所有人都吃撑了，于是躺下休息，静听海浪拍击着沙滩。五张饼下肚，卡姆觉得自己成了大腹便便的海狮家族的一分子。

"既然接到了我们的第一个任务，我们就应该轮流说说自己来这儿的理由。"朱尔斯提议道。

扎拉轻蔑地笑起来。"这算什么？肉麻兮兮的团队凝聚力训练？"

"我们都许下了相同的誓言。"欧文说，"誓言差不多能全说清楚。"

卡姆觉得，那种简单的誓言很可能的确说清楚了欧文来这儿的理由，这个19岁就开始谢顶的圆眼家伙，就没给卡姆留下独立思考的印象。似乎除了唐尼很壮，扎拉很辣之外，他再也没有什么更有内涵的发现。

"不。"朱尔斯坚持道，"我是说我们在这儿真正的原因，我们个人的原因。对我而言，加入进来是一个重大的决定，我第一个说。"她拾起一个螺旋形的贝壳，像是麦克风一样握在手中，深吸一口气，"我一直想去旅行。我去了欧洲一年，但是当我被诊断出得了病之后，医生说我必须回家接受治疗。出院没几天就……好吧，你们都知道的。我当时觉得以后哪儿也去不了了，但是现在，我到了这里。"

没错，就是这样，卡姆心想。他也害怕相同的事情——担心自己永远走不出故乡的小镇。

卡拉培坐直，接过螺壳："我想帮助别人，真正地帮助他们，不过是通过艺术、音乐或者教育这样的方式来帮，我不喜欢打打杀杀的事。"

"我们知道。"扎拉不耐烦地嘟囔起来。

卡拉培没理她。"飞行员来诊所的时候，我和他谈了好几个小时。他答应我，说我们在一年内做出的贡献会比大多数人一辈子做的还要大，还说我会拥有一架钢琴。"她将螺壳递给坐在她旁边的泰根。

"我爸负担不起治疗费用。"泰根说，他绵软无力地将螺壳握于腰间，随即又陷入沉默。看上去，这是他解释的全部内容。

格温不耐烦了，用手肘捅了泰根一下，并抢过螺壳，泰根没挣扎。她站起身，扶了一下自己的眼镜，开始向大家演说。卡姆注意到，她后背笔挺。

"得到诊断结果之后，我有多种选择。"她说，嗓音尖锐而突兀，"需要做的就是从中选出最好的。我当然可以试着延长治疗，期待新药能马上出现，或者……"

卡姆瞧着格温的嘴一张一合，她的话听起来像是硬凑在一起的，都是些大空话，而且说得太多。她在吐出这些大空话的同时，眼镜弹上弹下，真是太分神了。她似乎讲了很久，还时不时地触碰唐尼宽阔的肩膀，好像在自我宽慰身旁还有他陪着。显然，她聪明得要死。卡姆确信，如果自己没有注意到这一点，她早就主动告诉他了，当然不会用"要死"这种字眼，她这个人死板得绝对不会说这种粗话。等她终于讲完，卡姆依旧不知道她为什么加入进来。事实上，他们之中，只有卡拉培比她更不像会来这儿的人。

格温坐下，温柔地将螺壳塞入唐尼的掌心，同时又碰了一下他的肩膀。

唐尼盯着螺壳发呆。自从阿里被任命为团队队长，他就没说过话。他坐直了，目光越过和他一样濒临死亡的队友们围成的圈儿；他开了口，既像在对他们讲，也像在对黑夜诉说。

"我来这儿只是为了完成任务。"他说，"我是认真的。我全身心地投入进去，不相信妥协。你必须百分之一百一地投入进去。只有这样，才能成为顶尖人物。"

"这是不可能的。"阿里嘟囔着。

唐尼停了下来，卡姆发现他正喘着粗气。他的脸通红，前额上有根血管就像蠕虫一样在皮肤下面突突跳着。他深吸一口气，稳住情绪说出了后面的话。"我接受阿里来当队长。"他宣告道，"至少为了这个任务。你很聪明，我懂。我会听你的。不过归根结底，我是为了完成任务。"

他将螺壳传下去。卡姆和阿里互看了一眼，卡姆扬起一条眉毛。

等唐尼将注意力转向别处，阿里嘀咕了一句："好吧，真让人安心。"

扎拉拿起螺壳，又将它抛向空中，再用手指夹住。

"尽情尽兴，活得精彩。"她说得很简短。她看向卡姆，抚摩着螺壳；随即又在欧文面前抬起一根手指，指尖上顶着螺壳，就像戴着一顶精致的帽子。

欧文小心翼翼地从她的手指上摘下螺壳，似乎有点儿紧张，仿佛要是碰到了扎拉，她就会拿他练柔道过肩摔似的。

"我同意唐尼的想法……"欧文开了腔。后面的话都没什么意义，至少卡姆这么觉得。接下来，欧文重复了一些格温说过的内容，一些沃德反复引用过的口号。卡姆不敢肯定，欧文到底有没有说出自己的想法。

螺壳传到了阿里手中。

阿里用螺壳铲起一些沙子，然后倾斜螺壳，让沙子缓缓流出。"我觉得，这纯粹取决于你活着的时候，究竟想要做成什么事，怎样才算充分利用了你的时间，无论你还有多少时间。我一直想当医生，救死扶伤，或者当一名纳斯卡赛车手。当我被诊断出绝症的那一刻，我非常肯定，比起待在医院，我来这里能拯救更多人的生命。很讽刺吧？"

他将最后的沙子倒出螺壳，然后拍了拍，确信里面已经空了之后，将它递给卡姆。

卡姆不知道该说些什么，该说的都被人说了。看看欧文，老重复别人的话，就像个傻瓜。

"我想我爸妈了。"他脱口而出。

他不知道自己为什么说这些。话才说出口，他就后悔得想要踹自己。天哪，他心中暗道，听起来，我像个在夏令营里的胆小鬼，可我才刚刚加入进来。他觉得自己听上去比欧文还要蠢。然而，当他环视四周，他看见了许多双眼中的泪光——卡拉培、朱尔斯，居然还有父亲无力承担治疗费用的泰根，这真令人感到意外。至少，自己并非个例。他不再多说什么，于是将螺壳递给别人。他不想把事情搞得更糟。

还是阿里帮他解了围。"那么，沃利，你为什么加入进来？"他将同情又有点儿反感的目光从卡姆身上移开。

沃利皱了皱眉，然后咧嘴笑起来。"为什么不加入呢？"他大笑着跳起来，将螺壳猛砸在旁边的岩石上，"来吧，我们去裸泳！"

沃利扯下衬衣，甩掉短裤，光着身子跳进潟湖，水花四溅。只有他一个人，就连扎拉也一动都没动。

哇，卡姆心想，沃利的文身真的一直延伸至股沟。

卡姆的歌单

10.《悄声细语》🔊
演唱：好啦，肯奇

11.《爱的节奏在推》
演唱：丽莎跑了

12.《高烧少年》
演唱：风铃和恩典

你的朋友在说我，
但我的朋友也谈你。

在毯子座谈会上经历灾难性的交流之后，卡姆悄悄退场，离开了海滩，回到自己的小屋。一进屋子，他就想打开音乐播放器，这是他的习惯。他需要听一首歌——找一首黑暗阴沉的歌曲来搭配此刻郁闷的心情，帮他坠入泥潭底部，以便能触底反弹。但是，他的耳机和播放器没在小桌子上，它们本应该在那儿的。

真奇怪。自从卡姆将耳机放在桌上，阿里就没回来过，而他从不会乱放音乐播放器。这副黑色的耳机就像他的眼镜，他很少摘下来。小巧的夹片式播放器储存着他喜爱的所有音乐，一年来从未和他分开过。它很容易就能夹在他的衣服上，甚至在不穿上衣锻炼的时候，也能夹在他脑后凹陷处的褐色浓发上。所有人，从见面的那一秒就都知道，它对卡姆来说很重要。在营地里，他一直戴着它。曾经有一次，沃德甚至当着整个团队的面，让卡姆把这该死的东西放回口袋里。卡姆心想，也许这是某人开的一个玩笑，或者以此向他发出一个信息。他开始搜寻，知道自己在找到耳机之前是不会消停的。他盘算着，这是间小屋子，一寸寸地搜也用不了一个小时。他先从屋子南侧的地板开始找起。

最后证明，从地板找起是个糟糕的开端。54分钟之后，卡姆在房间的最高点发现了耳机和夹片式播放器，它们就在他的吊床上——也是他最后找寻的地方。它们整齐地放在他的枕头下面，要是他不去找，那么只有等晚上头靠在枕头上，再伸手到下面才能发现。起初，他以为是沃德进来给他们铺床叠被，并将耳机和播放器放在那儿妥善存放。这家伙仿佛把大小事务全包了，这么做也不奇怪。但是，下午卡姆还曾躺在那儿和阿里聊天，被褥还是乱的。

他把它们掏了出来，将可伸缩的耳机线拉长。一张小字条跳了出来。字条展开，上面有字，字迹潦草，看起来写得很匆忙。

"我一直都盯着你。"

怎么回事？他翻过字条，查看背面的署名，没有。卡姆挠挠头。这是一个警告？他又读了一遍，用手指划过每一笔。从字形来看，像是出自女性之手，但是他并不确定。唐尼不需要给他留条——他一贯公开发出挑战。坦白说，团队里没人

像是会留字条的人。卡拉培？卡姆心想。自从他们在琴房建
立了友好关系，她就一直保持疏远。她很害羞，又很吸引人。
她很好地婉转表达了自己的想法——通过歌曲，或者一张字
条。卡姆内心一阵悸动。她非常迷人，她的嗓音……喔噢！
他开始琢磨：女孩在接吻的时候能否歌唱？然后，他又开始
想：卡拉培会愿意接吻吗？她当然愿意，他心想，我们都只能
再活一年。他收好字条。即便没有歌曲的接吻也会非常美好，
今晚的心情肯定会越来越好。卡姆选了首一点儿也不阴沉的
歌，然后跳上了自己的铺位。

　　一个小时后，阿里溜达进来："看地图了吗？"

　　"我一会儿会看的。"卡姆说，"嘿，你有没有给我留口信
儿？"他没有提字条的事。

　　"最近没有。"阿里说，"你要我给你留一个吗？"

　　卡姆咯咯笑起来："好啊。"

　　"就像沃德一直说的，现在是时候开始专注于头的任务了。
这就是我给你的信息。你得清楚，这任务很危险，他的警告可
不是开玩笑。别把它当成你父母常说的'开车多加小心'。"

　　"我父母不怎么说这些。"

　　"别和我打岔儿，这是正事，伙计。这帮海盗不是省油的
灯，他们可不像你在网上看到的那些索马里傻瓜。这些家伙
以前种植可卡因，干不了老行当了，不得不再找出路。他们过
去割耳朵，哥们儿——现在是砍手、砍头。虽然我们受过训练，
但是我们并不是专业突击队。在你来之前，沃德曾说过，要是
第一个任务折损了一半人马，他也不会感到惊讶。看了背景

资料、情报以及地图之后，我不得不同意他的看法。我今晚得熬夜研究任务。"

"为什么？难道是测试？"

"终极测试。我是队长，我还要对你们所有这些可怜的家伙负责，我可不认为你们中有人想提前出局，也许除了沃利。"

"对，他是疯子。"

"你这么想？"阿里放松地笑了起来。

"你真相信，他来这儿是为了全人类的福祉，就像我们都宣誓的那样？"

阿里爬上他的铺位，躺倒，心事重重地看着天花板。"我觉得他真的关心，虽然，他根本不为小事担心，也压根儿不在乎自己的利益。我呢，可不想死得太早。我觉得，已经时日不多的现实让生命的每分每秒都更加珍贵，这并非耸人听闻。"

"格温怎么样？"

"宗教狂热分子。"

"当真？对唐尼揩油的她？"

"受压抑的宗教狂热分子，最糟糕的那种。严守贞操，但是据说，除了那事，她愿意为他做其他任何事情。"

"我可不想知道这些事，谢啦。"

"顺便问问，你和你的神是什么关系？"

"他和我在整件脑肿瘤这事上已经分道扬镳了。"

"我完全理解。"

"扎拉是什么型的？她肯定不是那种受压抑的。"

"说得对。我猜，她早就和每个人都'滚过沙滩'了。"

"我指的是，你觉得她来这儿的真实原因是什么？"

"懂了。她是为了体验极限才加入的。如果我们的任务能帮到别人，很好，不过，她想要的是能让肾上腺素飙升的机会，躺在医院的床上可没戏。"

"朱尔斯怎么样？"

"平凡女孩，清爽舒服的那种平凡，可以娶回家的那种。"

阿里瞥向别处，一时神情有些忸怩。卡姆决定不说出对于她外貌的评价——她不漂亮，阿里并不需要听到这些。

"卡拉培呢？"

阿里龇牙一笑："我就知道你迟早会说到她。"

"只是好奇。"

"她是我新近最喜欢的人之一。"阿里说，"她的内心极度痛苦，太想不开，不过她心肠是真的很好。你喜欢她？"

"我在试着喜欢所有人。"卡姆说。

"哪怕是你潜水小分队的朋友？"

"只要他们心存善意。我们是一个团队，对吧？"

"好办法。真希望我也能这么宽容。你做得对，卡姆。"说完这些，这个小个子室友转身离去。

卡姆不自觉地摸索着枕头下的空隙。他没有把字条放回去，担心沃德会发现。他不知道自己为何这么谨慎——只要每个人都接受训练，沃德和飞行员根本不会在乎是不是有浪漫的恶作剧——不过，总感觉还是不让别人知道为好，于是，他将字条塞进自己的牙刷插架里。虽然他已不再是有小秘密偷藏字条的年纪，但知道有人关注自己还是挺有趣的。

卡姆的歌单

11.《爱的节奏在推》 🔊
演唱：丽莎跑了

12.《高烧少年》
演唱：风铃和恩典

13.《第六时祷告和我》
演唱：水手 Z

你爱我，推倒我，压制我。

新的一天从障碍跑开始。作为足球运动员的体能训练，卡姆在老家华盛顿州贝灵汉市跑过障碍跑——查卡纳特和加尔布雷思山脉，8 千米上坡与 8 千米下坡。但是，在公园开放式小道上慢跑根本没法和在丛林里奔跑相比。卡姆有一半的时间都得挣扎着穿行于矮树丛中，攀爬泥泞的山坡。沃德和飞行员跟在后面，用彩弹枪射击跑得慢的人。

朱尔斯是第一个中招的——被射中了大腿。卡拉培错误地停下查看朋友是否还好，结果被第二个击中。三颗红漆彩弹在她肋侧爆炸，让她看起来像穿着圆点衫的小丑。彩弹打得很疼，还会留下伤痕。卡姆瞧见她侧向一个趔趄一脸吃痛的表情。就在他从山上往下看的时候，队里的其他人继续跑过去，把他落在后面。他转过身，拼命追赶他们。

格温崴了脚，停下不跑了。卡姆听见她告诉沃德，没必要用枪射她，因为她无论如何都跑不完了。之后，她央求起来。接着就听见两下沉闷的砰砰声和痛苦的尖叫，卡姆意识到，沃德还是开枪打她了。卡姆有些好奇，他究竟打她哪儿了。

阿里呼喊其他人，命令大家分散成两个两人组和一个三人组。因为他是这个任务的队长，所以他们毫不迟疑地照办了，完全符合沃德的指令。就算是唐尼也咬着嘴唇听从了，他和欧文往南去。阿里、扎拉和卡姆朝北。泰根和沃利一起向后折返，试图偷偷绕过他们的追兵。这是沃利的建议。阿里还没来得及反对，他们就蹿了出去。然后，没等找到藏身之处，他们就"死了"。

现在只剩下两队人，沃德和飞行员就可以兵分两路追赶他们了。

"我要爬到树上去。"阿里突然说。他气喘吁吁，连话都不太说得出。虽然用了 TS-9，他也已是筋疲力尽。

"你会被困在树上的。"

"我知道，但是你不会。扎拉，把你的背包留在树下。卡姆，给我一只你的鞋。你们俩走开 9 米远，躲进灌木里，不，最好十三四米远。快！"

他们明白了指令，也不争辩。扎拉丢下背包，卡姆递过一只鞋，然后，他们清除了自己穿过树丛留下的痕迹。阿里则爬上枝叶最浓密的那棵树。他虽然消瘦，但左右手交替往上爬，还挺轻松的。另外两人发现一处茂盛的灌木丛，扭身钻了进去。

映入眼帘的身影，肌肉健硕又行动敏捷，如同豹子一般飞越障碍物，追上来的是沃德。他们真不走运，飞行员就没他那么强壮和敏捷，枪法也没那么好。他们的私人教练停了下来，狐疑地查看着这片区域。他向上看去，瞧见了很容易被发现的阿里，然后在9米开外绕着树走了一圈。阿里隐入树里。片刻之后，卡姆的鞋子跌落下来，正巧落在沃德面前，在雨林地面上弹了一下。

沃德点点头，抓住最低的树枝，开始往上爬。他爬得很快，手中还拿着枪。卡姆和扎拉才离开掩护逃走，他就迅速意识到自己上当了，于是立刻从下面射中了阿里，然后像猴子一样翻身下树。他从一个树枝荡向另一个树枝，而卡姆和扎拉已经折返往营地跑去，并且逐渐拉开了自己和教练的距离。

"快跑，宝贝儿！"阿里叫道。

"闭嘴。"沃德边从树上跳下边咆哮道，"你已经死了。"

卡姆跑得很快——大学足球校队的速度，只是他少了一只鞋子。扎拉比他还快，她迈动肌肉健硕的双腿飞奔，不断越过岩石与树根。她先于卡姆猛地冲过浓密的灌木，开辟出一条满是断枝的路径给后者通过。他们比沃德提前许多到达了悬崖边。扎拉第一个往悬崖下去，她抓紧绳索，摇曳而下。卡姆停下来，俯瞰着海滩。如果他顺着绳索爬下去，沃德会直接从上面射他。但是，冲下去更蠢——如果他摔倒，就会真的"死掉"。卡姆抓住身旁一株植物上一片垃圾桶盖子大小的叶子，连着叶茎从枝干上撕下。他把叶茎插进上衣的后领子，再弓起身子，抓紧绳子，然后往下降。

寸许厚的叶子遮住了他的头和双肩，没过多久，第一颗彩弹就打中了叶片。红漆在叶片上飞溅开来，散落在他的周边，但没能在他的身上留下标记。甚至三枪之后，他到达崖底的时候，身上也未沾上一点儿红漆。他感到沃德已经爬上绳索了，觉得即便是他们的教练也没法在来回晃悠的时候击中他，于是他跳下绳索，跑过沙滩，顺手拔掉背上的叶子。

有生以来，他从来没这么累过，况且当活靶子的焦虑使他的心跳更快了。卡姆面朝下瘫倒在碉堡的台阶上，大口地喘着气。扎拉就在旁边，而她已经恢复了。

"跑得不赖。"她咧嘴一笑，还在他屁股上结结实实地一拍。

片刻之后，沃德悠闲地漫步走过海滩，站在他们面前，手里握着枪。

"安全了。"卡姆喘着气说。

"安全了。"沃德认同道，"干得不错。"

接下来的几分钟里，其他人陆续走出丛林，所有人的某个身体部位都沾着鲜亮的红漆。唐尼被射中了背，朱尔斯被射中大腿，欧文脖子上挨了一枪，看起来挺疼的。格温中了两枪，一枪打在胸口，一枪打在脸上，是对她试图放弃训练的惩戒。

等大家都聚到一起，彼此诉说形形色色的"阵亡"故事时，沃德问他们。

"我们今天学到了什么？"

"我们很逊？"沃利说，边说边清理自己头发上的红漆。

"卡姆和扎拉活下来了。"沃德继续说，"怎么做到的？"

"他们速度快。"朱尔斯试着回答。

"唐尼也很快，但是他死了。"沃德指向唐尼背上的红色痕迹。

"自我牺牲。"卡姆说，"阿里牺牲了自己，帮助我们逃脱。"

"说对了。阿里用自己的生命救了另外两个人，简单的数学题。懂吗？"沃德审视着他们的脸庞，看到他们都懂了，就满意地点点头。"三十分钟后开始飞镖训练。"

卡姆走向阿里，想要和他击掌庆祝，但是阿里没有回应，也没表现得很开心。

"我们做到了！"卡姆说。

"做到什么？"阿里说，"我死了。"他指着自己腿上的红漆条纹，"那一枪已经打断了我的腿动脉。"

"你刚才太厉害了，我们是唯一有人活下来的一组。"

"对。"阿里说，"唯一的一组。你还不明白吗？我要对所有人负责。这是一个组，我得在八成的组员被干掉之前就厉害起来。"

除了和飞行员一起消失的阿里，所有渗透小分队的成员都接受了飞镖训练。他们在堡外人形的标靶前排成一排。沃德在一张小木桌上摆下十把飞镖。卡姆觉得，它们都是奇怪的小东西，像是装上飞翼的小型注射器。

"我们投这些？"卡姆问。

"每人两支。"沃德说，"好好投，仿佛你投的飞镖要穿过靶子，再飞上 1.5 米。"

格温走上前，拿起两支镖。她向靶子投出第一镖，没击中。第二镖击中了标靶的腿。沃德示意朱尔斯接下来投，她只中了一镖，堪堪击中靶子的脚。卡拉培不想投，但是沃德坚持，她就漫不经心地投了出去，两次都没中靶。沃德第一次看上去有些不满。

卡姆走上前，从桌上拿起他的第一支飞镖。飞镖在他手上显得很自然——他小时候就有一个飞镖圆靶，是他父亲从英格兰买回家的真玩意儿。飞镖的重量很合适——镖身前部金属管重，镖杆轻，比看上去的要结实，镖头像针一样尖。

"它们被伪装成注射器。"沃德说，"你们中的一个会随身携带它们。飞镖会以英语和西班牙语被标示为'药剂'。我们希望他们不会没收这些飞镖。如果有人审问你们，就说是治疗严重过敏症的注射针剂。"

表皮武器，卡姆心想。太精妙了。他将飞镖举至耳边，嗖地投出，正中人形靶的胸口。他投出第二镖，动作一气呵成，稳稳地击中靶子的头部。

朱尔斯吹起口哨，沃德在他的小笔记本上快速写下什么。

出于运动员的虚荣心，卡姆想要看看卡拉培是否注意到他的娴熟技艺。他想错了，远距离以尖锐物体击中另一个人的头和心脏并不会让她对他青睐有加。

然而，这打动了朱尔斯。"哦，卡姆，你真棒。"

"擅于扎人。"卡拉培嘟囔着。

"运气罢了。"他说，试图把这事低调处理，"在专注足球运动以前，我是小学棒球队的成员。"不过这太迟了，通过两次投掷，他已经确立了自己好猎手的名号。

他们又投了几轮：在碉堡的大厅里走的时候，沃德作为活靶子，穿着防护装备一会儿跑向他们，一会儿突然跳出来。卡姆每次都有得分。其他人则不太稳定。卡拉培一次也没有击中目标。卡姆搞不清这究竟是故意在表示抗议，还是纯粹因为她运动神经特别差，也许兼而有之，他心想。

等他们停下来去吃午餐时，沃德和潜水小分队以及沃利去训练了。阿里也外出归来。

"潜水的分到了气镖枪。"阿里抱怨着，"当他们溜进营地，用飞镖放倒海盗之时，根本没人会去搜查他们。"

午餐时间的气氛颇为沉重。任务在即，每个人都感觉到了。他们没有聚在一张桌子上。阿里和朱尔斯坐在一起。格温坐在边上，但埋头吃沙拉、喝汤，毫无疑问，她是为唐尼正盯着扎拉不放而很是气恼。卡姆在卡拉培的身边坐下，她坐得离其他人都很远。

"我可以坐你旁边吗？"

她耸耸肩。卡姆坐下，开始咀嚼他的三明治。卡拉培没看他。

"你看起来惴惴不安。"

她没有抬头："是的，我不会掩饰什么。这不是我希望的任务。"

"我们要去救医生，而他们会去救其他人，我们救人的方式会呈几何级增长。"

"在训练中我总是第一个被干掉。今天第二个才完蛋已经是巨大的进步了。我知道自己今年就会死，我认命，但是我还没准备好这星期就死掉，我连一点儿成就还没有呢。"

"这就是我们来这里的原因，我们在努力把事做成。"

"我指的是在音乐方面的成就。绝无冒犯之意，我不想只有你当我的听众。音乐是我可以留传后世的东西，是一种让我继续生存下去的方式，是一种不朽的方式。但是，这样下去，没人听到我的音乐。"

她依旧没有看向他。卡姆能够理解她的焦虑。离执行任务的时间时日不多。他的本能告诉他，现在别再多说了，以后找时间再谈，但是也许没有下一次的现实却让人无法回避。

"你给我留过字条吗？"他问。

"字条？"

"一张密信。"

"你是指暗恋中的女中学生才会干的事？"她窃笑道。她无意刻薄，但话有些伤人，"没写过。如果字条上写着'出来见我，共度良宵'，那很可能是扎拉。"

"上面没写'出来见我'。"卡姆辩解道。

"那上面说些什么？"

"一些成熟、睿智的东西。"他撒了个谎。

"听上去像是格温的行事风格。"她说。

"我对此表示怀疑。算了，请别告诉其他人。"

"别担心。"卡拉培说，"我就是个保险库，什么都闷在肚子里。"自从他坐下来到现在，她第一次瞥了他一眼，并给了他一个忧伤的微笑。

"喂，你们俩。"阿里在餐厅那头喊，"潜水小分队和沃利回来了。"

格温跳起来，飞快地穿过餐厅跑去见唐尼。她速度太快，结果膝盖重重地撞上了桌子，于是她一瘸一拐地走出门口。卡拉培站起来，将餐盘放入水池，似乎非常庆幸能有个借口终止对话。不久后，所有人都走出餐厅，来到碉堡前。

潜水小分队和沃利慢步走来，手上拿着像是玩具一样的塑料小手枪。沃利用手指转着枪，然后紧握手枪，瞄向卡姆脑袋上方；他的眉头紧锁，伸直的手臂瞬间像钢管一般精致。

嗖！嗖！两支飞镖从枪管射出。卡姆一缩头，飞镖从他头上飞过。

"看着点儿，你个笨蛋。"阿里厉声说。

卡姆才刚放松警惕，一只橙色的猴子落在他身边，他再次跳了起来。

沃利尖声笑起来。"靶心！猴子的双眼！"

两支飞镖各扎中了猴子的一只眼睛。难以置信，卡姆心想。沃利以超常的专注力、稳健的手法以及近乎荒谬的准头射出了针尖"大炮"，这两镖的剂量立马要了猴子的命。也许只要一镖就可以结果一只小动物的生命。猴子一通乱抓、抽搐之后便僵硬起来，小嘴唇外翻，呈现出一副露齿的鬼脸。

"你个浑蛋。"卡拉培说。

"本来不用杀死它的。"沃德也同意，"我们取一个性命是为了救更多的人。这一次完全是浪费，低效又残忍。"

"如果我们吃了它就不会。"沃利说。

"对，如果你很喜欢瘫痪的滋味，天才。"阿里说，"吃了它，你就会摄入自己亲手注射进去的毒液。"

"把你的武器给我，沃利。"唐尼说。"你这个不听指挥的危险分子。"

"滚开，"沃利说，"你管不着我。"

"我是潜水小分队的队长。"唐尼说。

"我不是潜水队的。"沃利指出来，"我是飞行组的，我说了算。"

沃德看着他们你一言我一语，但是并没有介入。

阿里举起双手，做出"冷静点儿"的手势："沃利，我只是请你不要随意杀死其他可爱或者招人喜欢的野生动物，行吗？"

整个团队都陷入沉默之中。阿里是队长，他与沃利突然互不搭理，这是对领导体系的考验，卡姆心想，这预演了实际行动中可能出现的服从性问题。如果团队内部要有秩序，沃利就必须温和一点儿，否则，在任务开始之前，命令链就会被削弱。

沃利皱了皱眉头，然后将手枪递给阿里。"好吧。"然后，他咧嘴一笑，"除了猴子，我们午餐还有什么别的可以吃？"

卡姆的歌单

12.《高烧少年》🔊
演唱：风铃和恩典
_____

13.《第六时祷告和我》
演唱：水手 Z
_____

14.《见面打招呼》
演唱：哪一段旋律

你让我炙热，让我虚弱，
甚至有点儿上吐下泻，
这办法真美妙，真美妙，真美妙。

接下来的三天也是繁重的训练，每次的内容都比前一次更为具体。沃德和飞行员一直充当飞镖训练的靶子。团队的丛林生存障碍跑能力也稳步提升。在最后一次追逐中，六名成员活了下来。这得归功于唐尼无私地留下来断后，袭击了飞行员，抢下彩弹枪，随即他就被沃德"杀"了。可这一拖延，团队的其他成员就得以逃出生天。之后，又开了几场吹风会，大家观看了海盗营地的卫星照片，并对建筑大致的内部构造进行了仔细的分析。

最后一天相对放松一些，完全都在实景演练，无须跑步或游泳。他们被捆绑住，蒙住双眼，在碉堡和小屋里被四处推来搡去，而潜水小分队则负责潜入并解救他们。

"唯一不变的就是变化。"沃德又对他们抛出一句格言。

扎拉用一颗滚烫的钉子给卡拉培穿了个舌洞，以便固定上舌钉发信器，通过发信器，卡拉培能报告自己的位置并且为团队指引方向。她能闭着嘴说话，而且沃利与潜水小分队都能明白她的意思，这让卡姆惊奇不已。

卡姆屈居配角的位置，不过，由于他投掷飞镖的手法高超，所以被选中夹带额外的针头和镖翼，它们都被缝进了他的衣服里。同时，他还得到了一个装满毒药的老旧背带水壶，但愿海盗们不会觉得它很重要而没收了去才好。

"别误饮了这一瓶啊。"沃德相当认真地警告他。

在接下来的 48 小时里，运动员不假思索用水壶喝水的习惯很有可能会要了他的命。

然后，突然之间，训练就结束了。

身体检查不在营地进行。飞行员带着被蒙住双眼的他们飞到一个地方，带着他们走过一段嘎吱作响的石子小路。一进入室内，他们的眼罩就被摘掉了。他们全在一个没有窗户的房间内等待。这个配备了乒乓球桌、台球桌以及他们喝也喝不完的汽水饮料的房间，阿里戏称它为"胶质俱乐部"，这名称源于大家脑中蛰伏着的恶性胶质细胞瘤。

卡姆对房间里的两种桌面游戏都很擅长。他从小长大的老房子里，就有过一张装有可拆卸乒乓球网的台球桌，而且西华盛顿大学学生宿舍的公共活动区里也有多张乒乓球桌和台球桌。他大二的时候，还得过全宿舍楼的冠军。然而和扎拉、欧文打乒乓球时，他得使出吃奶的劲儿才能跟上他们的节奏，他们能无比灵活地把卡姆的杀球挡回来。唐尼更是赢得毫无悬念。阿里则在台球桌上给他好好上了一课——他打出的角度球的力道与准确度，卡姆还是第一次见识到。

医生与他们在一间满是仪器的房间里一一单独会面，这里满墙的架子上都是瓶子和烧杯，与其说是医生办公室，还不如说是实验室。负责检查卡姆的女医生比较年长，大约50岁，身穿卡其色军装，足蹬靴子。她的头发向后梳得特别紧，整张脸绷得像张面具。这会儿，她和一名男医生走进"胶质俱乐部"，逐一点人出去，不过压根儿不喊他们的名字。泰根是第一个。每个人的检查都要耗费一个多小时。卡姆和朱尔斯是最后被点到的。

轮到卡姆的时候，女医生带着他穿过一段较短的走廊，走进一个房间。还没等卡姆开口打招呼，她就丢给他一支铅笔和几张表格。表格顶端没有他的姓名，只有一个数字和一个字母——9K。哦，匿名，卡姆心想。

头十分钟里，他边填写调查问卷，医生边测量他的心率、血压，并抽血装进试管中。问卷开头问了一些与他的疾病无关的病征：是否头疼？是否便血？接着，问题转向体能调查：是否觉得自己更强壮、更快、更灵活？眼下，卡姆只能回答"以上均不相符"。他并没有服用强化剂，说到这个，他的癌症症状丝毫没有急剧恶化的样子。他觉得自己和刚来的时候差不多，只是晒得更黑了一些。最离奇的一个问题问的是，他觉得自己是更加"服从"还是更加"叛逆"？他苦苦思索了一会儿，最后在空白处写下"二者都有"，然后接着往下看。整个问卷环节仿佛浪费了他短暂余生的十分钟时间。

医生端坐着看他填表，仔细观察他，他觉得自己好像在参加有老师监考的大学入学考试。他猜想这就是她的工作。然后，把填好的表交给了她。

"好了。转过身，把裤子脱了。"

"要干吗？"

"这片区域有十多种疾病，你得做好预防。"她举着一个卡姆所见过的最大号的针筒，语气毫无幽默感，"快脱。"

"医生，您什么时候会建议我开始用 TS-9?"他挤出一个微笑，试图让自己听起来想在随意聊天。

"所有的问题都该去问你的私人教练。"她说着，扎了一针。

"我的天……"卡姆忍不住疼得一抽。自打他大一那年拉伤臀部以来，这是他通过臀部所感受到的最剧烈的疼痛，这可不是他小时候打流感预防针时老家医生告诉他的"很快的一针"。医生把针筒推来推去，简直要推到地老天荒，才拔出针来并在卡姆屁股上的针眼处贴了一片创可贴。

卡姆穿裤子的时候，她浏览了一遍他的问卷答案，然后说："你可以走了。"

卡姆站在那儿，有些困惑："可您还没有给我检查呢？"

"你在这儿写了，你的状况没有任何变化。"她指着问卷说。

"是啊，但我患了绝症就快死了，脑肿瘤。"

"这不算变化，对吧？"

他环顾四周。医疗器材中有一台跑步机、一张举重床和一个可以往里吹气的管状物，她没让他使用其中的任何一个。"他们的检查时间都超过了一个小时。"

"你可以走了。"她重复了一遍刚才的话。

卡姆走出去，带上门。这根本就不是给我做检查，他心想。突然，一股怒火蹿上来，他不知道这股怒意到底从何而来，只是觉得这股怒火开始熊熊燃烧，并且他也不想压制。我快死了，他们都不愿意为我做个检查？甚至都不愿把他们像糖果一样派发给其他人的灵药发给我？他快步穿过走廊朝游戏室走去，随后又停住了。他意识到自己想要的是答案，而这些人甚至没有给他提问的机会。他转过身，穿过走廊，又往诊疗室走去。他伸手要去拉门把手，但又停住了。诊疗室过去还有一扇门。管他呢，卡姆心想。他走过诊疗室，猛地推开了隔壁的那扇门。

三个吃了一惊的男人转过身盯着他看。他们都身穿试验工作服，面前的桌上有 9 瓶红色的液体。是我同伴们的血液，卡姆心想。他们身后有一张轮床，其中一人迅速地拉了条床单把它遮住。

"啊，"卡姆语气轻快地说，"抱歉，走错房间了。"

三个男人互相看一眼。

最后，其中一人咬着牙对他说："在走廊那边。另一头。"

第二个人用手肘碰了碰第一个人，然后快步走过来，把卡姆护送出房间。

"对不起。"卡姆说，"每扇门看起来都一样。"

"没关系。"那个人冷淡地说，让卡姆转过身，陪着他朝游戏室走去，"就在那边。"

"知道啦。"卡姆说着，朝男人一笑，"谢谢。"

执行任务前的最后一次沙滩篝火晚会安静而简短，没有酒。卡姆把阿里拉到一边，问他体检的事，他惊讶地发现自己的室友居然焦躁起来。

"打听别人的诊疗信息可是不礼貌的，卡姆。"阿里说。

卡姆翻了个白眼，跑去问朱尔斯。朱尔斯把所有细节都泄露给他了。就像他预想的一样，女医生对朱尔斯做了一系列没给卡姆做的身体测试。朱尔斯还说，之前的体检，每个人都花了好几个小时，那时候医生们对他们又是扎又是刺，检查的内容更丰富。卡姆没有告诉她关于另一个房间里的事，他不太确定自己看到了什么，朱尔斯也不像是吐露这事的合适对象。

卡姆回到小屋里，这一星期的训练已经令他精疲力竭，而且浑身酸痛。他的双脚因为在丛林中凹凸不平的地面和岩屑上奔跑而疼痛，他的双腿就像每年足球夏训结束、入秋后的第一星期里那么疲惫。他身上有混战测试中扎拉用有衬垫的杆子痛击他而留下的乌青，她施加在他身上的刺青又疼又痒。他的队友们也浑身酸疼，唐尼都忍不住抱怨起来，虽然只是在他以为没人听得到的时候才咕哝两句。但沃德向所有人保证，今天的轻松训练结束之后，可以美美地睡上一晚，他们都会休息好的，于是所有人都早早睡了。卡姆琢磨着自己会不会梦见海盗。

卡姆的歌单

13.《第六时祷告和我》 🔊
演唱：水手 Z

14.《见面打招呼》
演唱：哪一段旋律

15.《混 乱》
演唱：魔鬼守护人

记忆里我的形象，
床榻上我的快照，
你幻想的究竟是哪个？

飞行员在黎明时分把他们叫醒。

"船 15 分钟之后就出发。快速冲个澡，刷好牙，带着装备到沙滩上集合。你们到海上再吃早饭。"

卡姆翻身起床时，发现阿里早就走了。他很快刷好牙，套上每天穿的游泳短裤往室外淋浴间走去。他得先等格温洗完。看着她穿着泳装淋浴，竟然一点儿意思也没有。她皱着眉，全神贯注，有着固定的套路——先冲脚，然后是双腿、上半身，最后再洗头发，有条不紊，毫无惊喜。没错过什么，也没什么可留恋。

"我好了。"她大大咧咧地宣告一声，便走出来。几乎在水刚停止流动的同时就伸手摸索她的眼镜，她小心地打开，架上自己的鼻梁，才心满意足。它为她提供了两扇看世界的小窗，或者两面挡风玻璃，卡姆心想。

全体在海边集合。沃德不在，飞行员不在，连阿里都不见踪影。

"搞什么鬼？"唐尼抱怨道。

"还有两分钟。"格温边说边轻轻敲击她的手机。他们都得到了徒有其表的便宜手机，手机几乎肯定很快就会被收走，本来也不是给他们用的，不过这小玩意儿能报时，还有一张海盗营地的俯拍地图，只有输入密码——死亡之翼——才能看到。

"快看。"欧文一边说，一边指着大海。

一艘坚固的充气式小艇驶来，舷外马达嗡嗡作响。唐尼说他能远远看到阿里的黑发，而卡姆连个人形都还没有辨认出来。

他们交头接耳，纷纷猜测，不过卡姆知道阿里一上岸就会马上告知大家一切，所以他根本没去费那脑子琢磨。这艘小艇可承载十人，它顺着海浪向岸边驶来。阿里最后一刻才让整艘船顺势滑上海滩，斜在他们脚边停下。阿里整个人盘踞在船头，如同船艏雕像。这小个子就是喜欢闪亮登场，卡姆想。

"全体登船！"他隔着海浪，开心地放声高喊。

"我们全要挤进一艘小孩子的橡皮筏？"格温皱着眉说。

"这可是苏迪亚克牌的，"阿里愤愤地说，"橡皮艇中的上品。"

格温爬上船，丝毫不为所动。几分钟以后，小艇就跃动着驶过拍岸的波涛。阿里驾船的样子就像个刚拿到新玩具的孩子，脸上挂着开心而真挚的微笑。其他人都坐着，而卡姆站在他身边。

"约翰逊舷外机，"阿里解说，"美国制造。这艘是军船的民用版。"

"你怎么都知道？"

"你知道那种什么玩具车、玩具船、玩具飞机都有的孩子吗？那种做各种模型还有一大堆乱七八糟的遥控器的呆子？"

"知道。"

"你看，我就是那种孩子。只不过现在我已经长大，可以开真家伙了。"小艇迎头撞上波浪，溅起水花，阿里昂起头欢呼大叫。

阿里把船驶向南部的悬崖，橡皮艇攀上滚滚波涛。卡姆戴上耳机，按响了一首歌，观察着营地南部的风景。那里危机四伏，崖壁陡峭，森林茂密。重重悬崖峭壁不仅让前往小屋和碉堡的道路艰险异常，而到达悬崖之前的地形更是使之成为不可能完成的任务。卡姆注意到取道反方向很可能行不通。

他们绕过了一个海角，阿里驾船转了一个大圈驶入一个被环抱的小海湾。卡姆惊异地发现，他们前方停泊着一艘相当大的白色游艇。卡姆目测这是一艘18到21米长、价值一两百万美元的船。

"沃德告诉我们要避免与其他人接触。"当小艇进入海湾时，唐尼一边指着游艇一边建议道。

"我看是一艘空船。"阿里边说边对卡姆眨眨眼，操纵着橡皮艇直接朝游艇开去。唐尼又开始抱怨了,阿里抬起一只手对他做了个别说话的手势,并对他说:"相信我,唐尼。"

他们驶到游艇的船尾,阿里就从后方垂下的软梯爬了上去。

"有人吗?"卡姆呼唤了一声。

"只有我们。"阿里说。

大家互相对望了一眼。

"你不是在开玩笑吧?"卡姆说。

阿里亮出一串钥匙。

"太棒了!"沃利叫道,飞速地爬上梯子。

卡姆还呆呆地站在橡皮艇里,其他人都纷纷从他身边走过。

"卡姆,把绳子扔给我,我们一起把橡皮艇拉上船来。"阿里从游艇上朝他喊,"我们可要派头十足地抓捕海盗了!"

游艇足能装下10个成年人。里面配备着厨房和公共区域。下面的三个船舱里有两张架子床和两张大床。阿里站在上层甲板的操纵装置前,驾船出海了。

"你知道怎么操控这家伙?"卡姆问道。

"这'家伙'是一艘法拉帝630,我告诉你,这可是价值150万美元的美妙航行体验。你觉得,你们这帮家伙整个星期都在掷飞镖、游泳的时候,我都在做什么?这就是我的训练内容。"

据他说,航海时间差不多要10个小时,因此到开始做准备之前,他们还有8个小时的自由活动时间。

冰箱里的存储很丰富。整个星期里,为了让船上看起来有生活的痕迹,阿里和飞行员已经消耗了一些食物,不过食物储备丰足。

朱尔斯决定为大家做一顿饭，她解释说在家都是她为全家做饭，现在有些想念。"真难相信我才离开他们几个月。"她这么说着，眼里泛起泪光，随后，她欠身走进厨房开始做菜。

其他人都分散在主甲板上。卡姆站在船头，展开双臂，双拳前伸，用几乎是最大的音量听着《撒手锏》。这首歌也是某种意义上的金曲，不过有点儿不和谐，而且有些小众。他发现自己更喜欢名不见经传的乐队歌曲，于是开始琢磨这代表了自己性格中的什么特点。

唐尼、格温和欧文围坐在船尾的一张小桌边，继续重温战略和方案。这不是必需的，阿里说，不过这对他们也没有什么坏处。泰根找到一套扑克牌，玩起了单人纸牌游戏，不过好像他大部分时间都是在找被轻柔海风吹乱的纸牌。沃利跟着飞行员坐直升机走了，如有必要，他会在几千米以外带着无线电接收器，驾驶着滑翔机参与行动。

"放松休息也是个好主意。"阿里走进船舱时对卡姆说。

"你要驾驶整整10个小时？"

"如果我可以的话。"阿里的脸上仍然挂着开心的笑容。

卡姆决定去找女孩儿们。卡拉培正在帮朱尔斯做准备，用冷冻的鸡胸肉和从冰箱保鲜盒里找到的硬奶酪，做一道类似帕尔玛干酪焗鸡肉的菜。便携音箱正高声播放着某卫星频道的音乐，她们一边忙着一边闲聊，对任务的话题避而不谈。不过，厨房里挤不下他们三个。卡姆逗留片刻，觉得自己基本都是在妨碍她们。

好像除了他，每个人都知道找些事来做。但他并不相信突袭行动在即，有人能够真正地放轻松，即便那些不再做准备的人也无法忽视任务即将来临。

游艇的船舱都分布在下层一段比较短的过道上，是个僻静之处。卡姆快步跑下去看看。那里有三扇门，其中一扇门虚掩着，光线从细缝中透出来。卡姆皱了皱眉，打算过去调查一番。他把房门推开，走了进去。这是一间卧室，不过有些不对劲。身后的房门突然猛地关上，他被脸朝下推倒在床上，有人压在他身上，并钳制住他的一条胳膊。他挥动另一条胳膊，可手指被人向后强力扳去。

"啊!!! 我投降!"

"你遇到海盗也这么容易投降？"扎拉说着，跨坐在他的双腿上，反剪他的双臂，并把他的头往下压。

"我认为我们就是来让他们抓的。"他的脸陷在枕头中，嘴里咕哝道。

"好了，现在我抓住你了，问题来了，我该怎么处置你？"

"把我的手指松开？"

扎拉轻笑一声，又额外狠狠地扯了一下卡姆的手指。接着，她把扣住卡姆手臂的手移到他的肩上，把他翻过来，现在她就坐在他的肚子上，汗珠顺着她的双臂滑下，也从她的鼻尖滴落到卡姆胸前。

他扭动了一下："会有人来查看的。"

"音乐声音很大，门也锁了。"她却挑了挑眉。

卡姆感到自己心跳加快。扎拉一边压制着他，一边喘着气。他能感觉到从她身上滚滚而来的热气，这令他感到有些窒息。

"我不敢肯定现在做这种事恰好是正确的时间和地点。"他听见自己这么说。

"你在开玩笑吧？我们身处异国，坐着价值百万美元的豪华游艇，又年轻又性感，也没有需要保持忠诚的男女朋友，而且我们一年之内就要死了，甚至也许就是今天。这就是对的时间和地点。"

她说得对，卡姆想，根本没有什么理由要退缩，而且她说自己很性感也没错——她说这话一点儿自吹自擂的成分都没有。可是……

"你和队里多少人做过这事？"他问道，"我说的是恋爱，不是袭击的部分。"

扎拉笑了笑："这不是恋爱。"

"所以我不是第一个。"

她只是得意地一笑。她的默不作答已经告诉了卡姆他想知道的答案，这里面肯定有唐尼，很可能还有其他人，虽然这比较难猜。泰根或欧文，肯定没有阿里，或者沃利——卡姆不由得打了个寒战。

"虽然很冒犯，可我还是想问，你是不是也找过沃德？"

她踌躇了一会儿，卡姆看得出，她在这方面可比自己开放多了。

"沃德还是个童子军，"她抱怨道，"你不是童子军吧，卡姆？"

"我曾经是。"

"我的天！这没必要搞得那么复杂，你就像个淑女。"

"看来你不是。"

话才出口，卡姆就恨不得马上收回来。有一瞬间，扎拉的双眼中流露出受伤的情绪。可来得快，去得也快。她怒视着卡姆，从他身上翻了下来，双唇抿出的那条微妙的曲线，似乎诉说着抗拒与迟疑。

"做人要得体一些，这件事别告诉任何人，好吗？"

"好。"卡姆答应了，对他来说，行事得体根本不成问题。不过他又想，有时候，过于得体恰恰成了他的问题。

扎拉朝舱门走去，抓住门把。她又停了下来，这时，卡姆惊异地发现一个女人的后脑勺居然也会透着忧伤。她头也不回地问："难道你觉得我不漂亮吗？"

"漂亮。"卡姆回答道，"非常漂亮。"

这似乎就足够了。她点点头，溜了出去。

卡姆的歌单

14.《见面打招呼》 🔊
演唱：哪一段旋律

15.《混 乱》
演唱：魔鬼守护人

16.《装满灵魂的背包》
演唱：C. 白杨 .B

枪上膛，门上锁，别来找我，
除非你已准备好开始摇滚。

出海两小时后，阿里给大家展示了船底的一扇活动暗门。

"这艘游艇以前是走私犯的船。"他解释道，并安排潜水小分队藏好装备。届时他们会马上藏匿到货舱中。舱里有个防水的外舱门，时机一到就可以从这儿出去。

真巧妙，卡姆心想，对此颇为欣赏，他突然很想知道组织的资金都是从哪儿来的。他以后可以问沃德，虽然有些事避而不谈，但是沃德总是乐意回答问题，而且回答的时候总是直言不讳。

游艇驶进了更深的水域。预期是让他们当晚被抓，这样

就能保证深夜突击行动开始之前，他们待在海盗手里的时间
缩到最短。沃德已经告诫过他们，哪怕一切准备停当，还是会
有"变数"。海盗团伙人员更迭，头目改换，行事方法或是得
以进化或是堕落恶化。其中不乏瘾君子，喜怒无常，甚至有些
不吸毒的也变得反复无常。无法精确地预测出团队会在哪儿
遭到伏击或者海盗会对他们做些什么。大家的期望很简单——
他们能够不戴眼罩穿过营地，并且与医生们关押在一起。这
样一来，他们就能为潜水突袭小分队引导方向，小分队就能获
悉海盗的防御设施，轻松找到队友，并把他们全都解救出来。
沃德也说了，不幸的是，通常事情不会那么容易。

时近黄昏，一艘小艇驶来，艇身侧面印着"警察"字样，
油漆痕迹颇新。潜水小分队见状迅速躲进隐秘货仓。格温和
朱尔斯利落地将他们头顶上的仿木地板放回原处，还在上面
用"U"形钉钉上一条毯子。

阿里走到护栏边与他们的客人见面，对方将船平行驶来，
靠近游艇后亮出警徽，假装是执法人员。这明显是个骗局，队
员们都心知肚明，不过阿里假装相信了。卡姆惊讶地发现，当
对方要求持多种不同的枪械上游艇时，阿里向对方说起了西
班牙语。卡姆皱起了眉头——这些人看起来都不像警察。他
们当中至少有一个人似乎听得懂阿里的西班牙语，尽管他们
之间说的是一种卡姆不懂的语言。

"我很害怕。"卡拉培低声说。

"我也是。"卡姆说，"但你已经训练了一个月，做好了准
备。现在只要集中精神做好眼下的事就行。"

　　卡拉培的任务就是通信。她点点头，看起来似乎安心多了，她挪到阿里身边，仔细倾听，耳环通信器也打开了。卡姆看着她的嘴型以难以察觉的方式变换着，将情况通报给下方的潜水小分队——还有沃利，假如他在信号范围内的话。

　　作为队长，阿里的任务是确认敌方头目，并且通过谈判尽可能争取有利条件。他已经在通过提问试探对方，看到底哪个留大胡子的男人是小艇上的负责人。或许陆地上有另一个人负责整个海盗营地。

　　卡姆的职责是计算武器数量，判断哪些人有攻击性或者情绪不稳定，并且尽量追踪持枪者所在的位置。他把注意力集中到自己的活儿上，现在看来还挺容易的。这些人都有枪，而且看起来都反复无常。船上有三把手枪、两把来复枪。为首的男人——说话的那个——看起来很有自信，在身侧随意地握着一把来复枪。卡姆和朋友们看起来就是一副愚蠢的富家子弟模样。另外两个男人——其实比男孩也大不了多少——就坐在那儿，手藏在衬衫里，很显然正握着手枪，警惕地扫视四周。他们心里也很害怕，卡姆觉得，不过这并不意味着他们就没那么危险。事实上，他们很容易激动，就像紧张的狗，而且很有可能喜欢开枪乱射。他把这个记录下来。最后那个男人正在打量他们的游艇，似乎他懂得这船的价值，或者说至少看得出这是一艘很昂贵的船，可能比赎金还值钱。他戴着一顶软帽，配着一把比较好的来复枪。卡姆判断出这个人才是小艇上真正的头目。他朝阿里一瞥，后者也对他单眉一挑，作为答复——卡姆的这位室友早就发现了。软帽男隐藏在后面，让出面说话的那个人来冒被人当作头目的风险。万一发生冲突，这个人会最先被射中。

阿里最终得以在无须动枪的情况下交出游艇的控制权。他甚至让劫持者同意由他驾船驶入他们那破烂不堪的码头。对双方来说，这比发生武力冲突再强行带走阿里他们要好。由于阿里佯装相信对方是警方的前哨，他甚至能继续和自己的队员们说话。

"他们会联系我们的当局，针对我们是否'侵犯了他们的水域'进行确认；在此之前，他们会把我们带去和其他'入侵者'一起等消息。我告诉他'我们很抱歉误入了他们的管辖范围，明早之前我们会筹钱来付清他们认为数额合理的'罚金'。"

太棒了！卡姆心想，其他入侵者肯定就是那些医生。

他们被押送上岸时，卡姆继续数着海盗的人数。许多人在营地周边看着他们被带进去，阿里的足智多谋也为他们争取到了不戴眼罩这又一有利条件。屋顶上两人，卡姆数着，门口一人。都有武器，不过他们看上去很无聊而且精神涣散。目前总共7人。我们10，对他们7，他心里盘算着，概率还行，只要我们没有被捆上——沃德估计的是他们不会被捆起来。更可能的是他们会被关进一间上了锁的屋子。格温的任务是在他们被带进营地的时候，计算并记忆下建筑的布局，她对画地图很在行。卡姆看得出她正在仔细观察每面墙，并计算着自己的步数。每个人都开始执行自己的任务。卡姆搞不清，究竟是因为他们接受了强化，还是因为经过了训练，抑或是目前的状况有些令人恐惧，他们才会如此高度集中精神，不过所有人都在尽全力执行各自的任务。这很好，他心想，因为他们浓缩的生命现在就指着这个了。

他们来到一个院子，砖墙的。他们朝着一扇门走去，卡姆认出那扇门边的砖墙上有一个用粉笔画出却已经褪色的轮廓。粉笔线形成了一个大小让他觉得很熟悉的长方形——他目测大约高两米四，宽七米三，是个足球球门。押送人将他们推过那扇门，进入一间大屋子；里面有椅子，一台电扇和一个非常原始的马桶。

"在这儿等着。"说话人对阿里用西班牙语说。软帽男在他身后点点头，门就"砰"的一声关上了。一声不祥的咔嗒声，宣告门外的插销已经被插上。

"格温，"阿里立刻说，"你是不是已经搞清楚布局了？"

"当然。"她边回答边跪坐下来，用藏在鞋里的铅笔迅速在布满灰尘的地面上画起来。"院子几乎是一个正方形。三面的内、外墙之间的距离是 3 米，这说明这三面都各自只有一间房，没有走廊。我看到这三面墙上都分别有两扇门，还有一扇门在入口边，因此就有六个房间。从这种简陋的构造来推断，这些房间应该是镜像对称格局。有两个房间的门用东西撑着，维持打开的状态，我们进入了其中一间。医生们可能会在余下四个房间里，我打赌他们就在我们出门右手边的那一间里，因为那扇门上也有一个插销，和我们这间一样。"

卡姆觉得挺震撼的，他本来觉得自己数卫兵这活儿干得还不错。"格温精神超级集中，比我强多了。"他心里暗道。自己刚才在欣赏简陋的足球球门的时候，格温却在用"鹰眼"提取关键信息。

"干得好。"阿里说,"既然他们已经把我们关起来了,现在应该正在讨论怎么处置我们。他们说过会让我们和其他人一起等,不过他们也可能改主意。"

朱尔斯环顾四周,有些忧心忡忡。

"你在想什么,朱尔斯?"阿里问她。

"我才不要在你们面前上厕所呢。"她答道。

"这应该是最不用担心的事吧。"格温冷哼一声。

"对你而言也许如此,但是就算要死,我也要死得有尊严。"

"我们不会在这儿待太久的。"阿里宽慰着朱尔斯,"最多个把钟头。唐尼和他的小分队会尽快赶来。他们在我们入港之前就下水了。你睁大双眼看,竖起耳朵听,尽可能多地收集情报再转给他们。任何一个细节都可能是决定成败的关键。"

卡姆看着卡拉培嘴唇几乎纹丝不动地把他们谈话的重要内容重复了一遍,就像个没有拿着娃娃的腹语表演者。她等了一会儿,又点点头。舌钉发信器已经发出信号,她也从耳环接收器收到确认回复。

"潜水小分队正在近海待命,"她安静地说着,"海盗在彻底搜查游艇,码头上灯火通明,靠近太危险。他们准备沿海岸线漂流,寻找一处更僻静的角落再接近营地。"

就在这时,门闩咔嗒一声打开了。他们都安静下来。门被猛地推开,进来的是小艇上那个有点儿神经质的男孩。他走进屋子,重重地坐在门边的一张椅子上,并摸出一个假冒的锡制警徽亮了一下。阿里礼貌地点了点头，对他的虚假权威表示承认。对方对此几乎没有什么回应，男孩根本不想待在这里。近距离打量，他看起来比卡姆之前估计的还要年轻，淡淡的胡须勉强在上唇边扎下根来，额头上满是青春痘。不超过 16 岁。他让卡姆依稀想起了西蒙——高中时老被别的孩子找碴欺负的神经质男孩。

他们一起坐着待了半小时，那名十多岁的看守也烦了，瘫坐在椅子里盯着地板发呆。这个男孩的上司肯定正在讨论怎么处置刚抓到的美国阔佬，而这名小海盗还没有重要到能参与其中；相反，他还得管"看孩子"的事。格温几乎全神贯注、有条不紊地用脚轻点着地面，记录着时间。卡拉培仔细听着她的耳环发来的消息，但很少说话，唯恐被发现藏匿了麦克风。他们中没人有手机，就像当初预料的一样，海盗给他们每个人迅速搜身后，手机就被收走了。年轻一些的海盗们立马从他们身上和游艇上抢走了小型电子设备，这更说明他们不过是廉价的临时工，而不是一起分赃的好兄弟。针筒被留了下来，看来海盗们不想要一个病恹恹的俘虏。沃德预测得对。搜身结束之后，卡姆很快就组装出两支飞镖，并把其中一支给了阿里，后者把它藏进衬衫袖子。现在他们中有两人拥有武器了。

不过，没发现有什么动向要把他们和医生们关在一起。根据卡拉培的秘密消息，潜水小分队也还在打转，尚未接近海盗营地。她用的是沃德在会议室里教给他们的手语。其实他们可以互相交谈，但是他们不太确定看守能听懂多少，因此便对任务相关内容只字不提。他们互相谈论的都是虚构内容：对他们的失踪家人会有多担心；到底是谁害得他们偏离了航线……这时，卡拉培做了个手势，表示有些细节她没法用手语来告诉他们。

阿里瞟了一眼他们的守卫。"你现在要用厕所吗，朱尔斯？"他问道。

朱尔斯生气地瞪了阿里一眼，"不关你的事。"

"我只是想问问，你是不是需要一些私密空间。"他更明白地又把意思说了一遍。

"噢！ 对，对，我需要。"她突然站了起来，并拢着双腿，就像一个小学生急着要上厕所，正在征求老师的允许。

"卫生间。"阿里用西班牙语对守卫说，并指向朱尔斯。他朝着门做了个手势，表示他自己、卡姆和守卫都应该到门外去。

男孩站在那儿，皱着眉想了一会儿。显然，他无权违背上头的指示，可营地里新来的女客的隐私问题尚未被提及。朱尔斯做了个鬼脸，露出乞求的表情。他很不情愿地挪到门边，钥匙插进门锁并转动。锁定插销滑到了一侧。他让男孩们先出去，示意他们靠外墙站好，随即又顺手把门带上。

阿里悄悄对卡姆说："我需要时间听卡拉培的报告。马上。"

卡姆陷入沉思。接下来，他用手沿着砖墙上粉笔线勾勒出的足球球门摸索着。"足球？"最后，他对男孩试探道。

男孩转过来对着他，表情很好奇。

卡姆指着粉笔道问："射门？"

男孩用结结巴巴的西班牙语做了回答。

"他说什么？"他问阿里。

"他说他们在院子里踢足球。几乎只玩点球，不过对面的墙上有另一个球门用来打练习赛。"

"问他是否愿意和我一起踢，"卡姆说，"告诉他我球技精湛。"

阿里用流畅的西班牙语说了一句。男孩很快给出答复，阿里又翻译出来。"他说自己是营地里最好的足球员，虽然他还很年轻。"

"告诉他，他也许不再是最好的了。"

阿里做了翻译，卡姆善意地朝男孩笑了笑，好让他明白自己是在发出友好的挑战。他们的守卫露出喜悦的表情。

在连续经历了紧张和无聊之后，这个简单的邀请是一种绝佳的放松，他不禁露出孩子般的笑容。他示意阿里和卡姆留在原地，小跑着穿过院子，不久就带着一个破破烂烂的足球回来了。

阿里敲了敲门，大声问朱尔斯是不是好了，接着便打开门进去，并快速将门带上。不等男孩去阻止阿里，卡姆已经跳到用粉笔画在墙上的球门前，挥手示意男孩来踢球。

男孩朝门望去，陷入两难境地：是跟着阿里进去，还是留下和卡姆踢球？

卡姆指着自己的前胸，谎称道："斯蒂夫。"

"拉努埃尔。"男孩回答道。

卡姆在球门前蹲下身子。"射吧，拉努埃尔。"卡姆意识到了这个请求中饱含的讽刺意味①，但他没有发笑，他在执行任务。卡拉培现在应该在向阿里报告唐尼的位置。墙外，飞镖枪已经上膛。毒药正在针管里待命。

球直飞左下方，和卡姆预计的一样，但是对于消瘦的少年拉努埃尔来说，球的力道比预想的要大一些。卡姆不是守门员，但是他在比赛中救过许多次球，足以扑倒并将球远远击出粉笔画的球门之外。他爬起来，微笑着吐掉口中的土，用脚尖轻轻一点，将球踢回给拉努埃尔。"再来。"他说。他并不知道阿里需要多少时间，但应该越多越好。

拉努埃尔卖弄似的颠着球，随即停住球，踢向球门右上角。卡姆估计自己能够到球，但是他故意让球擦着指尖划过，重重地砸在墙上粉笔线之内。

卡姆摇摇头，喊道："嘿！好球！"

拉努埃尔微笑着点点头。卡姆捡回球，接着带球到拉努埃尔所站的地方，但是当拉努埃尔朝墙走时，卡姆却继续往前，横穿院子，朝另一个球门走去。拉努埃尔迟疑了一下，但随即便跟了上来。卡姆瞟了一眼墙上的卫兵，有两人，看不到他们的枪，但毫无疑问都在随手能及的地方。东边的那个人朝外坐着，从未转过身。另一个站在西墙上，皱着眉俯视卡姆和拉努埃尔，显然并不赞成他们这样子，但也没有介入。卡姆心想，这又是一个无名小卒。和囚犯踢足球当然不符合营地的规矩，但墙上的守卫也没有权力纠正他们那个少年守卫，况

---

① 英语中，"shoot"可以表示射球，也可以表示开枪射击。

且管理层还在某个地方开秘密会议。

卡姆找到罚球点——土地上一个磨损得厉害的点。这让他心生一计，他四处张望，装作若无其事地仔细观察几扇门前的情况。有一扇门前的土地已经被磨出了一条平滑的沟。他心想，这应该就是最经常被踩的门口，因此，这一间就是会议室。是时候回屋和阿里还有其他人会合了。

他站好位置，准备开始罚点球，现在只需等拉努埃尔走进球门区。他的第一个球便击中墙壁的右下角，拉努埃尔几乎来不及做出反应。等到拉努埃尔跟跄着移动到那一侧时，球已经朝着卡姆站立的位置弹了回去。卡姆很快又把球放回罚球线。他看了一眼球门左下角，将球往那边踢去，速度快到拉努埃尔必须俯身去扑球。拉努埃尔伸展身体向下探去，一只手触到球，将它打了出去。卡姆微笑着走上前，拉努埃尔站起身，可以看到手枪就别在腰带上。

卡姆注意到了武器的位置，边伸出手和对方握手，边说着"格拉斯雅思"[①]。他不但向拉努埃尔展示了自己的球技，还让男孩觉得自己应付得挺好。打成平手就意味着他们现在是友非敌，一次握手还能巩固这种关系。

拉努埃尔调整了一下手枪的位置，握住卡姆的手用力地摇了摇，兴奋地冲他叽里咕噜地说了一串西班牙语。

你是不是平时没什么机会出去玩？卡姆暗想。

卡姆接过球，盘着球往"监押室"走去。到了门口，他敲

①西班牙语的"谢谢"。

了敲门，报上名字。

"是我，卡姆。还有我们的新朋友，拉努埃尔，就在我身后。"

卡姆走进房间，发现同伴们围着门站成半圆形。拉努埃尔跟着他走了进来，他毫无戒备。只见阿里的飞镖迅速扎进拉努埃尔的左胸。拉努埃尔本能地伸手去拿枪，但卡姆知道他把枪别在右胯，及时制住了少年的右臂。少年的双腿开始瘫软，他用左臂扒住门，好稳住身形；他注视着卡姆，眼中满是遭到背叛的忧伤。卡姆几乎要感到内疚了，但这个少年是敌人，他枪里的子弹正是用来对付自己及队友们的。卡姆踹上门，拉努埃尔瘫倒在地上。

"唐尼的小分队到了？"卡姆问。

"4分30秒之后就到，"阿里答道，"事情马上就要变得有趣了。"

卡姆的歌单

15.《混 乱》🔊
演唱：魔鬼守护人

16.《装满灵魂的背包》
演唱：C. 白杨·B.

17.《漂》
演唱：咕噜咕噜

混乱。全部失控。快跑！躲起来！一片混乱！

"他死了？"朱尔斯轻轻地把拉努埃尔的身子翻过来。

"当然没死，"格温没好气地说，"只中了一镖，他不过是昏迷了。"格温继续计时，"还有 4 分钟。"

"他的枪怎么办？"

"把枪弄坏，子弹都清空。"阿里指示道。

"我知道海盗的智囊团聚集在哪儿，"卡姆说，"就在大门右边的那扇门里。"

"你有多少把握？"

卡姆还没估计过这事的确定性。"这是最有可能的一扇门。"他换了种说法道。

"'最有可能'？就这样啦？"格温不满地一瞪眼，镜片后的眼睛都突了起来。

"我需要一个概率。"阿里紧锁眉头，像正在集中精神下象棋的孩子。

卡姆几乎能看到他的室友正在脑中逐一判断各种概率和可能性。"不知道。八成吧。"

"足够了。"

"上方有两人，"卡姆接着说，"一个在大门上方，一个在西墙上。"他又开始组装、分发飞镖，动作十分迅速。训练时重复了上百次插针头、装飞镖翼的动作，他早已轻车熟路。

"卡拉培，通知唐尼。"

"已经在通知了。"她说。她转发了信息，等待对方回复，"他们看到那两个哨兵了，认为可以用飞镖放倒他们。"

"好，最后一个谜团，医生到底在哪里？"

"那有另一扇有插销的门。"卡姆提出建议。

"这不明摆着嘛。"格温插着话，但没有耽误计时。

"会议室怎么办？"阿里问道，"他们都有枪。如果潜水小分队冲进去，很可能会发生伤亡。"

"门都是朝外开的。"卡姆说。

阿里思考了一会儿，点点头。"是的，我知道你的意思。但我们必须在潜水小分队引起混乱前行动。卡利[1]，告诉潜水

---

[1] 卡利（Calli）是卡拉培（Calliope）的简称。

小分队，用镖放倒墙上卫兵后，再给我们两分钟时间。"

"我们需要些重物。"卡姆说。

他和阿里摇晃着马桶，看看能否把它撬松。

不久后，卡拉培通报："墙上的卫兵被放倒了。"

"从现在起，我们还有两分钟。"格温又从零开始计时。

卡姆朝门走去。他差点儿就要直接推开门，但某种直觉告诉他得先窥探一下。一名壮汉正穿过院子朝他走来，已经走到一半，一把来复枪贴着大腿。他抬头张望，搜寻哨兵的踪影，不禁眉头紧锁。

"有人来了。"卡姆低声提醒，又轻轻地把门关上。

"糟了！"阿里说。所有人都立马伸手去摸飞镖。

"他有一把来复枪。手指就扣在扳机上。如果他开门看到拉努埃尔躺在地上，就会开枪射击。"

朱尔斯绝望地低声祈祷，卡拉培缩到了她身后。

"我们签约就是为了对付这种事。"格温咬着牙，手里紧紧攥着飞镖，指关节有些发白，"这就是我们的任务。"

"我们需要一点儿时间。"阿里说，"就一会儿。"

"马桶！"卡姆冲朱尔斯说，"帮我把拉努埃尔扶起来！"

朱尔斯犹豫了，卡姆抓住她的衬衫，把她猛地拖向少年海盗，"要快！"

他们合力把瘫软的守卫拽上马桶。卡姆把拉努埃尔的手肘抵在膝上，让后者的头垂在胸前。最后，他扯下少年的破裤子。

男人打开门时，发现所有人都靠墙站着，很有礼貌地避开拉努埃尔的方向，而后者正坐在马桶上，裤子褪到了脚踝处，还低着头。卡姆心想，一切迹象足以说明，少年海盗正在解决一次特别麻烦的个人问题。男人发话了，但拉努埃尔没有回应，于是他便朝房间另一头走去，背部恰好朝着格温。她从后方一跃而起，猛地将一支飞镖扎进男人的脖颈，一条细细的血线瞬间溅在对面的墙上。药效发作得很快，男人还没来得及举起枪就瘫倒了。卡姆差一点儿也要用飞镖扎他，但在最后关头停住了。他很高兴自己没下手，否则会要了男人的性命。现在，这个男人不过是和同伴一起陷入了昏迷而已。

卡拉培已通过舌钉传递了最新战况。

"你看，"阿里对卡姆说，"重物有了。"

"离潜水小分队的攻击还有一分钟。"格温说。

阿里指向房门："行动！"

卡姆和格温拽起壮汉，阿里和朱尔斯则把半裸的拉努埃尔从马桶上拽下来，他们甚至没停顿一下帮少年海盗拉上裤子。

最惊心动魄的时段就是他们拖着海盗穿过院子的时候。如果对面的门开了，海盗们走出来就能发现他们正在地上拖行自己瘫倒的同伙，那么他们势必会被草草结果了性命，卡姆心想。那扇门在飞镖的射程之外，而他们的手又都没闲着，此外，潜水小分队还得四十秒才会冲进来。

壮汉很沉，卡姆惊讶地发现，格温拽得很轻松。只见她怒视着卡姆，几乎要抓着那副沉重的躯体奔跑起来，他自己却拖得十分吃力。

"我还以为你是真正的运动员呢。"她低声说。

她是用了强化剂的，卡姆提醒自己。他使出全力，给自己加油鼓劲以拼命跟上，但额头上不断涌出汗珠，小腿和二头肌阵阵发疼。向着危险迎头奔去，这感觉太怪了，他的本能正和肌肉一起叫苦连天。随后他们来到门边，两人放慢脚步，悄悄移动两名海盗的躯体，用他们抵住房门的底部。卡姆估计拉努埃尔和壮汉瘫倒后大约得有 160 千克，这法子并非一劳永逸，但可以防止有人突然冲出来。

卡姆一转身，就看到唐尼和欧文神不知鬼不觉地出现在了院子中，他们悄无声息，打着手语前进。在卡姆来营地之前，他们操练手语都好几个月了，已经非常纯熟，而卡姆却无法解码出他们彼此间快速的手臂动作。他们刚比了个手势给阿里。阿里也快速亮出三个指头和五个指头作为回复，表示"门后有三到五名敌人"。唐尼一挥手，欧文就在门边占据了哨兵的位置。

院子的另一头，扎拉也在为寻找医生，试图打开另一扇门。泰根掩护她，肩上扛着他的飞镖来复枪。

海盗的上层们还没有想要出来的样子。到晚餐时间了，卡姆意识到。他们正在吃饭。他瞥了一眼拉努埃尔，这男孩不但没有晚饭吃，身子还被扭着，被一个胖子压在下面，手臂以不自然的姿势弯在身后，私密部位暴露在外，嘴唇外翻，露出他那整齐且白得惊人的牙齿。卡姆觉得，他看起来就像一匹试图嘶鸣示警的马。

"我们房间里有守卫。"卡姆突然对卡拉培说，"所以医生那一间也会有！"要是不喊不叫，他不知道怎样才能把这个信

息通过手语转达给院子那一头的人。卡拉培先是疑惑地看着
他，接着明白了他的意思。格温正站在对面那扇带插销的门
前，卡姆吹了声口哨以引起她的注意。她转身看向他之际，正
巧打开了房门。这是一个错误的举动，只见门里伸出一只毛
茸茸的大手，一把攥住了她的后脖颈。

团队朝着格温和她的劫持者移动过去，只有卡姆是跑过
去的。直到距离目标还有五步远，他减速停住之后，才意识到
刚才自己是在全速奔跑。

海盗挟持着格温走向院中，大手掐住她的脖子。他穿着
一条截短了裤脚的牛仔短裤和一件脏 T 恤，年纪略长，大约
40 岁。他的面部毛发细长凌乱，头顶几乎全秃了，本该覆盖
住头顶的头发滑到了他的脸颊两侧，仿佛他正在融化。他环
顾四周，当看见潜水小分队和队员们奇形怪状的飞镖来复枪
时，海盗扬起双眉，将一把手枪的枪管狠狠地顶进格温的背
部，卡姆都能听见她的呻吟声。她瑟缩了一下，但并没逃开。
她不敢——枪口正紧贴着她。

大汉一边用西班牙语呼喊他的同伙，一边瞄向本来应该
站着哨兵的墙。"让他闭嘴！"扎拉低声说，打破了他们的手
语沟通机制。

她说话时正看着卡姆，卡姆马上意识到，由于有格温挡
着，从扎拉所在的地方没法击中目标。同时，头发长到脸上
的这名海盗也没关注卡姆——他正盯着潜水小分队的武器看。
卡姆还是距离海盗最近的，手中早就拿着一支飞镖。"迟疑是
致命的。"沃德曾经这样教过他，"即便要犯错，也要错得果断，

错得迅疾。"卡姆快速举镖至耳边，朝海盗掷了过去。

针头"噗"的一声扎进海盗的秃脑袋。卡姆微笑，这一下投得很准，但是接着，枪响了。

卡姆心慌意乱，耳朵轰鸣不已。他低头看去，发现自己身上满是鲜血。我被击中了！他心想。但是一点儿也不疼。海盗蜷成一团，倒在沙土地上，他的头顶上还"叮"着卡姆的飞镖，就像一只锲而不舍的大蚊子。他的身下躺着格温。

卡姆呆立着，他还在因枪声处于眩晕之中。扎拉第一个来到格温身边，把壮汉的身体拖开，单手掀到一边。刚开始，卡姆并不明白自己看见的是什么，那个东西看起来像格温，但是一个毫无生机，只会直视正前方的格温，如同商店橱窗里朝外呆望的假人。

"她死了。"扎拉直截了当地说。她跳回原处，用飞镖来复枪对着敞开的房门。

我身上的血是格温的，卡姆这才意识到。他突然感到刚才担心自己被枪击是多么自私。是我杀了她。

枪声在整个营地回响。被堵住的门后响起喊叫声与异国语言的咒骂声，同时传来猛烈的撞击。门被推开寸许，欧文跨出一步，利落地从门缝射进去一支飞镖。唐尼和他在一块儿，飞镖枪的枪托抵在肩上，枪口对准了房门。

"有几位医生在这里面。"扎拉向其他人通报。她的声音把卡姆从眩晕中惊醒过来，他小心地绕过格温静止不动的躯体，向房内看去。

蚊蝇嗡嗡飞舞。三颗被砍下的头颅排成一排，归置得异常整洁：一个男性高加索人、一个斯堪的纳维亚人，还有那个戴着破旧红袜棒球队帽子的年轻人——帽子仍然戴在他头上，仿佛在诡异地讽刺着美国文化。几颗头颅直接被放置在沙土地上，睁开的双眼直视前方，要不是脸上的痛苦表情，他们像被自个儿孩子闹着玩儿而埋进沙里的海滩游客。

"这里只有三名。"扎拉说，"另外七个人在哪儿？"她逐一勾销失踪医生清单，卡姆则一直在强忍干呕的冲动。"去搜搜那个储藏柜。"她说着，丝毫不为房间内的死气所动。随后她离开，并告知别人继续搜寻。

卡姆小心翼翼地跨过这排头颅，他觉得自己好像正在侵犯一道无形的屏障，在打开柜子最上方的抽屉时，他也试着不去看它们。里面空空如也。他手忙脚乱地拉开第二个抽屉，急切地想要速战速决。事情都过于诡异，发生得也太快了，假如停下来思考，他可能会恐惧得不知所措。第二个抽屉里也没什么相关的东西——一个订书机和一些文件。然而，在第三个抽屉里有一个鼓鼓囊囊的背包。卡姆伸手进去，拉开了包的拉链，希望包里装的不是另一颗人头。

里面并不是人头，而是钱。一捆捆用橡皮筋扎好的整齐钞票，是美元。从外观上来看，应该全是百元大钞，比卡姆一辈子见过的钱都多。他把背包拉出抽屉，紧张地四处张望，仿佛是个商店扒手，不过地面上目光警觉的头颅并没发出抱怨或大声警告。

卡姆背着包从屋里出来，全身依旧在颤抖。就连卡拉培把手往他肩上一搭，都把他吓得一颤。阿里也在那儿。

"沃利说南边有光亮正向我们靠近。"卡拉培用颤抖的声音向大家报告。

"去死!"阿里骂了一声,"他们肯定通知了附近的营地。"

卡姆几乎已经忘了沃利的事,沃利此刻肯定正盘旋于黑暗夜空中的某个地方。疯狂的红头发,他心想。

院子对面传来一声巨响,被堵住的木质门板上出现了一个拳头大小的窟窿。看着窟窿的大小,卡姆觉得屋里某人有一把霰弹枪。站在门边的唐尼探身,将装备着飞镖的来复枪伸进破烂的窟窿中,朝里面迅速地打了两枪,然后又闪到一边。第二发霰弹枪爆出两个窟窿,一个在门上,一个在拉努埃尔身上。这个只想向卡姆展示球技的少年海盗,身上压着壮汉,被射击的力量撞得颤抖了一下。

我也害了他,卡姆心想。

卡姆的歌单

16.《装满灵魂的背包》 🔊
演唱：C.白杨·B.

17.《漂》
演唱：咕噜咕噜

18.《不准打我》
演唱：212区

我陷入悲伤。
但是不能哭，因为我是男子汉。

泰根找到了他们——另外7名医生，都还活着。说真的，他们看起来糟到不能再糟了，他们脸上茫然的表情正是卡姆内心感受的写照。他看着他们如行尸走肉般跌跌撞撞地穿过院子，朝大门走去。泰根一路推着他们，脚下一刻不停，还朝队员们飞快地做了一个手势。

"撤！"阿里高声喊道。

卡姆迈步要跑。

"等等，"阿里说，"帮我把格温带走。"

"把她带走？"

"要带回所有倒下的队友。沃德当时说得很清楚。"

"阿里,我们得走了!"唐尼从院子另一头朝他大喊。此刻,又一声霰弹枪响,那扇被堵住的门上炸出好几个洞来。

卡姆朝着格温的尸体弯下腰。她的眼镜就躺在身边,出人意料地完整无缺,只是一个镜片上有滴完好的血珠,如同一颗蔓越莓。他伸手从尘土中捡起眼镜,悄悄放进口袋儿,再帮忙抬起格温。他抓起格温的一手一脚,阿里抓住另一边的手脚。

卡姆不禁觉得,现在被命令来抬格温,是对自己刚才害了她的一种惩罚。两人动身离开,卡姆必须跑起来才能跟得上阿里。格温的头耷拉着,鲜血滴在他脚上。阿里曾说过,格温非常聪明,但她傻傻地迷恋上了唐尼,而唐尼只不过是高中里受欢迎的橄榄球球员的成年加强版,她永远也约会不到人家。卡姆心想,格温再也不需要去调和她的高智商与选男人的低品位了。

去游艇的路走到一半,卡姆绊了一跤,把格温给摔了下来。他手脚摊开,躺在她身边,直到唐尼一脚把他踢开。

"真没用!"唐尼低吼着,单膝跪地,飞镖枪口仍然正对着海盗营地的大门。"你快到船那边去。欧文,来帮忙!"

一回到游艇上,他们就迅速将格温瘫软的尸体放进苏迪亚克,并用船罩将她盖好。其余队员已经全部登上船,正端着飞镖枪检视甲板,为离岸做准备。他们在船上只发现一名海盗。他正在一间船舱里酣睡,浑身酒气熏天。他们缴了海盗的枪,泰根把他像破布娃娃一样从房间里拖出来,然后从船上抛了下去。潜水小分队早就把海盗的船都给废了。阿里下令出海，几分钟后正巧碰上沃利操控滑翔机紧急迫降在附近水域。他们把沃利捞了上来。沃利刚把多枚照明弹空投进了树林，引开了从另一个营地赶来的海盗救兵，阿里对此大加赞赏。

沃利大笑道："我让这些白痴像傻狗史努比一样四处乱晃，去树林里找个鬼！"

然而其他人都没有笑，他们太慌乱了，而且沃利的话也不是特别好笑。朱尔斯仍在发抖，不停地说着："我的天哪，我的天哪，我的天哪！"

等他们最终让她平静下来，她问起被救医生们的情况："他们怎么样了？一定被吓坏了。"此前，扎拉已经把医生们带到下面比较大的那间卧室里去了，只是告诉他们得救了，没有做更多的解释。

唐尼提醒朱尔斯："询问他们不属于我们的任务内容。"

"为什么海盗杀死了其他三个人？"朱尔斯执意问道，"也许这些幸存者知道。"

"我们不与他们交谈，"唐尼很坚定地说，"这是命令。"

"说得对。"阿里不情不愿地说，"大家可能都很好奇，但是我们只是去营救他们，而不是来审问他们。"

"他们对我表示了感谢。"朱尔斯声音颤抖着说。

"他们应该谢谢格温。"卡拉培小声地说。

这些话如同飞镖一样刺痛了卡姆的心。"我很抱歉。"他突然说。

其他人都转过身来看着他。一时间，大家都陷入了沉默。

"为什么这么说？"扎拉最终开口问道。

卡姆逐一看向同伴们的脸庞，搜寻着任何谴责或责怪的迹象。他没发现这些情绪，但这也不表示真的没有。"因为格温死了。"他说。

"我们都很难过。"阿里回答道，语调中透着一种不可思议的实事求是。

"但我特别难过。"

"为什么？你想追她？"唐尼问道。

欧文咯咯地笑起来，朱尔斯愤愤地瞪了唐尼一眼。

"不。"卡姆简直不敢相信自己的耳朵，"是我害了她。"

阿里连头也没抬，仍然盯着舵轮。"不，你没有害她。你阻止了那家伙把我们全杀光。"

"飞镖投得很准。"扎拉还补充了一句。

卡姆朝卡拉培瞥了一眼，寻求一种更温和的观点，然而她没给任何意见。她脸上一片茫然，眼神空洞——她的音乐灵魂被埋葬在这眼神之后的某个地方。只有朱尔斯的悲伤是表露出来的，但是她也没有责备卡姆。

"这就是她想要的，卡姆。"阿里安慰他说，"这是她签约接受任务的原因。"

"一种快速而轻松的死法。"唐尼尖刻地说，"就是这么回事，你还不明白？"

"是啊，我明白。"卡姆说着，烦躁起来。

阿里又插话说："她走得像个英雄。"

"一下子就没了。"唐尼说。

"而且她再也不用担心那个肿瘤了。"欧文补了一句,并看向唐尼寻求支持,唐尼则回以一个得意的笑。

"一帮浑蛋。"朱尔斯低声咕哝着。

卡姆心想:他们都像喝醉了一样,有些疯狂,再来一个没品的笑话,他们俩就要咯咯笑个没完了。然而,责怪他们也是过于严苛了——无论是谁,只要经历了他们刚才经历过的疯狂行动和肾上腺素冲击,都可能会陷入半疯狂的状态。他自己也不太好受,只不过他觉得更可能是吐出来,而不是笑出来。

驾驶舱里突然显得人有点儿多,有点儿闷热,卡姆的头也有些眩晕。他急急告退,溜到甲板上去呼吸新鲜空气。

在这无月的夜晚,他顺着围栏摸索前行,自忖是否会从船上摔下去溺死。一种快速而轻松的死法,他心想,哪有这种好运。他发觉自己又立在了船头。海天融为一团墨色,游艇载着他盲目地穿行在二者之中,发出不变的隆隆声,富有节奏地起起伏伏。这让他想起了金属摇滚乐队死亡漠泽和他们的歌《无尽的虚无》。这和从直升机上跳下来没什么太大的差别,失重状态下一头扎进未知世界。

在卡姆回到驾驶舱后,他们又继续黑着灯航行了半个小时,仅仅仰仗阿里放在仪表板下的一个荧光指南针。当阿里终于把船舱内部的顶灯打开,所有人发出了如释重负的叹息。大家找到座位,每个人都坐下来静静思考,或者嘟囔着任务清单上还需完成的事项。朱尔斯和卡拉培去了船尾,忙于烹饪未被海盗拿走的食物。他们都在等沃德来联系他们,也不再谈论格温的死。

他们的客人很安静，被关在扎拉突袭过卡姆的那间大卧室里。其间，他们曾派代表敲门，要求与负责人对话。唐尼走下去并明确表示，除了他们自己彼此间的交谈，这里不会再有别的对话，边说还边挥舞着他的飞镖枪。干得好，卡姆心想。在遭遇了海盗营地的恐怖经历之后，幸存者们最不想碰到的事就是被持枪分子不由分说地锁起来。这群幸存者都是女性，卡姆镇静下来后才意识到这一点。那个斯堪的纳维亚人，那个戴着红袜队棒球帽的年轻人和船长，最后都变成了埋在沙土里的头颅。他猜想，也许是海盗某种怪异的骑士观念才让这些女人幸免于难。他的脑海中浮现出那个戴红袜队棒球帽的年轻人的惊恐面庞，看样子，他才刚从医学院毕业，像未来版的阿里。而且，和阿里一样，在他能够享受智慧和勤奋学习所能带来的回报以前，他的人生就被压缩了。

"我们已经离开了海盗的水域。"阿里宣布，"沃德随时都可能联系我们。"

不久，游艇的电话响了。阿里转过身，扬起眉。

"说得真准，头儿。"扎拉边说边伸出手，迅速地点开了免提。

"阿里，你在吗？小子？"虽然连线信号很差，但是依旧能够很容易地辨别出是沃德的声音。

"在。"

"你还活着，好极了。结果如何？"

"他们又杀了一个医生，我们救出来七个。"

"了解。团队伤亡如何？"

"格温。"

房间里静了下来，大家都等着沃德发表评论，卡姆也意识到他们并不清楚这次任务到底算是成功还是惨败。

"就这样？"沃德最后问道。

"还死了一个海盗。"卡姆补充道，然后说了拉努埃尔以及他身上那狰狞的红色霰弹枪眼。

"那个人渣不能算。"唐尼低吼道。

"不对，他算。"沃德回答说，"卡姆做得对。所有人都要计算在内。不过，算上连带伤亡，真的总共只有两个人？"

"是的。"

"哇！"沃德叹道，听起来真心对结果十分赞赏，"大家都干得好，一级棒。我很期待迎接你们的归来。在这期间，把医生们隔离开。阿里右手边的壁橱里，假镶板后面藏着给大家的香槟酒，为格温的毕业干一杯吧，找点儿冰，让她好好待着，回头我们把她葬在营地里。我们使用游艇的机会仅此一次，好好享受返程的航行吧。回家再见。"

家？卡姆心想。在一个坐落于偏远沙滩的营地里，和其他9名——不，是8名——不知姓氏的年轻大学生住在一起，听起来很酷，可它不像是一个家。

卡姆的歌单

17.《漂》 🔊
　　演唱：咕噜咕噜

18.《不准打我》
　　演唱：212区

19.《破碎的心》
　　演唱：乡下人

如果你朝海上看，就会看到我
正漂、漂、漂。

　　格温的告别仪式很简短。庆祝似乎不合时宜，所以他们并没有为此打开香槟。阿里做了简短的致辞，以他们的誓言作为悼文的结尾，"为大众的福祉奉献我的生命。"卡姆拿出他的夹片式音乐播放器，用小音箱播放着"惊悚小指"乐队演唱的《酷而残忍的日落》。之后，他们依照沃德的建议，用冰覆盖格温，以防尸体腐烂。
　　阿里说，她走得很快，没有痛苦，而卡姆却觉得十分骇人、恐怖且暴力，但是他并没有说出来。他留下了格温的眼镜，他也不知道这是为什么。也许是因为她死得默默无闻。要是不留下一件她的信物，就会觉得她似乎从没存在过。

4 个小时之后，他们把医生们送上在旁等待的一艘小艇，小艇由飞行员驾驶。这之后，庆祝似乎才更合情合理。他们找来塑料杯子，互相递送香槟。唐尼对小纸杯不屑一顾，直接对瓶喝了好几大口。沃利没喝香槟，人虽未醉话却不停，甚至还有一些笑声。就在这时，卡姆让所有人都到大舱集合。

"我在海盗营地发现了一些东西。"等人都到齐了，卡姆如是说，随即他把那个背包拎到那张他曾拒绝了扎拉那诱人身体的床上。

"我正要问你这件事呢。"阿里说。

卡姆没有解释，只是将背包来了个底朝天，将包里的东西一股脑儿倒在床罩上。一捆捆百元大钞如同绿色砖头翻滚而出，倾泻在床上、地上。它们源源不断地涌出来，卡姆还得晃晃背包才能将它们全都倒出来。大家都站在那儿盯着看。沃利咯咯地笑起来。朱尔斯则伸出手，似乎想要摸一摸，不过她的手只是迟疑地悬在那一堆钞票的上方。

"有多少？"扎拉问道。

阿里扫视着那一堆钱。"估计一捆有 100 张，这么一堆多得要命的整捆大钞，我猜大约有 100 万。"他抬起头，"还记得我跟你说过，我曾在报上读到一艘韩国船的事吗，卡姆？"

扎拉吹了一声口哨。

卡姆抬眼一瞥，发现唐尼的脸都紫了。"伙计，你的脸都紫了。"卡姆说。

"你为什么不早点儿告诉我们，卡姆？！"唐尼暴跳如雷，仿佛卡姆刚才的话把他像气球一样扎爆了。

"我现在就在告诉你们啊。"卡姆的一只手本能地插进短裤正面的口袋儿里,这个口袋儿的底部躺着一只天鹅绒小布袋。虽然他的队友们根本无从知晓他从背包里拿走了这个,但是所有人对他的注视还是让他有些紧张。小布袋里装的是钻石,好几颗大钻石。其实他也不清楚为什么拿走钻石,就像他不知道为什么拿走格温的眼镜一样。

唐尼对此一无所知,但是仍然对现金的事怒气冲冲。他拾起一捆钞票。"这笔钱也是任务的一部分,你早该把它交给飞行员!"

"我们会交的。"阿里向他保证,"卡姆只不过是在上交这笔钱之前,和我们——他的队友们讨论一下。对吧,卡姆?"

"你给我听着,小学究。"唐尼低吼道,"你没权力让我——"

突然,一捆百元钞票砸中了唐尼的脑袋,钱被弹开,落在唐尼脚边。唐尼缓缓地转过身,怒不可遏。

"百元大战!"沃利大喊着,随即又拆开第二沓,钞票撒得卡姆满头满脸都是。

卡姆对此毫无反应,任凭钞票在周围静静飘落。没有人掺和进来,阿里便趁机偷溜了。

"我得回到舵轮那边去。"他说,"你们把这些都收拾好。"

卡姆已经破坏了庆祝的氛围,或者说是唐尼,反正也说不清到底是谁的错。卡姆拾起背包,开始装现金。朱尔斯在一旁帮忙。唐尼既不肯帮忙也不肯离开,所以留下来监督。恐怕他认为有人会借机中饱私囊。卡姆没法挑剔这家伙的直觉，他料得很准——卡姆早已分了一杯羹。

紧张的时刻过去之后，随即而来的便是驶回自家海岸线的惬意航程。等抵达那段海岸线后，他们纷纷挤上苏迪亚克橡皮艇，准备登陆。

"我会想念它的。"阿里一边引导其他人登船，一边低声说。

"是啊。"卡姆说。

阿里说完，拍了拍栏杆，卡姆这才意识到他方才说的是游艇。

"沃德说我们以后用不到它了。"阿里说，"它以前叫'冷傲情人'。"

"它还是叫这名字。它的尾巴上就是这么写的。"

"那叫船艉。"

"管他呢。说再见吧，伙计。"

"再见了，伙计。"阿里对着游艇说完这话，便踏了进去。

卡姆的歌单

18.《不准打我》◀))
演唱：212 区

_____

19.《破碎的心》
演唱：乡下人

_____

20.《休息时间》
演唱：笨蛋机器人

我有可以狠狠揍你的许可证！

　　大约下午时分，卡姆在阿里的哼唱中醒来。他室友正模仿从远方传来的热带鸟鸣，而且模仿得十分逼真。

　　"伙计，你实在是太欢乐了。"卡姆呻吟着。

　　"10 分钟后吃午餐，之后是吹风会，你可别错过。"

　　"我来，我来。"

　　"快点儿冲个澡，你身上还有血迹。"

　　卡姆现在独占室外淋浴间，这种感觉很怪。前些日子，他还和格温一起淋浴，今天，他却要洗去她的血渍。

　　午餐吃的是早餐食物——蛋饼和杧果汁，还配有一块西猯肉。阿里喝了咖啡，还宣称"味道好极了"。卡姆没喝——他总觉得咖啡喝起来像热过头的泥浆。随后，沃德把他们集中到教室召开吹风会。

"待会儿，我会单独与你们每一个人面谈。"沃德发话了，"但是，我首先想说些关于任务的事，你们可能不知道这些。你们营救出来的这七位医生，在她们的职业生涯中，已经拯救了一百多条生命。如今，她们能继续活下去，可以至少再拯救一百多条生命；虽然你们失去了一名队友，甚至可能导致了一名海盗的死亡，不过，你们最终做成了一件大事。祝贺你们。"

他开始鼓掌，缓慢而越发坚定。唐尼首先跟着鼓起掌来，随后是欧文，接下来是扎拉和泰根。很快所有人都一起鼓掌——连卡姆也不例外，虽然他加入进来的主要原因只是不想成为被孤立的那个人。

沃德继续鼓掌。他热情洋溢，像比赛获胜后倍感欣喜的教练。他回顾了他们这次行动的成功之处。种种迹象表明，一帮有钱的大学生被不法之徒绑架，然后逃脱出来，同时还带上了其他人质。他们没有留下任何证据，除了一些奇怪的针筒，这点可以归结为当时有医生在场。没有任何途径能追踪到行动队成员的身份。正因为此次行动看起来像是一次逃脱，而非明显的政治入侵，新组阁的当地政府也不会对美国有任何发难。

随着沃德的回顾接近尾声，唐尼转身指了指卡姆。卡姆的脚边立着那个背包。唐尼曾扬言，假如卡姆不把背包带去吹风会，他就要自个儿去告诉沃德。卡姆伸手拿起背包，将包放在大腿上。

"沃德，我们给你带了点儿东西。"他宣布道。

沃德点点头："我看出来了。是什么？"

"一个背包。"

沃利闻言笑了起来。卡姆拿着背包走到房间的前头，把它像祭品一样摆在沃德面前。

"它被放在三颗被斩下的头颅后面的一个橱柜里。"

沃德拎起沉重的背包："那些头颅通常是用来吓退入侵者的。"

"是啊，我本来被吓退了的。"卡姆说，"但扎拉非让我进去不可。"

沃德拉开背包拉链往里看去。他面无表情，只是高高地扬起了一条眉毛。"这里有多少钱？"过了一会儿他才问。

"整整 100 万。"阿里说。

卡姆走回自己的座位，放弃了对这笔财富的所有权。由于这笔现金是个整数，可以让沃德确信他没有擅自拿走半分钱。我为什么要拿它们呢？卡姆思索着。在这海滩天堂里，他们应有尽有。此外，他们能把钱花在哪儿呢？根本没有需要钱的理由。但是他拿走了钻石，而且没有告诉任何人，连阿里也没有说。他把钻石藏在自己小屋下面的沙子里，有只动物在后墙下挖了一个小洞，他又顺势向下深挖，把钻石埋在那里。

卡姆很想知道，即便如此，沃德是不是仍能发觉他偷藏钻石。这个人有猎豹般敏锐的直觉。可是，就算他感觉到了，他也什么都没说，只是把装满钞票的背包甩到肩上，宣布解散。

"就这样吧，我会把这笔钱捐献给我们的事业。干得好，卡姆。现在，我们的任务完成了。我会先带走阿里，听听他的单独汇报。你们其他人去休息吧，这是你们应得的。"

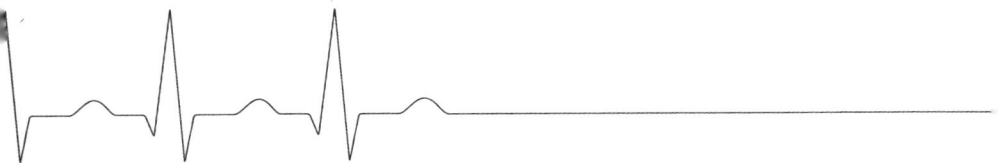

卡姆的歌单

19.《破碎的心》🔊
演唱：乡下人

20.《休息时间》
演唱：笨蛋机器人

21.《演出焦虑症》
演唱：痴迷

爱你的脸，你待过的地方，
还有你穿了蕾丝的身体……只是不爱你。

他们排成队走出碉堡。在回小屋的路上，朱尔斯截住了卡姆。

"我和她们说过话。"她鬼鬼祟祟地低声说。

"和谁？"

"和那些医生。"

"她们向你表示了感谢，对吧？"

"不，我是说，对，但是我和她们其中一个还说了些别的，在游艇上的时候。"

"这是违反规定的。"

"又不是那些'绝对不能违反'的规定。"

"其实算是——不得与外界接触那条。"

朱尔斯翻了个白眼："她们是人，被吓破了胆。其中一个告诉我说，她的丈夫想要逃出去，才被砍了头。"

"逃去哪儿？"

"不知道，我想是指她的雇主吧。"

"'分立的世界，融为一体'？"

"她说她不为这个组织工作。"

"那她说她为谁工作？"这句是扎拉问的。她悄无声息地靠近两人，安静得不像话，他们还没意识到她的存在时，她就已经加入了他们的谈话。

卡姆朝朱尔斯使了个眼色——该闭嘴了。可是她没领会。

"我们谈得不够久，还没聊到这些。"她接着说。

"你们还谈了什么？"

"没什么。"

"没什么？"扎拉盯着朱尔斯的双眼，用目光对她施加压力。卡姆眼看着朱尔斯被镇住了。

"没多少。只是说他们在做药物研究。就这么点儿。没多少。"

"这可不是没多少。"扎拉说。

"真的，就这么多。那个女人有点儿被吓坏了，有些事说漏了嘴。我告诉她，一切都会好的，她不需要解释什么。"

"我想你肯定是这么说的。"扎拉眯起双眼，她正在思索，卡姆觉得不太对劲。最终，扎拉耸耸肩膀走开了。

"你刚才真蠢！"扎拉一走远，卡姆就冲朱尔斯厉声说。

"什么？"

"你得管住你的嘴，别把我扯进你的违规行为里去。照规定，我们不该和她们说话。"

"我没'暴露组织'。"朱尔斯用手指在空中比了个小小的双引号，"也没告诉她我们做的事。我只是安慰了她一下，倾听一个苦恼者的倾诉——这有什么大不了的？"

"我也不知道。也许没什么，只是突然间一切都变得这么严重，有人丧命。"

"你傻呀！我们也会死，这就是为什么我们会在这儿的原因。"朱尔斯一眼看到了结束汇报走出来的阿里，沃利被第二个叫了进去。她转身扔下卡姆，去找卡姆的室友了。临别前，她还不忘愤愤地甩了一句："我可不是来找骂的。"

卡姆独自沿着沙滩往前走。扎拉小屋的房门敞开着。本来出于礼貌是不该往里看的，万一她在换衣服呢，但是卡姆还是往里看去。扎拉有所感应，一转身，正好与他四目相对。卡姆被逮了个正着，只好开口说话。

"我能进来吗？"他问。这话很蹩脚，不过总强过"抱歉，我只是想看看你穿内衣的样子，因为我在船上错失了良机"。

"你自便，我这里是自由的国度。"她说，"至少，我是这么想的。"

卡姆迈步进来。有一张床是铺好的，床单绷得紧紧的，四边整齐地掖在床垫下，四角分明，让整个床垫看起来像一个令人很不舒服的白色盒子——格温的杰作。另一张床则很乱，床单皱皱巴巴，一头揪成一团，就像一封被愤而丢弃的分手信，是扎拉的床。卡姆不由得纳闷，这到底是经过了怎样疯狂的午夜翻滚才能被摧残得这么彻底。房间的其他地方一尘不染，看起来扎拉还没来得及把它们弄乱。

"那个……我以前没来过你的小屋。"卡姆说，"很不错。"

"你为什么来这儿，僚机？你不相信我？担心我会去告发你的丑女友？"

"我知道你不会这么做的。"他说，心中也希望她不会。他观察着扎拉，试图找到一丝线索，看穿她的意图，可什么也没看出来，只换来一阵尴尬的沉寂。他瞥了一眼空床。"格温曾是你的室友。我只是想说……"

"没必要，我们的关系并不亲密。"

"对船上发生的事，我很抱歉。"他脱口而出，"我指的是你我之间的事。我真的觉得你是个很漂亮的女人。"

扎拉歪着头说："不，你觉得我是个荡妇。告诉你吧，老兄，现在的我已经不是来这儿之前的我了。我们都不再是从前的自己了。"

"我明白。"

"你不明白，你对我一无所知。"

她几乎是在大喊大叫。这惹恼了卡姆。

"好啊，"他也朝她大喊，"我还有什么不知道？你还没来得及去爬珠穆朗玛峰？或者你本来要去参加奥林匹克自由搏击国家队的选拔？恭喜你，你这个人极端，无情，还吓人。"

"你不知道我曾经爱过一个男孩。"

"爱"这个词从她饱满、性感的双唇间吐出来是如此奇怪，卡姆不再说话。他坐下来，这是个简单的动作，但已经足以让扎拉明白，她可以继续说下去。

她并没有看向卡姆，只是接着述说。"他曾经是我最好的朋友，我、他和凯特，我们曾经是密不可分的三人组，真的，我们在同一个小镇的同一条街上长大。我们做什么事都在一起。高中的时候我就开始喜欢他了；等上了大学，我更加喜欢他。但我们从来都没发生过关系——我怕这样会毁掉一切。他是那种好男人型的，我曾经幻想过有一天我们会结婚，一起去买餐盘，一起布置房子这些蠢事。很俗套吧？

"后来有一天凯特来找我。她告诉我，他爱我。一瞬间，我觉得自己简直进了天堂。接着她脸上就露出极度难过的表情，她说我比她漂亮，比她更能引起别人的爱慕，说我将来会有自己中意的大学男生。我本来不明白她到底是什么意思，直到她突然求我疏远他。她说，他是她的知己，她再也遇不到这样的男生了；还说假如找单身的话，他就永远不会和她在一起。她哭了，说我永远是她最好的朋友。也很俗套吧？但是我当时为她难过，同情她，甚至觉得受宠若惊。最后，我就按她的要求做了。我告诉他，我并没有把他当作男朋友看待，只是普通朋友——你知道的套路。"

"是啊……我了解。"

"为了把事情坐实，我还说，'我正在和一个年纪更大的男人交往'，我真的这么说了。"

"我的天……你不会吧。这种话会要了痴情小男生的命，你知道的吧？"

"我知道，而且当时我根本没和任何人在交往。我故意伤害他，我伤了他，也伤了自己。"她看向别处。

"但你很美，我肯定你在大学里遇到过很多男生，就像那个凯特说的一样。"

"是啊。很多渣男，挑也挑不完。"她不自然地笑起来，里面有苦楚——有一段痛苦的经历，或许是许多段。

卡姆想让她快点儿跳过这段回忆。"后来凯特和……呃……那个男生怎么样了？"

"他们订婚了，幸福得简直可笑。既然他们在一起了，凯特就希望我不要再和他有任何来往，所以我之后也没怎么见过她。现在她和他一起在海外读书，在意大利。而我却在这里，只有一颗致命的肿瘤和一个前足球队队员陪着我，他还认为我是个不懂爱的放荡女人。"

"我很抱歉。"卡姆不知道还能说些什么，不过他还是又说了一句别的，"我不会告诉任何人。"

"如果你说了，我会揍扁你。"扎拉的话硬邦邦的，但她的双眼却是湿润的。

卡姆向她伸开双臂，想给她一个拥抱，但她把他推开了。

"不行，我给过你机会，你没要。"

沃利坐在齐胸的泻湖中，观察清澈湖水中红蓝的彩条。就算卡姆走到了湖边，他也仍然盯着鱼群，全神贯注，头也不抬。

"你总是激动得过头。"卡姆说，"看到你在休息，挺怪的。"

沃利得意地一笑。他单手闪电般地插入水中，抬起来时，手中紧抓着一条扭动的小鱼，鱼还在滴着水。沃利把小鱼丢进自己嘴里，吞了下去。

卡姆摇了摇头。"就像我说的，乖乖的。沃德在里面问了你点儿什么？"

"没什么。他就是想知道我有没有什么问题。"

"他没问你问题？"

"没怎么问。"

"他还说了什么？"

"说我扔了照明弹，救了你们所有人的小命。"沃利边说边单手拍击鱼群汇聚处上方的水面，惊得银色、绿色和黄色的小鱼闪电般四散逃离。

"然后他还说他有多么以我为荣。好长时间没听到这种话了。"

"那你问了他什么？"

"什么也没问。"

"你对有些事不好奇吗？"

"这是件好事，干吗要搅和？"

卡姆没有继续追问下去。他离开了仍坐在一湖静水中的沃利，朝着一旁走去。轮到他向沃德汇报了。过去的二十四小时发生了很多事，他很想问沃德一些问题。

沃德坐在休息室里，这里比起会议室，人为布置得更为舒适。角落里挂着两张吊床，四处都有软椅，有意地斜着摆放。沃德没带任何装备或手册。那装满钞票的背包已不见踪影，早就被拿走了。

"嘿，卡姆，"他打了声招呼，"进来吧。你觉得怎么样？"

卡姆判断在他之前来的某个人肯定有些沮丧,很可能是朱尔斯。"我还不错。"卡姆回答,"休整好了。这次谈话的目的是什么?"

"我只是想给你提供一个传声筒。也许你想说些什么,也许有些事你不想和队员们讨论,或者你有问题要问。据我所知,你的体验相当极端。"

"的确如此。"

"你在为什么事心烦?"

"没有。为什么?应该有吗?"卡姆平静地说,但是他能感到自己的怒气正升腾起来。他搞不清究竟是为什么,而且也没法克制。

"好吧,我感到你现在有些生气。"

"有人死了,老兄!你感觉到这个了吗?"

"每一天,世界上都有人死去。"

"你还坚持说这都是善举?"

"你来到这儿的原因是不好的,但你在做的是好事。"沃德斩钉截铁地说,"你是英雄,卡姆。在生命的最后关头能知道自己令世界变得更美好,很少有人能有这种活法,这应该能让人变得态度积极。接受这种改变吧。"

"医学体检的时候,他们根本就没有询问我的状况。"

"你已经接受了自己生命垂危这个事实。这是我们生存哲学的一条基本原则。"

"我还没有表现出任何症状,要是我正在好转呢?"

"卡姆,如果他们选中了你,你是不会康复的。"

卡姆叹了一口气。无论什么问题，沃德总能给出一个简洁的回答，他简直像心理治疗师和政府公共关系官员的混合版。

"那些医生是和你在一起工作的吗？"卡姆突然问。

沃德的眉毛一扬，卡姆能看出来他的教练正在思考。找不到什么堂而皇之的话来回答这个问题了吧？

"当然，组织里有为它效力的医生，卡姆。"沃德最后回答道，"这样才能为你做评估，帮助你假死，并且继续为你提供治疗。你担心的是什么？"

"你们有事不告诉我们。"

"有很多事你们都不知情，但这并不会改变你在这里的目的。"

"是为了拯救这个组织自己的员工。"这句话是个陈述，而不是一个提问。

"这次任务的确是如此。"

"他们假装在为一个国际慈善组织工作。"

"我们就是一个国际慈善组织。卡姆，你知道这次行动必须在暗中进行，我们有一些秘密。"

"不过你曾向我保证这都是为了全人类的福祉，对吗？你身上男人的荣誉感在哪儿呢？"

"牺牲少部分人的生命去拯救多数人的生命，这怎么可能不是善举？"

卡姆思索了一番，却没能找到反证，他不知道阿里能否找出来。

沃德将手按在他肩上："这也是男人的荣誉感。"

卡姆的歌单

20.《休息时间》🔊
演唱：笨蛋机器人

21.《演出焦虑症》
演唱：痴迷

22.《仓鼠滚轮》
演唱：毛茸茸的兔宝宝

恢复元气，重新再来，把我的储备再填满。

卡姆爬上绳梯，瘫倒在床上。他接到明确的命令，在下一次任务到来之前，必须放松、感觉良好，并且抓紧时间享受。他的肌肤仍然因为和沃德的交谈而发烫，吹进小屋里的微风轻抚着他炙热的肌肤，让他觉得舒服，薄薄的床单摸起来很清凉。他把手插进枕头下面，使枕头枕起来更舒适。这一摸，却有片东西皱了起来，是纸片。这一次，字条没藏在耳机里，胆子越来越大呀。

卡姆坐起来，看看阿里在哪里。他的室友正坐在下方的桌子旁，看不见上方床铺的情况。卡姆抽出字条放在枕头上，用手掌捂住后偷偷查看。这次的留言更长。

> 很高兴你还活着。我还在寻找一个可以信任的人，是你吗？
> 又及：别喝酷爱^①。

卡姆再次在脑中逐个审视一遍女孩们。朱尔斯、扎拉和卡利。不是格温——这一点他可以肯定。有可能是幸存下来的某个人，也有可能不是她们中的任何一个。谜团一个，卡姆心想。他把字条藏了起来。它也没提示回答的方式。也许他应该把自己的回答塞回枕头下。这个字条实在是模糊得让人讨厌。凭什么要"信任"？

卡姆俯在床边朝下问去："嘿，阿里，'别喝酷爱'是什么意思？"

阿里从桌边撤身，仰头看着他说："跟吉姆·琼斯有关。"

"吉姆·琼斯？"

"20世纪70年代的邪教头目。他让一千名追随者喝下掺有氰化物的酷爱饮料，集体自杀了。"

"我的老天！"

"是啊，包括孩子。那可是有史以来最可怕的事。你为什么问这个？"

"我刚从某处听说这件事。"

"有意思，因为它就发生在南美洲这儿。"

---

① 美国时兴的一种儿童饮料。

卡姆把字条塞回枕头下面。酷爱显然指的就是 TS- 9，毫无疑问。但是谁不想让我喝下它呢？又是为什么呢？他突然有了个新的想法，写字条的人也许是个男性。

"我和沃德谈话的时候，谁在咱们房间里？"

"不知道，"阿里回答说，"我当时在厨房，朱尔斯在做巧克力蛋糕。"他回味般地哼了一下，"告诉你，我有点儿喜欢朱尔斯传统的一面。扎拉很辣，但是她无论如何都不会走进家庭生活的童话里。"

卡姆心想，她本来可能会的，在很久以前，她曾经幻想过拥有丈夫和一栋房子，但她却选择伤害别人那颗爱她的心，从此独自伤心欲绝，生活一团糟，还得了绝症。而她那带白色栅栏房子的生活梦想也化为了泡影！

"她可能比我们两个想的要正常。"卡姆表示异议，"也许我们只是需要多了解她一些。"

"祝你好运吧，我怎么觉得这话听起来像是个多了解了解她身体的借口。你倒不如去追卡拉培，虽然你没法知道一天之后你和她会发展到什么程度。"

"我没在追谁。"

"真可惜，你长得不赖。"阿里吃吃地笑了，"而且行动敏捷。"

"你们差不多和我一样快，而且比我更强壮。"

"你想要吗？用人工的办法提升的力量？"

"我只是想跟上大家的脚步。"

"你已经够快了。"阿里在自己正在研究的一张路线图上快速地写下一些字。

卡姆从床铺上望向阿里肩膀后边的地方："我都不敢相信自己今天早上把 100 万美元拱手让人。"

阿里耸耸肩："对我们来说，那就像大富翁游戏里的钱，毫无意义。"

"我想你说得对。"

"当你意识到自己时日无多时，你就会对事物孰轻孰重产生新的看法，对吧？"

"沃德说他会把钱留给项目使用。我们要是这么正直善良，为什么不把这笔钱还给被抢的人？"

"到头来，这笔钱可能会进某个保险公司的腰包，那样就没法把世界变得更美好了。"

"就这么简单？"

"对我来说，是的。我挺喜欢简单的，我已经没有时间留给复杂了。再说我们就只有一天的休息时间。"

"接下来要做什么？"

"二号任务，明天出发。"阿里举起路线图，"他们承诺会给我一辆快车。"

第二天，飞行员载着他们飞行了好几个小时，把他们放在一片空地上。卡姆很惊讶地发现他们已经离开了森林。有一条土路从空地延伸而去，四周的树木都被清理干净。一辆大巴就在附近等着他们，车身被漆成了绿色，侧面贴着一条横幅，卡姆看着觉得像是西班牙语单词。

"上面写的是什么？"卡姆问道。

阿里翻译出来："'雨林之友'。我们是生态游客。"

"真可爱。"扎拉讽刺道。

"我还挺喜欢的。"卡拉培说。

阿里发现门开着，便请他们上车："要是你们中间有人会说葡萄牙语，我们就不用装成游客了。"

卡姆爬上车，而阿里则坐上驾驶座，找出一把事先藏好的钥匙。他经过阿里身边时悄悄在室友耳边说："这不是事先承诺给我们的超级快车吧？"

"嘿，这可是一辆不错的大巴。"阿里抓起车里的麦克风，"各位乘客，请坐好。"他宣布道，"我是阿里，你们今天的导游，远足就要开始啦！"

车门呼的一声关上，大巴蹒跚地驶上了土路。不久，坑坑洼洼、泥巴东一块西一块的土路就变成了沙砾路，只见大巴向右一拐，把他们带上一条混凝土道路。

"我们回归文明社会了！"朱尔斯鼓掌欢呼起来。

唐尼清了清嗓子以引起大家的注意。"除非任务需要，不能与外界接触。"

朱尔斯看向卡姆，翻了个白眼。

"我们的任务是什么？"卡姆高声问道。他这句话是说给大家听的，不仅是在问阿里。

"我们的任务是去观看一场足球赛。"阿里说。他咧嘴一笑，便没再多做解释。队员们纷纷要求更多细节，但是即便是扎拉小作威胁，也没能从他身上挖出更多信息来。"嘿，我也就差不多知道这些。"阿里声称。

又过了半小时，路上出现了更多的车辆。他们交谈着，指着窗外路过的风景。水果摊、流动商贩，甚至小商店都开始零星地点缀在公路两边。阿里讲述着，对两边闪过的越来越多的城市特征编起故事来。

"将要出现在我们右手边的是传说中的东方香肠小哥，他就用那个半锈的铁桶，烤制出了著名的葡式香肠。在左手边，你们将会看到一种当地典型的具有异国风情的野生动物，一头野生的波斯陶乐斯①，如果我没认错的话。"

"一头什么？"朱尔斯问。

"一头四处走动的牛。"卡姆说。

朱尔斯双膝跪在座位上，就像校车上的一名三年级小学生，脑袋前后摆动。其他人的脸也紧贴着车窗玻璃，尽情欣赏街边艺术和广告。在森林中与世隔绝了数月之后，他们渴望有机会体验各种人类的伟大与琐碎。

"我要去搞点儿这种香肠来。"唐尼说。

"我也要。"欧文附和道。

连卡姆都兴奋了一把，感觉仿佛从他们那超现实的海边天堂回到了现实世界中。随即他们拐上了一条车流较多的路，阿里不再说话，而是集中精力开车。显然他没有在笨重的大巴上受过特训，卡姆如此断定；更何况当地司机似乎根本不在乎交通规则。

---

① 即"牛"，阿里故意使用拉丁文表达幽默。

"这也许是对我们成功执行任务的嘉奖呢。"朱尔斯说。

卡姆点点头。"也许吧。"但阿里告诉过他这是第二个任务。他望向卡拉培,对方也只是耸了耸肩。

他们正在驶向某个市中心。不是一个大城市,不过也不是个小村或者小镇。

"那个牌子上写着'亚马孙'什么的,"朱尔斯指给大家看。"我们在亚马孙?"

"我们在哪里不重要,"唐尼说,"我们也不应该知道。"

"走下大巴的那一刻,我们就会知道了,我们的天才。"扎拉说,"也许在那之前就能知道。"她指向一块以足球队为主角的巨大告示板。

"这肯定是这个地区的足球俱乐部,"阿里说,"那就是我们要去见的人。"

"伙计们,谜底揭开了!"当另一个路牌还远在卡姆视力范围之外时,沃利便已瞧见了这个远距离的路牌,并在车尾大喊起来。

"巴西,马卡帕,100 千米。"

阿里摊开一张含有手写内容的路线图,地图指引着他们进入这座城市。他们一驶进大楼林立的市区,就冒着天空绵绵不绝的牛毛细雨,沿着街道向南迂回行进。队员们一路东张西望,连下方当地人的小车也不放过——真是完全融入了我们所扮演的游客角色,卡姆心想。接着朱尔斯深吸了一口气。

"我的天哪!"她惊呼,"快看!快看!那条河!是不是……"

亚马孙河，卡姆意识到了。世界上最大的河流，不可能是别的。广阔的水域并不是大洋，因为他可以看到远方的河岸。这也不是湖泊——一艘独木舟载着两个孩子，乘着滚滚波涛顺流而下。他们划过淡奶茶一样的河水，这让卡姆想起了小学时读过的一本书，书里讲了一群在融化的巧克力河上划船的孩子。

通向体育场的街叫作赤道大街，阿里用车内通信系统告诉大家，亚马孙河几乎位于赤道之上。离体育场还有几个街区的时候，阿里接到一通电话，他的旁白介绍也就被打断了。他迅速戴上一副耳麦，将大巴停靠在路边。听了片刻，他又招呼卡姆过去。

"过来帮个忙。"

他俩下了大巴，朝着"雨林之友"横幅贴花走去。阿里挑起一角，开始把它往下揭。

"你去抓住另一角。"

卡姆帮着他把整张横幅都揭了下来，阿里随即让他把它翻转过来。其余成员都在上方的车窗边看着。横幅的反面印着巨大的粉色字样——"卡利！"卡姆不禁歪过头来。

"把这贴花再贴上，这一面要露出来。"阿里又做出指示。

卡姆照办了，逐步将横幅平顺地贴上。他没问这是什么意思，他心里有数。阿里只有在准备停当之后才会披露信息，此前只字不提。

"太棒了。"阿里说，"现在来改造另一面。"

"外面贴的是我的名字。"他们回来的时候，卡拉培说。

"有点儿像是你的名字。"扎拉补充道。

"我得告诉你们，"阿里说，"实话实说，眼下我真的不比你们知道得更多。飞行员刚打电话给我，让我把两边的贴花翻过来。"

"现在还是没有别的指示吗？"唐尼满腹狐疑。

"他说了，让我们玩得开心一些。"

"我可不是什么足球迷，"唐尼不满地嘟囔着，"不过也许赛场边有卖香肠的。"

当阿里把大巴停进大型车辆专用停车位时，他们比预定的时间早到了一个小时。一位皮肤黝黑、衣着考究的巴西女士前来接车，彬彬有礼地等着来人从车上走下来。阿里耸耸肩，走下大巴与她攀谈起来。片刻之后，他回到大巴上，请大家注意听他说话。

"发生什么事了？"唐尼问。

"看来我们是特邀嘉宾。"

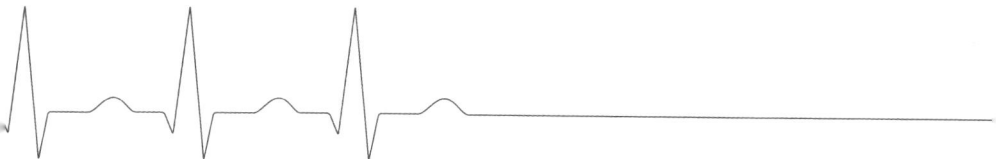

卡姆的歌单

21.《演出焦虑症》🔊
演唱：痴迷

22.《仓鼠滚轮》
演唱：毛茸茸的兔宝宝

23.《曝 光》
演唱：呼吸

给我点儿时间！

座位不错，都在塞拉奥体育场①靠近下方的露天座位区。比赛开始，卡姆几乎觉得自己是在场上和两支球队一同比赛，不禁精神一振。他决定支持当地球队——穿着黑白条纹球衣的阿马帕俱乐部队。那位有一头黑亮秀发，陪同他们进场的女士，带着他们走过食品小摊、纪念品小摊以及一间相对现代的上网亭，最终来到他们座位所在的区域。她会说英语，对大家介绍着中场线与赤道完全重合……看台挤得满满当当，卡姆身

---

① 全名为 Est ú sto Milton Corr ê ，一座位于巴西马卡帕市的多功能体育场。

后的人群呼声震天——看起来这是一场重要的球赛，或者至少是场宿敌之间的比赛。卡姆寻思着组织是不是专门为他安排了这次外出，毕竟他曾是一名足球运动员。几星期前，他完全无法想象自己会出现在亚马孙河边，观看一场巴西足球联赛。他内心暗笑——就算没拿到高速汽车，这个替代品也足够了，卡姆想知道当地是否出售黑白斑马纹的复制版球衣。

朱尔斯就坐在卡姆身边，时不时随着人群一起鼓掌，尽管卡姆觉得她对足球并不在行。其他时间，她要么四处闲逛，要么去卫生间。唐尼坐在后面一排，第二根香肠刚下肚，正喝啤酒。体育场里不卖香肠，但那位女士打了个电话，附近的一个街头小贩就急急送来了9根，他们用飞行员事先给每个人的钱付了款。卡拉培没有吃，把她的那份给了唐尼，接着就与那位女士一起消失不见了，还把阿里也带上充当翻译。

开场第23分钟进了第一个球：阿马帕队发出角球，中场球员一记头球，将球顶进球网，全场为之疯狂。看到其他人也乐在其中，卡姆很是开心，就连唐尼都发出喝彩，扎拉随着人群唱起的一首歌前后摇摆。沃利把广告宣传单折成纸飞机，试图把它们抛入赛场。幸运的是，它们朝左或朝右斜飞，缓缓盘旋，直至短暂的航行结束后，被人踩在脚下。

不久就是中场休息。

两队球员退到边线稍做休息，几名体育场工作人员把一个舞台拉到场中。接着又运来音响器材，几名身着有领衬衫、胸前印有标识的年轻人手忙脚乱地迅速把它们连接好。最后，三名大汉把一架钢琴推上舞台。

唐尼站起身。"我要去洗手间。"

"我也得去。"欧文说。

"等等。"扎拉叫住他们,"我想,你们会觉得中场娱乐表演很有趣。"她指向舞台,只见一名身着一袭红色长礼服的女子正朝钢琴走去。她迈步走向琴凳,娴熟地坐了上去,卡姆从姿态上一眼就认出了她。

朱尔斯从座位上一跃而起:"是卡拉培!"

两名年轻的女孩展开一条印有"卡利"字样的横幅,随即卡拉培便开始演奏。不是她为卡姆演奏过的那首,没那么阴暗。这首歌节奏更通俗易记,更容易被欣赏。不过毫无疑问,这仍是她自己创作的一首歌。欢快的钢琴前奏之后,她放慢节拍,开始演唱。起初是低吟浅唱,观众们费力地听着,被还没怎么听明白的部分所吸引。同时这也是对她的一种礼遇,让她有机会来征服观众。她将观众们引入歌曲情境,就在有人可能要开始窃窃私语或因按捺不住而开始坐立不安之际,她又令所有人都为之一震。她那清澈的嗓音响彻全场——一段高音盖过了所有去洗手间或去买香肠的对话,人们全被歌声镇住了。

在最初的震撼之后,歌曲节奏转向平稳,她的嗓音也渐弱,观众们对于暂时的舒缓表现得迫不及待却也如释重负。她唱了一段舒缓的副歌,之后又开始了新的段落,似乎暗示接下来又会有另一个高音。当整首歌到达张力最高点时,她却没有再次唱出高音。她放过了观众们,后者对此也十分感激。观众们跟着歌曲的节奏拍掌,随着她唱完一段歌词,重新回到副歌部分。这一次,她用了葡萄牙语演唱,这令全场为之雀跃。
卡姆这时意识到,她之前肯定练习过。

歌曲先起后伏,之后再起,更加高亢。当她将歌曲推升
到极致,尾音将落未落之时,她伸手指向一旁期待中的粉丝
们,他们随即为她尖叫欢呼。待她弹出最后三个强音符,表演
就此结束。球场一时陷入沉寂,观众们还在确认卡拉培是否
已经表演完毕,也可能是他们还在惊异于这一段令人震惊的
表演。片刻之后,看台沸腾了,直到卡拉培两次挥手告别并消
失于看台之下,观众们才停止了欢呼。卡姆张望四周,人们点
头赞许,面带微笑,继续鼓着掌。整个死亡之翼小队呆立在那
儿,还没回过神来。

他们的手机忽然同时响起。

卡姆急忙戴上耳麦,其他人也不例外。是飞行员。他通
过电话会议开始对他们下命令。

"该行动了。"他说,"你们必须行动迅速。沿楼梯走到
VIP 区,那里有间更衣室。卡拉培将在那里接待一位男士,他
身边有保镖。当卡拉培呼叫你们的时候,必须先把他们制伏,
最好别杀死他们。"

"最好?"卡姆思忖着。

"那男人是谁?"朱尔斯询问道。

"时间很紧,还不快走?"

"是。"唐尼回复着,同时推着其他成员往楼梯走去。

"好。他是个铝矾土矿主,一个胸怀抱负的政客。他在自
己的国家里势力很大,但在这里安保防范没那么严密。他的

爱好是足球和女歌手。祝你们好运。"

等他们走到下一层，飞行员就挂断了电话。一条长长的走廊，两边都是门。衣着考究的女招待员正站在第一扇门前，他们经过时，她冲他们露出微笑，并指向走廊中段阿里正在等待的地方。阿里身后的走廊尽头站着一个彪形大汉。

"只有一个出入口，"扎拉观察着，"不太妙。"

阿里在女招待和男保镖的中间位置和大伙儿碰头，正好处于两人听力所及范围之外。"休息室里还有四个保镖。"他低声说，"没带枪——在这个国家，他们不带枪。"

"我们要做什么？"卡姆问。

"时刻待命。我们的小歌手需要我们时，会打电话给我们。在这之前，只要装作是卡利的随团技术人员就行，好像这就是我们的身份。她主导这次任务，伙计们。"

"她之前对这事一个字都没透露过。"朱尔斯不满地说。

卡姆点点头，他懂得朱尔斯没能理解的部分。"她就像个保险库。"他说。

朱尔斯的手机响了，她接通电话："喂？"

卡姆瞧见她摇着头，眼中充满泪水。

"我知道。"朱尔斯说，"我们爱你。"她转过身来，"卡姆，她想和你说话。"

卡姆接过耳麦。"里面发生什么事了？"他大声急切地问道，阿里不得不让他小声些。

卡拉培的声音平静得有些怪异："别紧张，卡姆。我想要感谢你。"

"因为什么？"

"因为你对我很亲切，让我觉得自己很独特。"她停顿片刻，"很抱歉，我没有给你留过那张字条。无论是谁，她都做了一个很明智的选择。"

"谢谢，不过现在可不是说这个的时候，每个人都站在旁边听我接电话。"

"我不在乎。我得走了，你必须过来。马上。再见了，卡姆。"

"卡拉培……"他没有听懂，还想再说几句。他们之间曾经有过心灵相通的时刻，他从未想象过自己能够如此。卡姆抬起头时，发现全队的人都在盯着他看，这才意识到自己拿着挂断的电话已不知站了有多久。

"喂，她说了什么？"唐尼问道。

"她说，现在就进来。"

他们正要朝门跑去，另一边女招待的电话响了。她接起电话，脸变得煞白。她冲出走廊，手指用力地敲击着手机屏幕。

"行动！"唐尼说，他朝走廊尽头的男人走去，双拳紧握准备出击。

其他成员跟了上去。那人看到是卡利的朋友来了，毫不在意。

"卡利打电话给我们。"阿里边走边说。

他把他们让进休息室。正在此时，房间另一头通向化妆间的门后，传来一名女性惊恐的尖叫。

"出事了！"阿里大喊着，冲向那道门。

四名保镖正懒洋洋地靠在长沙发上，他们一跃而起，一人冲向门口，一人上前制止阿里。但唐尼和泰根已经像两匹狼一样跃到他们身边，比卡姆在训练时看到的还要快。唐尼抱住其中一名保镖的一条手臂，向上猛地一拽，只听"咔"的一声，男人应声倒地，他的肘关节向后弯曲，前臂不受控制地垂落下来。泰根扭住了另一个，将他摔到了长沙发的另一边。他们行动迅捷，等解决完第一批对手，余下的还没来得及攻击他们。

门厅的那个保镖走进房间，加入了打斗。可扎拉一个回旋踢，伴随着令人不适的碎裂声，将她的鞋跟准确地嵌进了对方的下颌。保镖的头往后一甩，撞上门框又反弹回来。卡姆一皱眉，他自己就亲身挨过扎拉的一脚——它简直是陷进了他的前胸，而她当时并不想要伤到他。

这一切都发生在卡姆有机会动手之前。还剩下两个人。一人面对唐尼，唐尼依旧踩在断了一条手臂的保镖身上。卡姆从后面猛推那人。他倒了下去，但很快就翻身反击，甩出一条伸缩棍，朝卡姆头部抢去。

"当心棍子！"沃利大喊，同时抓起一只靠枕迎了上去。银色的棍子如飞速的游鱼般一闪而过，击中了靠枕内的泡沫填充物，卡姆仰天倒在长沙发上。靠枕救了卡姆，但棍子反弹起来，打中了沃利的脸。这下打了个结结实实，沃利哀号一声，但他迎着这一击，顺势抓住那人的手，向下一扯，往茶几猛撞上去，一次、两次、三次。那人的手骨在木桌上撞得稀烂，棍子也不知所终。沃利跨在对方的手臂上，将对方那只早已血肉模糊有如红色锤子的手捶打在桌面上，那人却只能在地上蠕动，直到朱尔斯和欧文把他拉开，沃利这才停手。

突然，一切打斗都停止了。所有的保镖都被制伏了，无人丧命。沃利的鼻子歪斜地躺在脸上，大量鲜血涌出，很显然鼻梁骨被打断了。阿里急忙上前，用抱枕为他止血，朱尔斯则试图让他平静下来。他挡下了这斜劈下来的一击，这一击本来可能会击碎卡姆的头骨。

这时，化妆间的门那边又传来另一声惊恐的尖叫，这一次是男声。

"卡拉培！"卡姆嘶喊着，跃到离自己较远的那扇门边。

门是锁着的，但是这门廉价、单薄。泰根 13 码①的鞋一脚就结束了它短暂的使命。门猛地被打开，卡姆冲了进去。

跪在地上的那个男人应该就是铝矾土矿政客。

他看起来至少有 50 岁，西装革履。他呼喊着保镖，卡姆冲他摇摇头，明确地告诉他保镖不会出现。

卡拉培四肢摊开，横卧在他面前的地板上，就像一件被献祭了的祭品。卡姆的心一沉。那个曾令成千上万人欢呼雀跃的女人现在就静静地躺在那里，双眼睁着却空洞无神，终结了她歌声的那把刀躺在近旁。她那猩红色的长礼服胡乱地堆在房间一角，同样猩红的血泊在她赤裸的躯体下缓缓延展开来，将她映衬得分外苍白，仿佛她是由整块雪花石膏雕塑而成的。

"你杀了她！"唐尼一声怒吼。

那男人惊慌失措。"不！"他说，"是她说要看我的刀，是

---

① 对应的中国大陆鞋子码号为 48 码半。

她自己拿刀捅了自己！"

唐尼和卡姆同时冲向那个男人。但是，他们身后的走廊传来一阵骚动，是接待他们的那名女士带着球场的保安回来了。

阿里同时按住两人的肩头。"别！已经结束了。"他边说边哀伤地看了一眼这令人难以置信的场景，"飞行员让我们离开。"

"到底发生了什么？"朱尔斯在门前痛哭起来。

"该走了！"阿里斩钉截铁地说。

随即，他们往外走去，挤过反向赶来的球场保安。

"就在里面！"阿里边往外走，边对着那些面露疑惑的保安们大喊，"他拿刀捅了她！"

朱尔斯抽抽搭搭地哭着，扎拉一直在回头看，恨不得回去用铝矾土矿主来擦地。但是一切都太迟了，他们的动作太慢了。

都是我的错，卡姆觉得。卡拉培已经说了"马上"，而他却犹豫了。他呆立在那里，像个渴求被爱的青春期男孩一样琢磨着她对自己的喜爱，而不是像个男人那样去拯救她的生命。精神不集中，不够强壮，不够迅速，他是一个蜷缩在泡沫橡胶盾牌之后的失败骑士，即便是一个疯子手执那面盾牌，都会成为比他更加称职的守护者。

卡姆的歌单

22.《仓鼠滚轮》🔊
演唱：毛茸茸的兔宝宝

23.《曝 光》
演唱：呼吸

24.《野蛮生长》
演唱：幸运儿

我想跑到尽头，可它就是不肯停。

他们来到停车场，将比赛的嘈杂与体育场里发生的阴森事件抛在脑后。团队专注于眼下的任务——撤退、逃脱，行动目标使人免于陷入癫狂。阿里一路小跑，来到了空荡荡的停车位前。

"搞什么鬼？"他咆哮起来。

大巴不见了。

他们的电话响了。飞行员说："换车，三辆小汽车，钥匙在遮阳板下，GPS①已设定好方向。快离开那儿，警察就要到

---
① 即全球定位系统。

了。"

　　他们很快就找到了汽车，两辆宝马轿车和一辆黑色道奇突击者。但是飞行员预料错了，警察并不在路上——他们已经到了。两辆巡逻车警笛呼啸着冲进了停车场，其中一辆继续开往体育场，另一辆减速朝他们驶来。

　　阿里边躲避边说："见鬼！别让他们看到你们开哪两辆车，我会把他们引开。"话音刚落，他就跳到了一辆道奇突击者的驾驶座上。朱尔斯连忙跟上，虽然阿里挥手阻止，但是她还是上了车。阿里与开来的巡逻车擦身而过，飞驰着冲出了停车场，其余人片刻之后方才进入宝马车中。

　　那辆警车加速跟上阿里。不久之后，卡姆、沃利以及扎拉上了一辆宝马，沃利爬上驾驶座。

　　"你不能开。"卡姆脱口而出，想到将要坐在由沃利掌控的车里就感到恐怖。沃利才要表示抗议，卡姆指了指他破损不堪的鼻子。"你受伤了。"

　　扎拉把沃利推开，攥住钥匙，说了声"我来"。

　　"全球定位系统会把我们领上和阿里一样的路线。"卡姆提醒道，"没必要着急，只要保持镇定，不惹人注意就好。"

　　他自我感觉一点儿也不镇定或不惹人注意，但是似乎现在就应当说这话。他们谨遵限速和仪表板上的定位导航，毫不引人注意地开车穿过市区。扎拉娴熟地驾驶着车子。她的反应极其敏捷，只见他们的车子快速驶入、驶出自己的车道，灵活地躲避着粗枝大叶的当地司机。

　　开至城区边缘，他们向北而行，在高速上行驶一段时间之后，拐上了一条二级公路。才开了 1.6 千米，他们就遇上了那辆警车。警车停在路边，在两个吓死人的坑洞的旁边，车灯还在闪烁。另一辆宝马车被堵在警车身后。欧文挥手招呼他们停下来，于是扎拉就将车停到一旁，他们三个跳下车来。一名警官眉头紧锁，坐在警车后排的安全笼里。欧文简单解释道，在与警官对峙并将他制伏之后，泰根把他塞了进去。

"阿里在哪儿？"

欧文深吸一口气，指向路边一块略红的沙土空地："在那儿。"

卡姆大惊，冲向空地。

"等等！"欧文朝他喊。卡姆发现事情不妙，并没有停步。

那辆突击者侧翻在地。它看起来很平常，完全不像电影中的汽车残骸，没有烟，轮胎也没有不祥地旋转不止，它仿佛是一辆因巨人儿童被叫去吃晚餐而被随手放在一边的玩具车。唐尼和泰根站在突击者的车顶上，猛拉扭曲的车门。金属发出尖锐的响声并弯曲，车门随之松动。两人合力把车门拽开，俯身下去，把朱尔斯拉了出来。她整个人都处于歇斯底里的状态，含混地说着阿里如何如何。

"闭嘴！"唐尼大吼一声，与泰根合力把她放到地面上，"她能自己走。把她弄出去。"

"不！我要留下来，阿里！"

欧文站在警车边，时不时焦虑地看一眼后座上的警察。"快点儿！"他朝着空地大喊，"他肯定已经打电话请求增援或者叫救护车了。"

扎拉和沃利赶到突击者跟前来帮忙，他们把朱尔斯带回宝马车上。卡姆留了下来，透过开裂的挡风玻璃打量阿里的情形。

"他被勾住了。"唐尼说，"我们一起把车身翻正。"

唐尼从车顶跳了下来，和泰根一起准备开始推车。卡姆心想，就凭他们两个人，应该翻不动一台汽车，但当二人脚踩沙土一同发力，然后猛地一推，突击者立刻正了过来。变形的车门随着破损的铰链而甩动，发出支离破碎的声音，轮胎着地时又是"砰"的一声重响。

"快，救他出来！"

唐尼探身进去。"加油，伙计，"他说，"坚持住。"

然而，唐尼的鼓舞无济于事，阿里死了。他们把阿里抬出来的一瞬间，卡姆就明白了——阿里的身体绵软无力，支离破碎。几次目睹死亡，卡姆发觉自己已能够立时分辨生死。已死之人与其说是伤痕累累，倒不如说是缺失某种能量。他所熟知的阿里是生气勃勃的，而他们抱着的躯体只是一个壳子，里面仿佛空无一物，一动也不动。已无须别人来告诉他实情。唐尼和泰根把阿里放在卡姆脚边，阿里的脑袋无力地朝一侧耷拉着。唐尼贴着阿里的胸腔听了一会儿，又摸了摸脉搏，最后，他抬头望向卡姆。

"嘿，伙计，"他说，"我很遗憾。我知道你挺喜欢他的。"

就这样结束了。泰根随意地将阿里的尸体搭在肩上，朝他们的车子跑去。

在飞行员的帮助下，他们在 4 小时之内回到了沙滩。朱尔斯仍然神志不清，或许是因为经历了一系列可怕的事，或许是由于飞行员给她打了镇静剂。卡姆想送她回小屋，但她却把他赶走了。

"我要好好想一想。"她含糊地说。

沃德告诫她，在执行完任务之后，想得太多并不好。"现在休息就好，放松下来。我们 40 分钟之后再开汇报会。"他说。

卡姆只能独自一人缓缓地朝小屋走去。在 4 个小时的旅途中，他已经接受了两条生命的逝去，但是这个小空间里没有了阿里，还是显得空空荡荡。室友的脏衣服仍然堆在卡姆床脚边的篮子里，他的笔记本也依旧躺在桌上。卡姆把笔记本翻过来，又把它拿了起来。他想，这里面肯定有一些笔记，聪明人的笔记，谋略和求生笔记，也许他能从中学到些东西，能多撑过几个任务。卡姆轻轻地将笔记本打开。里面的确有记录，许多内容，是那种文字跟不上快速的思绪只能倾泻而出的风格。卡姆快速地翻阅着。一页又一页，满是阿里几个月来匆匆记录下的文字。这是一本自述，不仅仅是笔记。卡姆意识到，这是一本日记。他翻阅着，直到其中一页上朱尔斯的名字吸引了他的注意力。等他停下来不再阅读时，他已经读得太多了。

阿里和朱尔斯之间已经有了亲密关系。在卡姆到来之前，在这个小屋里。卡姆揣测着使用了 TS-9 之后的缠绵会是怎样的感觉，三行文字之后，阿里用简单一个词解答了他的好奇——"难以置信"。日记里写道，朱尔斯充满激情、情绪丰富，卡姆对此毫不怀疑。他能立即想象到她那感情外露的脸上展现出每种情绪的来去——她灿烂的微笑如此坦诚，她圆睁的眼中满是愉悦，她的喘息是多么深沉与急促，以至于她的眼睑会突然紧闭。她就是众多夸张感觉的集合体，被强化的感觉。阿里对她身材的描绘也不吝溢美之词，几乎带着诗意，如同膜拜女神的凡人。

卡姆合上笔记本。他突然因为未经许可就窥视朱尔斯的身心而生出负罪感来。不过，她现在也许会谅解他。她和卡姆都失去了室友，他们都是单身，也许。她很敏感——她需要陪伴，不是扎拉给予的那种冷冰冰的陪伴。阿里已经不在了，无论如何，卡姆是她最显而易见的选择，虽然她的长相略有些怪，可一点儿也不丑。而且，她是唯一可能给他留那些暗示性字条的人。

他突然开始因为这些想法而恨自己。自己最好的朋友死了，才不过几个小时，他却已经在掠夺好朋友的记忆了。更糟的是，他竟然还想利用这些记忆来谋划追求好友的女朋友。

"你真是个浑蛋。"他咒骂自己。

随后，他听到一点儿动静，叹息声或者刮擦声——他拿不准——但肯定是从小屋下方传来的。是哪只挖洞的动物吧，卡姆心想。他把笔记本抛到自己床上，急急走了出去。

他走到洞口边停下，研究附近的地面。他得歪过头，眯起眼才能隐约看到点儿什么，这么一看，他发现从悬崖一直到他的小屋，抑或从小屋到悬崖，沿海滩一路的沙子确实被翻动过，留下一种细微但有规律的图案。卡姆想，是某种模糊的轨迹吧。

他弯下腰细看小屋下方。那里太暗，他不得不双手双膝着地。只听见一阵簌簌声，有什么东西朝洞里躲得更深了。是个大家伙。他回头望望那些轨迹，沙子被前后清扫过。也许是一条大蟒蛇，他打了个寒战，又往后闪了一步。他可不想让那不知为何物的玩意儿冲出来扑向自己。他的双眼慢慢适应了黑暗，能看出洞底有一团黑影——不是蛇，从那儿传来一阵低吼声。

"放轻松点儿，"卡姆柔声说，"我可不想去拿飞镖枪。"

那东西动了动脚，调整好姿态，也许就要发动攻击了。是一只大猴子？一头野猪？亚马孙丛林里的是美洲豹还是别的豹子？它们之间有什么区别？要是阿里在就好了，他肯定知道，卡姆心想。那东西蹲伏着，体形太大，不可能是猴子。他由此断定是美洲豹，他也不知道还有别的什么动物会发出怒吼声。

卡姆的心跳开始加快。他缓缓后退，用一种安抚的语调说："好，美洲豹先生，冷静点儿。我去找些帮手来。"

"别！"美洲豹大喊一声。

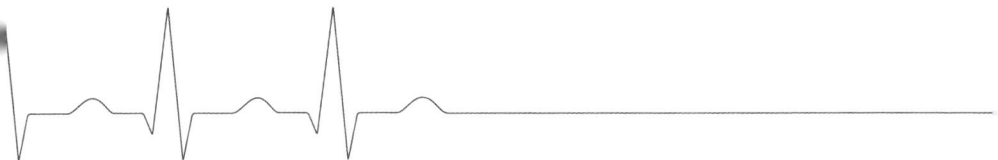

卡姆的歌单

23.《曝 光》🔊
演唱：呼吸
_____

24.《野蛮生长》
演唱：幸运儿
_____

25.《我的或者你的心》
演唱：爱情这玩意儿
_____

你是一个意外……

　　"你是谁？"卡姆问。

　　那个女孩在沙中蠕动着，探出半个身子："别叫人！求你了。别叫他们来。"

　　"你到底是谁？"卡姆又重复了一遍他的问题。

　　"就算告诉你我的名字，对你来说也没有什么意义。"她边回答边吐出沙土，站起身来。

　　女孩属于高加索人种，说英语。她体形纤细，瘦削但很有劲儿。她弯腰伏地，似乎随时准备逃跑或跃起攻击。她沿着小屋角落朝碉堡方向扫了一眼。

卡姆警惕地后退一步："好吧，那你到底是谁？"

"我可以信任你吗，卡姆？"

"你怎么知道我的名字？"

"我在那下边听到的。"

"你一直在暗中监视我！"

"暗中监视。"她重复了一遍这个词，看起来似乎想笑，但笑不出来，"我们来这儿不就是为了做这种事吗？"

她身上很脏，卡姆看在眼里。她的手指甲都是黑的，脏乱的棕红色头发有如柔软的纱线垂在她脸上。衣衫褴褛，某些地方还有破口。

"你就是给我留字条的人。"卡姆恍然大悟。

"是我留的字条。"她确认道，"我不会对你撒谎，我需要帮助，你的帮助。但我也试图去帮助你。"

她可怜兮兮地看了他一眼。卡姆发觉，她不只是纤细，而是十足的皮包骨，她营养不良。

"你刚才是不是冲我吼了？"他问道，"这很诡异。"

"我很害怕。"

"我也是，我以为你是一头美洲豹。你留的字条是什么意思？你想要什么？你到底是从哪儿来的？"

"问题真多。"

"是吧，也许你该开始回答问题了。"

"你该去问你的教练，而不是我。"

"我已经问过了，很多问题。"

"没问对。"

卡姆听到一声哨响并转过身去。他们在集合，要向沃德汇报任务执行情况了。

"我得走了。"她说，双眼朝他身后瞥着，戒备着别人的到来，"很快我会再联系你的，我只能相信你了，不要对别人说起我的事。"她的语气中满是恳求。

"比起不知道从哪儿来、偷偷溜进我屋子的陌生人，我更相信我的队友。"

"我懂，我真的懂。"她沿着沙滩朝悬崖下的密林走去，虽然匆匆忙忙，但也不忘尽可能地扫去自己的痕迹，"因为这间曾经是我的小屋。"

转眼她便消失不见了。卡姆在那儿站了一会儿，苦苦思索她最后那句话的意思。接着，他心中生出一种不祥的预感。他俯身朝小屋下方探去，摸索了一番，他用手指筛着沙砾，却什么也没找到。去死吧！他暗暗咒骂道，她拿走了钻石……

卡姆迟到了，进门时，会议室正处于骚动之中。

朱尔斯带着强烈的情绪和她女神般曼妙的身体出现在最前方，她站在沃德面前，泪流满面。镇静剂显然已经失效了。

"带我回家！我要回家！我受够了这些，所有这一切！"

沃德已开启损失控制模式，他张开双臂摆出一副安慰人的姿态来。

"一切都好。"

朱尔斯不让他接近自己。她舞动双臂，把对方隔开，并试图调整好自己的呼吸。"一点儿也不好！不好！我最好的朋友被杀！我的男朋友死于一场车祸。"

"我能解答你所有的疑问。"沃德平静地说，"请坐下。"

"我没有疑问！我知道'死'是怎么回事！"

"我有。"卡姆说。

听到卡姆的声音，所有人都转过身来。他们没看见他走进来。朱尔斯停止了抽泣。

"我恰好有答案。"沃德说，"你能帮帮你的队友吗，卡姆？"

卡姆朝朱尔斯走去，她似乎平静了一些，但当他试图扶她坐回椅子上时，她一把推开他，冲了出去。沃德任由她离去。

"我们继续。"他说，"回到你的座位上去，卡姆。"

"我宁可站着。"卡姆说。他并不是真的想站着，只是此刻并不想服从命令。

"随你的便，那就站在那里。"沃德指了指一个靠墙的位置，"这样大家都能看到你。"

这是个妥协，卡姆接受了，走到墙边。

"首先，我想向你们表示祝贺。"沃德说。

"但是任务遭遇了惨败。"卡姆说。

"我们甚至都不知道任务是什么。"沃利咕哝着。

"这就是为什么你们得冷静下来仔细听。"沃德耐心地劝说着，"我知道这个过程很艰难，你们失去了队友，但你们要坚强。"

唐尼狠狠地扫视了整个房间："对，都闭嘴听沃德说话。"

"这次任务，"沃德继续说，"非常成功。"

他们这次听进去了。这个声明与实际经历的反差大到卡姆都不知如何反驳。

"组织派给你们的任务是去终结一个男人的政治野心。他暗中接受野蛮激进分子的扶持，一旦上台，就会驱逐所有外资企业，使人民陷入贫困。两星期后他就要参加选举了。多亏了你们，他才会在异国被当地警察发现与一名赤裸的年轻女孩共处一室，他用刀杀了一名女孩，双手沾满了血。而你们的行动让他的保镖在警察到达现场前无法清理现场。"

沃德暂停片刻，让大家消化这番话。

"当时，他很可能是匿名出行，这样看起来就会很可疑。可当巴西警方将其扣押之后，他就无法继续隐瞒真实身份，到时候会有铺天盖地的新闻报道。他们是否判他有罪并不重要，有这个丑闻就够了，他的政治生涯已经结束。"

"卡拉培是怎么让对方用刀捅她的？"欧文问道。

"她是自己捅的。"沃德的回答，引起一阵惊愕的寂静，"别担心，她把随身携带的飞镖上的毒液涂抹在刀上，她应该没感受到任何痛苦。"

卡姆单手扶墙稳住身体："你为什么事先不告诉我们？"

"那样你们还会让她这样做吗？"沃德要让大家都明白这个问题，"你们是一群英雄，你们都会试图阻止她，以便'拯救'她。但这就是她想要的，这就是她选择离开的恰当时机。我当时并不在现场，可我知道观众为她起立欢呼，热烈鼓掌。"

扎拉的语气带着陶醉："她死得像个摇滚明星。"

"可她的遗体呢？"唐尼问，"我们没有把她带回来。"

"当我们安排现场演出时，给了他们一个电话号码，他们会打电话告诉我们发生了什么事。尸检很快会结束——死因显而易见，我们会通知他们将她的遗体送回来。"

"那阿里呢？他是怎么回事？"卡姆问。卡拉培的死如此轻易地被解释清楚，卡姆仍然感到心里空落落的，他需要一些继续愤怒下去的理由。

"他开得太快。"沃德一语带过。

"开得太快，"唐尼对欧文低声说，"所以被'坑'。"

"被一个'坑'给坑了。"欧文窃笑着说。

卡姆厌恶地瞪了他们一眼。

沃德举起拳头，示意大家都认真听好。"他犯了个错误，但他死时是在拯救世界，在做他喜欢的事情。卡姆，他的行为与我们的目标，就哲学层面而言是相一致的，而且他当时的确是在执行任务。他引开了警察，避免他们在体育场把你们都扣下来，对吧？"

卡姆点点头。他不得不这样，沃德说得对。

"你们明白我们在这儿做的事吗？"他们都点了头，除了卡姆，"你们理解了吗？"他们再次点头，露出满意的表情。

但卡姆仍然觉得不对劲，只是琢磨不透。

沃德看出自己已经说服了其他人，于是直视着卡姆，问："我们有遗漏什么吗，卡姆？"

卡姆心想：钻石，他漏掉了一些钻石和一个来自丛林的字条女孩。卡姆思忖着沃德是否已经知道他有所保留。据他所知，他还没有触犯任何铁律。但是沃德这个人瞪起人来真要命，就像扎拉一样。每个人都在看他，他感受到了集体目光的压力。我在这里就是个异类，也许是时候坦白了，是时候随大溜了，卡姆心想。

"我可以和你私下谈谈吗？"卡姆问沃德。

"当然可以。稍后你们会单独汇报，我们可以在那时候谈。"

他们继续下去，沃德补充说明了任务的细节。一切都说得通了，除了糟糕的巴西公路，事情本来会按计划顺利完成。沃德称之为"变数"，一个"很不幸"的变数。

会议结束后，沃德告知他们个人汇报的顺序。卡姆是倒数第二个，这表示他还有些时间，所以他先去看望朱尔斯。等轮到他的时候，他会告诉沃德有关钻石和那个在他小屋下面的女孩的事，他这么决定了。他可不想让整个团队听到这些，唐尼会指责他有所隐瞒、没有团队精神，他可不想弄成那样子。

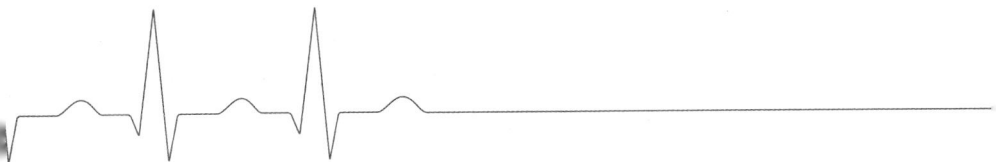

卡姆的歌单

24.《野蛮生长》🔊
演唱：幸运儿

25.《我的或者你的心》
演唱：爱情这玩意儿

26.《骰 子》
演唱：穿一只鞋的无厘头先生

这对翅膀应该生长。

朱尔斯抬起眼来。她正坐在自己布置成软椅的一堆蕨类植物的叶子上。她身后的架子上装饰性地排列着一些贝壳。她的双眼已经哭红，但眼泪却不再流出。看起来她似乎是哭得过多，用光了力气。

"我再也受不了了，卡姆。"她抽泣着说，"我受不了了。"

卡姆上前安慰她，在叶子堆上挨着她坐下并抱住了她。当她的身体紧挨着他时，他试着不去想阿里对她女神般曼妙躯体的热情描绘，可这并非易事。

"受不了什么了？"

"我不能继续留下来，我得回家。"

"我们不能回家，我们已经死了，记得吗？这里就是我们的家。"这些话由他说出来，和当初他听到这种话时一样不对劲，他因为对她撒谎而痛恨自己，但也别无选择。如果他们不假装把这里当作家，他们就没有家了。

"他们会让我走的。"朱尔斯坚决地说，"我会告诉他们我发了条讯息，这样他们就不得不让我走。"

"一条讯息？"

"给我姐姐。就在体育场的上网亭里。"

"不！你没这么做吧？"

"卡姆，我没别的办法了。我真的不得不这么做。"

"你说了什么？"

"只说了我很好。"

不得违反，卡姆想起了这句话。

朱尔斯蹙起眉头，察觉到了他担忧的神色。"我没告诉她关于死亡之翼的事，如果你担心的是这个，如今这件事好像没什么要紧的。"

"这对组织来说很要紧。你甚至不应该告诉他们你联络过她。"

"这是唯一让他们送我回家的方法。假如他们不让我走，就成了绑架。"

"你想要挟他们？"

"我不想。"她清了清嗓子，"我只是要去告诉他们我得走了。这是一次特殊情况。"

卡姆察觉到了什么。他一转身，惊得跳了起来。他身后站着一个人影，是扎拉。

"见鬼，你这女人，别干这种事。"他琢磨着扎拉到底在那儿已经站了多久。

"朱尔斯，轮到你汇报了。"她说。

卡姆的目光对上朱尔斯的双眼。他摇了摇头——这是最后一次警示。她耸了耸肩——表示最后一次反抗。接着她站起来，转动女神般曼妙的身躯，背对着他，走去见他们的私人教练。

不可避免地，轮到了卡姆。上次的汇报还挺容易，对他来说就是一次问问题的机会。他们并没有盘问关于钻石或者秘密字条的事，所以这次轮到他时，还是比较平静的。

"我希望你不介意飞行员也列席。"沃德发话了。

"我不介意。"卡姆回答。这回不一样，他暗想。沃德滔滔不绝，但飞行员只是听着。他戴着太阳镜，头微微倾斜，仿佛一头猛禽，看起来有些骇人。

"我想问问你对同伴们的看法。"沃德说，"他们的表现如何？有没有人看起来有些苦恼？"

他显然是指朱尔斯。卡姆说："我觉得朱尔斯很伤心，她真的非常喜欢阿里和卡拉培。"

"你也很喜欢阿里和卡拉培，卡姆。你伤心吗？"

"不，我是说，是，我当然伤心，但我并没……"

"没什么……"

沃德在试探。他们想知道朱尔斯到底在干什么，或者他们已经知道了，只是想测试一下卡姆，看看他是否会撒谎。"我并没有因为这件事而像个孩子一样哭泣，这是我们人生哲学的一部分，对吧？"

飞行员点点头。

"对。"沃德表示赞同，"朱尔斯和你说了什么吗？我们很担心她。"

"没有。她对你们说了什么吗？"

"她很伤心，就像你说的那样。"

"除此之外呢？"卡姆反守为攻，开始问问题。

沃德和飞行员对视了一眼。"还有一些关于任务的细节。"沃德马上说，"如果能充实一点儿会比较好，听起来你表现得不错。"

"谢了。"卡姆答道。简直是胡扯，和卡拉培通话时，他都僵住了，浪费了他们宝贵的几秒钟——否则他们也许能救下卡拉培的命，哪怕她抱着必死的打算。他在室内打斗中也不称职，沃利不得不出手救下他的小命。卡姆连车都没有开，是扎拉开的车，他就是个拖累。"不过，我觉得是时候给我些 TS-9 了。"

"你是不是开始有发病症状了？"

"对啊，和队友比起来，我感到有些肌肉无力，同时行动相对迟缓，我的思维也不够敏捷。"

卡姆语气中的讥讽惹怒了沃德，他问："你想接受强化，是这么回事吗？"

"我想成为队里有用的一分子。"

沃德的表情舒缓了一些。"这才是我们的僚机。"他对飞行员说。卡姆见话题从朱尔斯身上转移开来，不由松了一口气。"我们会把你的意思转达给医生。她会在下次检查时和你商量的。"沃德说。

他们接着又问了些问题。沃德询问了一些关于马卡帕之行的问题——谁什么时候去了哪里，与保镖之间的交锋是如何进展的，过程极其详尽。还有谁很迅速或很强。卡姆很坦诚，希望自己的话能和唐尼、扎拉和其他人可能已经告诉他俩的相符合。最好是越精确越好，这样假如他们再问起朱尔斯的事，如果自己在大部分事情上都说了真话，也许能积累下足够的可信度以便撒上一句谎。最终，沃德还是向卡姆抛出了他早就料到的问题。

"朱尔斯有没有和你说起上网亭的事？"

卡姆假装思索了一番。"体育场里是有一个。"他很含糊地说，"我们没有在那儿逗留。我们买了香肠，唐尼一人吃了两根，他是个吃货，你们懂的。"

沃德闻言轻声笑了笑。

飞行员点点头说："即便如此，我们只是想确认团队一切都正常。如果有成员没和我们同心同德，我们想知道是谁。你还是和我们一心的，对吧，卡姆？"

卡姆挤出一丝笑容，希望自己的话听上去别太假："我还能去哪里？"

"回家？"沃德提示他。

卡姆往椅背上一靠："不了，我已经死了，现在这里就是我的家。"

卡姆径直走向朱尔斯的小屋，发现她正在整理东西。她抬起头，笑容就如同他在读阿里的日记时想象的那么灿烂，终于完美地配上了她眼睛的大小。

"发生什么事了？"卡姆进门就问。

朱尔斯在他进门后把头探出去张望，又缩回来低声说："他们让我不要告诉任何人。不过我想告诉你，他们要送我回家了！"

"什么？"

"我说出了我的请求，他们说不行。然后我请他们至少把我送去苏格兰，我在那里留学过一个学期。我确定当时住的那个当地家庭会愿意接纳我，然后他们就答应了！"

卡姆惊呆了："真不敢相信。"

"我早告诉过你了，傻瓜。"

"这怎么能行得通？你要怎么对别人解释？"

"他们会为我编造一个故事。我当然不能告诉别人关于这里的事，不过别担心，我完全能守住秘密。"

就在这时，飞行员让她到苏迪亚克那边去。

"我得在他们改主意之前就离开。他们可不愿让我搅乱军心——为了保证'专心致志'，你懂的。"她突然一跃而起，给了他一个大大的拥抱。"很高兴认识你，卡姆。"

朱尔斯出了门，卡姆也离开小屋，目送她轻快地沿着沙滩朝等候着的游艇走去。飞行员抬眼看到卡姆站在门口，便紧皱眉头，直到朱尔斯到达船边，才换上笑容，帮助她上了船。飞行员推着船走进海浪，在朱尔斯之后跳上船去，两人朝大海驶去。她就这样走了。

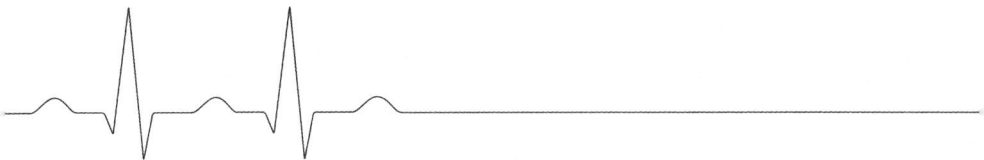

卡姆的歌单

25.《我的或者你的心》🔊
演唱：爱情这玩意儿

26.《骰 子》
演唱：穿一只鞋的无厘头先生

27.《没错儿，整我吧》
演唱：就这么开始啦

我的心，你的心，撕碎，从头再来。
噢——噢——噢！

"他们要去哪儿？"问这话的是泰根。他就坐在附近，远得让卡姆可以确定他没有听到自己与朱尔斯的对话，近得足以看到朱尔斯离开。

"我不知道，"卡姆回答，这句话半真半假，"我确信他们会在下次开会的时候告诉我们。"

"是啊。"泰根表达了同感，"他们会告诉我们他们想告诉我们的。"

"什么意思？"卡姆问。

"你是个目中无人的大学男生。你自己去想明白吧。"

"大学男生？"

"难道你不是？"

"是，不过……"

"你们都是这样。虽然不全是男生，不过都是有钱的学生。"

"我们是一个团队的。"

"算是吧。不过这里和其他地方也没有什么区别。聪明人、运动员、漂亮女孩都在争论到底是谁在掌握全局，可他们没意识到，手里有大钱的人才是幕后操纵者。他们告诉我们什么是什么、去哪里、该做什么。我们为他们战斗，为他们送命。大学里不教这个，是吧？"

"你有这样一个你宁愿为之牺牲的人吗？"

"才不。哪儿的领导者都一个样。工头儿、矿主、部队军士长、监狱管理员、私人教练，没有任何区别。我们为他们工作，然后我们就死了。在这里，事情只不过是发生得快一点儿而已。"

"来这儿是我们自己的选择。"

"我们也没有什么选择。如果不是他们说你已命在旦夕，你才不会来呢。"

卡姆侧过头来。自打他来这儿，就没听过泰根说超过一句话。不过他意识到，他听到别人对泰根说的话也就这么多。卡姆挨着泰根坐在了沙滩上。

"哥们儿，你有什么故事？"他问泰根。

"我们没什么故事可讲，对吧？我们一上来就说好了，在这里只能直呼其名，不能谈论我们从哪里来或者过去做的事。我以为这可能是个崭新的开始，但是我错了。人总是本性难移。"

卡姆点点头。"和沃利同住有什么感受？"

"他是个疯子。"

卡姆大笑。

"他并不坏。"泰根又补充道，"不过差不多就是个疯子。"

"也许这是他面对这一切的方式。"

"或许吧。"

"抱歉我之前对你不够友好。"卡姆主动地释放善意。

"没什么。你在选边站队和追女孩，而我只不过是在熬我的死期罢了。"

"你的死期？"

"我的问题最严重。"

泰根挺起下巴，眯起双眼。要说出这句话对他来说很艰难，他指的是他的病。他的诊断结果比其他人都要糟糕，他的生命剩余时间比别人都短。

"很抱歉。"卡姆说。

"不是你的错，我在怪医生。"泰根咧嘴一笑，这是卡姆第一次看见他笑。

"我想我准备好要用 TS-9 了。"卡姆突然说。

泰根想了一会儿："别。用了以后，我时常会头疼发作，感觉实在太糟了。你不会想要这种痛苦。"

"但是你又强壮，速度又快。"

"对，这个部分还不错，可这是反常的，这不是我，我感觉不对劲，而当我的脑袋里开始突突地跳，好像有什么东西就要冲破头颅进出来。我感到很不对劲。我想,当末日来临时,你宁可做病歪歪的自己,也不该做一个被 TS 强化过的卡姆。"

卡姆点点头,站起身来:"谢谢你和我聊天,老兄。从现在起,我会试着不那么目中无人了。"

泰根傻笑起来,卡姆看在眼里。就算他没有完全赢得大块头的友谊,至少也和对方达成了某种和解。

卡姆带着半只烤鸟来到他的小屋后面。他把烤鸟放进沙堆里,而食物表面包裹着的塑料保鲜膜能隔绝开沙砾。接着他就回屋了。

十分钟之后,欧文出现了。"嘿。"欧文模仿着他的样子,和他打了声招呼,他拿着一个大帆布包站在门口。

"那是什么?"

"他们正在重新安排室友配对。"

"然后……"

"我现在住这儿。"欧文看起来没什么信心。他在入口处徘徊,还没有足够的勇气迈步进来。

"他们把你分配给我了?"

"分配到这个房间了,是啊。"

"我以为我能一个人住,自从……"

"我猜这恐怕不行。"

卡姆琢磨着:"我们有五间小屋,还剩六个人。唐尼现在和谁同住?"

"我想他现在是单独一个人。"

"沃利？"

"一个人。"

"很显然，扎拉也是一个人。泰根？"

"一个人。"

"所以我们是唯一的一组室友。"

"我想是的。"

卡姆皱起眉来。这没道理啊，除非……他们在监视我，他心想，欧文是派来监视我的。卡姆想起丛林里那个瘦削女孩的话。我们来这儿就是为了干这个的。

卡姆眉头紧锁的脸上挤出一丝笑容来。"把你的东西丢在那里。欢迎光临卡梅伦城堡。"

欧文一副如释重负的模样。他缓缓走进来，开始安顿下来。卡姆正要爬到自己的床上去，忽然看到欧文伸手去拿阿里的日记本。

"嘿，伙计！"卡姆大喊。

"什么事？"

"把我的笔记本扔给我，行吗？"

欧文拿起本子，在手里翻转了一下，卡姆确信他打开过。"当然。"欧文最后说着，把本子抛了上去，卡姆则将本子一把塞进自己口袋儿里。

卡姆躺下来，让自己慢慢进入梦乡。如果他什么也不做，欧文就无法查出什么事来。此外，钻石也不见了。如果欧文四处窥探，所有能找到的东西也不过就是半只烤熟的鸟而已。

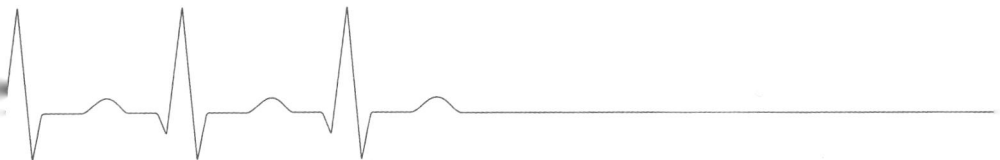

卡姆的歌单

26.《骰 子》🔊
演唱：穿一只鞋的无厘头先生

27.《没错儿，整我吧》
演唱：就这么开始啦

28.《无尽的虚无》
演唱：死亡信徒

掷骰子，掷骰子，再来一次。

卡姆醒来时，看到的是一张瘦削、沾了油渍的脸，女性，是丛林里的那个女孩。他迅速坐起身，她正站在绳梯上俯视他，就像好几星期前飞行员在医院时做的那样。

"谢了。"她边嚼着一大口暗色的肉边嘟囔着。

"不客气。"卡姆说，"你在屋里干什么？我以为你不想被别人发现。"

"外面已经黑下来了，你的新伙伴离开屋子去参加沙滩篝火晚会了。"她一边说着，一边又从烤鸟腿上咬下一大口肉。

"他不是我的伙伴。"

"不是吗？"

"不是，我不相信他。"

"为什么？"

"因为你搞得我疑神疑鬼的。对了，你从我这儿拿了点儿东西。"

"你又不需要。还是说你真需要？"她挑起一边眉毛，"你的计划是什么？"

"计划？我没有计划。"

"是吧，你应该有个计划。"

"我想知道一些答案，但我不希望你让我惹上麻烦。"

"你为什么这么害怕惹上麻烦？这整件事不都是为了行善、主持正义以及诸如此类的事情，对吧？"她停下来，又吃了一口，"好吧，我来告诉你为什么。因为你也感觉到了，我知道你感觉到了，你感觉到有些事不对劲。"

"我不知道。"卡姆分辩道，"有人死了。这件事中有一部分很难让人接受，这会让人去多想。不过这是一个高强度的项目，并不表示有事情不对劲。"

"你没有告诉他们关于我的事吧？要是你说了，我会知道的。"

"不，我没有说。"

"我可以相信你吗？"

"我给了你一只烤鸡，或者说烤小鸟。"

"他们也给你食物，你相信他们吗？"

"到现在为止，是的。"

"我曾经也相信过。"

"这么说，你也是我们中的一员喽？"

"我以前是，去年那一批。TS-8。"

之前的团队？卡姆想。为什么会没有呢？沃德从未说过以前没有——他只不过从未提起罢了。

"你为什么要藏起来？"卡姆问。

"我已经退出这个项目了，但是他们没为我提供离开这里的交通方式。"

"那你就是擅自离开了，啊。可这和我又有什么关系？我又不能帮你到别处去，我得在这里待到死。"

"待到死，哈？我的天，你真蠢。你还不明白，是吧？我还以为你很聪明呢。一年半之前，他们也诊断出我患了和你一样的那种置人于死地、侵蚀大脑的玩意儿。现在看看我，你发现什么了？"

"你又瘦又脏？"

"我还没死。"

她叫西耶娜·布莱克，来自俄勒冈州的尤金市，她是独生女，父母分别是建筑师和教师。被突然诊断出患了恶性胶质细胞瘤时，她刚要在俄勒冈大学选读坏境科学专业。像卡姆一样，她曾是团队的一员——队里有十个大学生年龄的年轻人，但她退出并逃进了丛林。西耶娜说起话来像打机关枪，几分钟里透露出的个人信息比卡姆的队友在几个星期里说的还要多。她一点儿也没磨蹭，她吐露这些是为了赢得卡姆的信任，而且她很迫切地要谈正事。

"这就是我的故事。"她说，"我现在需要你的帮助，好离开这里。"

"你是说你没得病？"

"我不是医生。我只是说我还没死，但他们说我会死。"

"是因为肿瘤还是 TS？"

"他们说二者都会要我的命，但显然肿瘤没有杀死我，而我停止服用 TS-8 了。自从我擅自离开后，就没办法弄到药。顺便告诉你，那可是太痛苦了。我经历了多次戒药的不良反应，老是呕吐，惨透了。这也部分解释了为什么我会像个得了厌食症的 T 台模特。当时我的身体状况糟得连我都不知道自己到底是得病还是在恢复，抑或会在 5 分钟后死掉。可我至今还在活蹦乱跳，我很清楚这一点。"

"这什么也证明不了。"

"我说这个不是为了证明什么，我只是说我得离开这儿，他们在对待叛逃这件事上可不太善解人意。"

"他们让我的一个朋友回家了。"

"真的？"西耶娜看起来确实很惊讶，她的脸上似乎露出了一线希望，但总体还是持怀疑态度。

"反正她是这么说的。她苦苦恳求，他们就答应了。她当时真的一团糟。你不想再待在队里，也许当时只要大哭一场就行了。"

"是啊，无所不能的'团队'。"

"他们是我的朋友，而你是个陌生人。别介意，我没有冒犯你的意思。"

"你的朋友可没那么好，你甚至都不信任你的室友。"

"那是因为他不过是个爪牙。"

"其他人也比他好不了多少。"

"你是怎么知道的？通过窃听？偷偷躲在小屋下面？"

"我就是知道。"

"是吧，你是怎么知道的？"

"因为他们曾经追杀过我。"

"什么？"

"我们本来有两个人，我们是幸存者。我是最后一个开始用 TS-8 的，那个男生根本就没用过药。他们不再派给我们任务，当时他们开始招募新的年轻人，但把我们和新人隔离开来。有一天，飞行员通知我要离开去参加什么'单独训练'，他让我第二天早上到船上等他，但我开始有一种不祥的预感，于是我们两个就约定一起逃跑。沃德、飞行员和你那些友好的队友中的几个人就来追杀我们。"

"那个男生现在在哪儿？"

"我不知道。自从我们为了分散追兵而分头逃跑之后，我就再也没见过他。"

"也许他在丛林里迷路了？"

"也许吧。"

"你说的是'追杀'，可假如他们只不过是试图找到你们而已呢？"

"我在树上的时候，那个运动员模样的家伙朝我投了一支飞镖,从那个高度掉下来绝对会丢掉性命。"

"是唐尼吗?　他是个浑蛋。"

"他的狗腿子和那个大块头也在追杀我。"

"欧文和泰根?　为什么这些人要追杀一个没有做错事的人?"

"就因为飞行员让他们这么做?　而且沃德可以在团队的吹风会上编造出任何借口。你怎么能知道你们的目标都是些坏人?"

"噢,得了吧。"卡姆嗤笑一声,"我们的第一个任务是从海盗手上救出医生。自古以来海盗就是恶人。三颗被砍下来的头颅就很好地证明了这一点。"

西耶娜走到门边,确认了一下没有人朝这边走来。"想想吧,白痴,我才是你们团队的第一个任务。你当时不在,因为你在最后一刻才被找来代替那个在追我时掉下悬崖的可怜家伙。而且我明明白白地知道自己不是个坏人。"

卡姆火冒三丈。可他不得不承认,这个消息很有意思,但它是真的吗?而且他并不喜欢在逻辑辩论上失利。"你会把我的钻石还给我吗?"

"不会。等我回到文明社会,我就会需要它们。可如果你还要留在这里,你就不需要。"

"好吧,你说得有道理。"

"你说对了,我是对的。"

"我指的是钻石的事。其他的,我还不肯定。"

"你觉得是谁在给这整个项目提供金钱?他们还在测试

TS，在我们身上测试。"

"没在我身上。"

"你听说过对照组吗？你就是那个运动素质好又聪明的普通人试验对象，他们用你和接受强化的队友进行对比。他们是不会给你用药的，永远不会。"

"在我们刚加入的时候，沃德就开门见山地告诉我们，TS是试验性药物，我们加入的时候就知道了。"

"那么你应该知道，这个组织其实是一个该死的制药公司，对吧，卡姆？"

这个想法突然冒了出来，有那么一会儿，卡姆说不出话来。这个说法实在是太震撼了，在他脑子里横冲直撞，而他却无法抓住它。

"这一切的后面都有钱的因素，但并不意味着它就是罪恶的。"他说。

"假如起初我们根本就没有得绝症呢？"

卡姆的歌单

27.《没错儿，整我吧》 🔊
演唱：就这么开始啦

28.《无尽的虚无》
演唱：死亡信徒

29.《希望与改变》
演唱：那个古怪女孩

真不希望自己碰上你的死敌。

　　卡姆呻吟一声翻过身来，欧文已经起床并吵到他了。

　　"今天的日程有什么安排？有什么计划吗？我只是瞎晃，你要做什么？"欧文的头发乌黑，卡姆注意到，这是他所见过的最黑的头发。从背后看，欧文的头发就像被太阳灼伤的脖子上方顶着一个真实的洞。

　　"我打算去丛林里四处看看。"卡姆回答，"可能会找几颗椰子。"

　　欧文看起来有些困惑："哦，是吗？挺酷的。"

　　一点儿也不酷，这主意不但蠢，还是个谎话。卡姆穿好衣服，朝着悬崖上垂下的攀爬绳索之一走去。绳索共有 3 根，包括最初他和沃德一起爬下峭壁的靠南边那根，那是最高的一根。另外两根也很高，但是并没有那么惊悚，这两根是用来训练丛林越野的。卡姆朝中间那一根走去，并用眼角余光注视着欧文目送自己离开。当他的室友再度进入小屋后，卡姆快步返回，躲到小屋下方，钻进西耶娜挖的空洞中。

欧文开始在搜查卡姆的床脚柜了。卡姆听到他的黑发室友把柜子清空，再把所有东西一一恢复原样。地板很薄，虽然无法透过地板看到室内，但是他能听到欧文的每一个步骤。欧文接着又走向书桌，卡姆意识到，他在找笔记本。卡姆的口袋儿里装着阿里的日记，但他留下了自己的，里面几乎没写什么。他很想在最后一页写下"去死吧，欧文"但最后，他觉得还是最好别打草惊蛇，或许这样，他能得到某些消息。30 分钟后，欧文已经把小屋彻底搜查了一遍，卡姆的双腿也开始发麻了，他从小屋下方悄悄钻出来，折回到悬崖边。

"嘿，欧文！"他边喊边朝小屋走去，"我回来了！"

当他走进屋时，几乎要笑出声来。欧文正惬意地坐在他们的软垫长凳上，手里拿着一本书，跷起脚，一副一直在休息的模样。

"噢，嘿，带回椰子了吗？"

"我看到一颗，不过树太高了。"

"是吗？"

"是，我刚才没带工具。对了，你知道下一次任务会在哪儿吗？"

"不知道。"欧文说着，一下子来了精神，想要抓住这刺探的机会，"为什么问这个？"

"我只是很想马上再去执行任务。第二个和第三个任务实在是太疯狂了，这让人精神振奋，对吧？"

欧文看上去迷惑不解，这是他擅长的表情："也许吧。"

"你最喜欢哪个？"

"我们的两个任务里的……"

"所有的任务里。"

欧文的迟疑已经告诉了卡姆想知道的大部分信息。欧文没有纠正他，说明这个新室友并不确定，对于卡姆来之前他们有过的第一个任务，卡姆究竟知道与否，而且也不确定卡姆是否应该对此有所了解。西耶娜说得没错。

欧文终于回过神来："对付海盗的任务是我最喜欢的。作为潜水小分队的一员实在是太棒了！你看到我透过门洞往里射击没？"

"是啊。"卡姆说，"你当时……帅呆了。"

几小时之后，欧文往潟湖叉鱼去了，卡姆则翻开阿里的日记，寻找信息。他发现这本笔记不仅撩拨人心地叙述了阿里与朱尔斯的交往，里面还记录了医生问诊以及训练的各类科目和三餐，甚至死亡之翼成员间小争吵的细节。这是一份对他们所效命的组织的记录，很有价值，也很危险。这本来是用于记录战略部署的，不过阿里的记录事无巨细。卡姆写得很少——这感觉太像他一门大学课程所布置的作业了，恐怕得是哪根筋搭错，卡姆才会把自己人生的最后一年用来写作业。

咚咚咚，"有人吗？"沃利在门廊里叫道，卡姆闻声迅速合上了笔记本。

"啊？什么事？"

"该去看医生了。"

"现在？"

"不是，15 分钟以后，准备好。"

他们在沙滩集合。同样的流程，坐船，坐直升机，全程戴着眼罩，直到抵达恶性胶质瘤俱乐部。这一回打乒乓球，扎拉不费吹灰之力就赢了卡姆，而卡姆从唐尼那儿同样一分也没拿到。卡姆想，他们的状态都在变好：更快，更强，注意力更集中。

那里为等候的人准备了冷餐，有新鲜水果、面包、软干酪和一锅辣椒炖肉。泰根和欧文先进去了。

沃利和唐尼打着台球，卡姆坐在扎拉身旁。扎拉用牙签叉了杧果吃，接着又用舌尖卷着牙签玩，牙签在她的唇上跳来跳去，就像玫瑰花瓣上的一根刺。

卡姆指着通向诊室的门，撒了个谎："上一回这些家伙给我的肿瘤做了一个扫描，看起来似乎肿瘤正在缩小。"

"真奇怪。"扎拉开始发牢骚，"我来这里这么久了，他们压根儿就没给我做过扫描。"

"奇怪，本该是一上来就做的事情。"

他看着扎拉皱起眉来，又接着说："那他们通常给你做什么测试啊？"

"速度，力量，还有一些是关于 TS-9 的。你知道吧，我是全队反应最迅速的。"

"他们没测我的反应时间。"

"你又没被强化，干吗费这事呢？别往心里去。"

"没事，你说得对。这大概就是为什么他们正在着手治疗要我命的东西。而就你的情况而言，他们的精力都集中在他们给你的会要你命的药上。"卡姆吹着口哨，给她时间琢磨这句话。果然，他不用等多久。

"你上次体检挺简短的，对吧？"

"是啊，不过那台扫描仪真挺棒的，就在另一个房间里，可以实时扫描出图像来。我不知道他们为什么没给你做。"

此时，扎拉一下子坐得直挺挺的，人都移到了座位边缘。她上钩了，卡姆心想。

"他们是不是说过你的病情可能正在好转，或者说有可能会这样？"

"他们没说什么。不过有时候我都会怀疑他们是不是误诊了，你知道的，人是会出错的。"

扎拉往后挪了挪。她的深色眉毛紧紧地拧着，呈现出一个"Z"字形，卡姆看出她正在思考。他们静静地坐了一会儿，台球互相猛撞或轻触所发出的响声是唯一可闻的声音。

"我被诊断出得病的时候，一点儿也不觉得自己有病。"她突然说。

卡姆点点头："那现在呢？"

"目前为止只有轻微的头疼，TS-9 的初步症状，而且我的胃也感觉不对劲。"

"你的胃？"

她翻了个白眼："胃胀。"

"我看不出来。"

"谢了，可是我能感觉出来。"

"就这些？"

"我的尿液是深黄色的，比黄色深，更像橘色，还有我的毛发……"

卡姆瞥了一眼她的深色短发："看起来很正常，只不过你把它剪短了。"

"不是头发。"她皱了皱眉，"隔天我就得刮去上嘴唇边上的汗毛，我的腿毛也在疯长，可是在这里又没法好好地用脱毛蜡除毛。"

"是你自己的医生给你做的诊断吗？"

"不是。"

"是不是一个没人认识的专家飞来给你做的诊断？"

正在这时，上次给卡姆做检查的那个沉默寡言的女医生带着泰根和欧文从门里走出来。

"扎拉和唐纳德。轮到你们了。"

沃利窃笑起来："呼叫唐老鸭①。"

唐尼狠狠地瞪了他一眼，把球杆啪地往桌上一甩。扎拉

————————————

① 唐尼（Donnie）是唐纳德（Donald）的昵称，而唐老鸭的名字为 Donald Duck，因此沃利冲着唐尼开了个这样的玩笑。

站起身来，朝门走去，可她又回头朝卡姆瞥了一眼，他耸了耸肩。

泰根看起来面色苍白。卡姆叫他一起玩桌球，可是他推辞了。卡姆再次发出邀请，还冲他眨眨眼，示意他和欧文分开，欧文此刻正围着放食物的桌子转。他终于明白了卡姆的用意，抓起台球杆。卡姆一边把球按单色和双色交替排好，一边悄悄对他说。

"你看起来一团糟。"

"那是因为我感觉一团糟。"

"发生了什么事？"

"一阵阵的头疼，伙计。"

"你有没有让他们给你点儿药来治头疼？"

"他们不想让别的药和 TS 混用。"

"也许你应该把药给停了。"

"他们说，是这药让我活下去。如果没有它，我的病情会更严重。"

"不过……"

泰根用布满血丝的双眼望向他，卡姆看出他哭过了："听我说，他们是医生。不是我，也不是你！"

卡姆判断出现在还不是时候，也许永远不是时候。

轮到卡姆的时候，他和沃利一同走了进去，随后他们被带进了不同的房间。这一回，那个绷脸女人肩并肩一步不离地陪同卡姆进了门，她进屋后就把门关上了，发出了很说明问题的"咔嗒"声。

这次他们要把我锁起来，他一边想一边跳上了有软垫、铺好纸的检查椅上。

"我准备好了。"卡姆直截了当地说。

"准备好要干什么？"

"用TS-9，还是说已经有TS-10了？"

"TS-10？"她飞快地瞥了一眼墙上的镜子。

这面镜子很大，是嵌而不是挂在墙上的，镜子里的映像暗得挺怪异。是单面镜，卡姆心想，有人正在监视这边。

"沃德说——"卡姆假装发觉自己说漏了嘴，"或许我什么也不该说。"

她脸上闪过一丝不露齿的微笑："我们总是希望有更新、更好的药物出现。想要新药是很正常的事，TS-9是我们现有的药。"

"我想用一些这药。"

"我不同意。"她回答得有些太快了。

"他们告诉我们，等我们做好准备了，用药是自愿的，因为反正我们都快要死了，是吧？沃德总是这么说。我可不愿意告诉他，你和我们意见不一致。"

她小心翼翼地点点头："是你自己决定，这没错，但得在医生同意的情况下才可以。"

"我的医生是你，对吗？"

"是的。"

"我们正在这里征求意见。"

她深吸一口气，又挤出一丝笑容："好，我们现在就来给你检查，好吗？"

她心情不佳——卡姆看得出来，但她还是拿出一张检查表，开始为卡姆做测试。她又一次测量血压，并且抽取了血液样本，用灯照了照他的眼睛和耳朵，然后问了他一系列问题：他是否有感觉到持续头疼、恶心、呕吐、情绪波动、情绪不稳、记忆丧失、癫痫、警惕性降低、视力变化、听力丧失、疲劳、虚弱、说话或者吞咽困难、发烧、动作不协调、面瘫、眼睑下垂、眼球运动、意识紊乱、定向障碍。他的回答都是一成不变的"没有"。

在每个问题之间的空当儿，他有意纠缠她，请她给自己测视力、听力和反应时间。他指着朱尔斯描述过的机器，问它们到底是怎么运作的，然后坐上机器，也不管是不是她的要求。她时不时朝着镜子看，但还是不卑不亢地为他做完了测试。她甚至在他的多次要求之下，为他做了那个很费时间的记忆力测试。

最后，他换上一副严肃的神情："所以我的症状肯定很糟，我很可能马上就得用 TS 了吧？"

"我得说肯定不需要。"

"别这样，你可以和我说实话的，医生。其他人都在用药。"

"每个病人都不一样。"

"但是我的病情一定是在恶化。"

她迟疑了片刻："并不明显。"

"不明显？"

"不显著。"

"所以我的病并没有恶化？"

她的双眼扫向镜子，又扫回卡姆身上。

"没有。"她承认。

"因此不需要用 TS？"

"作为你的医生，我并不推荐你现在用这药。"

卡姆尽全力让自己表现得失望，为了让自己的表演更可信，他迟疑了一番才伤心地点头接受她的建议。当她终于把他领出诊室、单手还放在他肩膀上确保他不会走错方向时，他甚至闷闷不乐地低声自言自语："队里其他人都比我要强壮，都比我速度快，我连一局乒乓球都赢不了。"

他身后的门关上了，他再度与队友们站在一起，努力不让自己的表情泄露出自己的感受。说实话，他都不知道是应该开心还是感到恐惧，他已经确认了西耶娜告诉他的事情。

我并不是个将死之人！

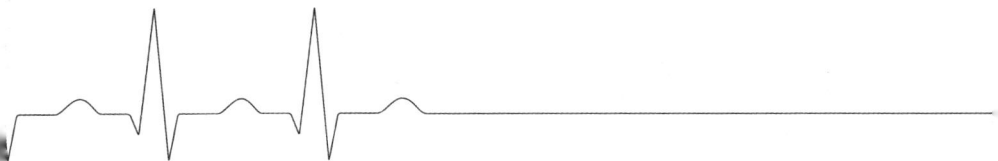

卡姆的歌单

28.《无尽的虚无》 🔊
演唱：死亡信徒

29.《希望与改变》
演唱：那个古怪女孩

30.《爆炸》
演唱：真见鬼

在无尽的虚无降临前的暴风雨里，
我是你的雷霆，你是我的闪电。

　　当其他人都朝着自己的住处往回走时，沃德拦住卡姆，和他一起走到泻湖边。

　　"医生说你刚才问了很多问题，卡姆？"

　　卡姆耸耸肩："我有很多问题。"

　　"我随时都可以解答你们的问题。"沃德说，"我可以帮你做点儿什么吗？"

　　当然喽，卡姆心想。什么才是追踪并且杀死野猪的最好方法？如果是对付一个离队逃走的女孩呢？或者我是不是应该问：我真的快死了吗？

"不。"卡姆回答，"医生已经都回答了。"

"我只是希望你先来问问我。"沃德没有坚持，卡姆断定他大概已经知道自己问了什么问题，以及医生回答了什么。沃德活动了一下他肌肉鼓起的肩膀，转动了一下他的粗脖子，这是他心烦时的习惯动作。

飞行员踱步过来，加入了他们的谈话。"我们下一个任务就要来了，卡姆。"他说，"我有个特殊任务要交给你。"

"真的？是什么？"

"个人训练。我明天早上开船来接你。"

卡姆点点头："是不是像朱尔斯那样被接走？"

"卡姆，你知道朱尔斯已经不用再履行她的责任了。她告诉我们，她和你说了。"

"噢，我以为这大概是个秘密。"卡姆很快说道。

"是个秘密。我们可不想接到一大堆类似请求。在这一年里，每个人到了某个时候都会想回家，但我们不能答应每一个人。她是一个特例。是的，她的确不应该告诉你。你还告诉了其他什么人吗？"

"没有。"

"很好。我们对别人说的是她去训练了，让大家觉得像阿里在学开游艇或沃利去练习滑翔机。只不过对她来说，时间会更长一些，最后，她不在这儿也就不要紧了。"

飞行员撒谎撒得轻而易举，卡姆简直要佩服他了。他心想，撒谎应该比这个更难。

沃德结结实实地一掌拍在卡姆的肩膀上。他似乎有话要说，但飞行员严厉地瞪了他一眼，因此他最后只是拍了拍卡姆的背。这本该是用来宽慰别人的，却一点儿效果也没有。

卡姆不知道怎样才能联系上西耶娜，所以他只是把字条折起来，放在房屋下面。

> 我已经准备好现在离开。
> 我们需要些什么？

这是一个昏暗的下午，天色看起来比实际的时间要晚。乌云在地平线上翻滚着，如同一窝蝰蛇。今夜应该会是一个美丽的叛逃之夜，卡姆心想。树冠之下，雨林中的雨是浪漫的，它淅淅沥沥地从一片叶子滴落到另一片叶子，蜿蜒流至地面，再渗入土壤。风低声呼啸着掠过树顶，但等它悄悄降到地面时，就会被茂密的枝叶分割或征服，被削弱为漫无目标的微风。闪电在那里有太多高大的目标可供挑选，便不会寻找人类来进行击打。然而，空无一物的沙滩无法提供任何防护。卡姆注视了一会儿大海。暴风雨来得很快，狂风撼得房屋嘎吱作响。海浪卷上沙滩，让他们琢磨着到底是该聚在碉堡里还是干脆爬上悬崖——在暴风雨中这可不简单，对于未被强化过的人而言更加困难。尽管屋舍的遮雨效果很不错，但是卡姆曾犯过一次错误——在倾盆大雨中从一个屋檐小跑到另一个屋檐，等到达目的地时，他已经湿透了，像从泻湖游过来的一样。

这不是一个适合逃跑的夜晚。

这也不是一个适合与欧文困守一处的夜晚，那家伙虽然不愿意承认,却怕闪电怕得要死。

"玩科里比奇吗?"[1]欧文提议道。

卡姆正在床上悄悄翻看阿里的日记。"我宁可修剪指甲。"卡姆说。

"好吧。"

卡姆从床沿往下窥视,只见欧文一副受伤的表情,开始玩泰根教给他的一种单人纸牌游戏。他正在单手洗一副扑克牌,当其中一张牌飞脱时,卡姆看到欧文在牌落回桌面前就在空中迅速抓住了它。

"哇。"卡姆赞叹道。

"嗯,这次检查的时候,他们增大了我们的药量。"欧文解释说。

"这让你速度更快了?"

"还更加强壮了。"欧文把一只手伸到实木桌子下方一抬,整张桌子就离地十来厘米。他笑了起来。"你应该去看看唐尼能做什么,不过沃德说,被强化的最多的是注意力。"欧文挑出四张纸牌,往上一抛,他的手戳向每一张牌,用手指夹住了四张中的三张。不尽完美,但已很惊人。很显然,由于暴风雨卷着乌云滚滚而来,他无法完全集中。

"我们是不是该到碉堡去躲一下雨?"

"是啊,当然,你去吧。"

欧文皱了皱眉,继续玩他的游戏。

卡姆觉得,欧文不想待在这儿,可他却又不肯走。

---

① 指一种需要两个人玩的纸牌游戏。

几分钟后，第一道闪电照亮了他门廊外的海洋。枝状闪电一头扎入海面上交织着的白沫，将海天映得一片皎洁。欧文把门关上，焦急地看着卡姆。

"去吧。"卡姆又说，"除非你有什么原因必须留下来和我待在一起。"

他知道自己不该这么说，可他忍不住。他被惹毛了。他们是队友，甚至有一样的文身，可欧文正在为他们的教练监视他。欧文效忠的是别人。要是西耶娜冒着暴风雨上门来，他俩不得不把欧文揍上一顿，再把他捆到其中一张床上去。但如今，看到欧文只是伸手一抓就夹住了坠落的牌，卡姆觉得自己和西耶娜肯定搞不定欧文。

"我是被指派到这个小屋的。"欧文固执地说。

"被我们英勇无畏的首领指派来的。"

"称他'教练'更合适。"

卡姆看着欧文在海面惊雷的回荡声中玩着牌。欧文用了TS-9就变得又快又强壮，但他并不像唐尼一样是个天生的运动员。其实，卡姆知道，假如没有用药，欧文想达到体能平均线都会很困难。"你以前参加过什么体育项目吗？"

欧文把纸牌放下："有啊。其实，在我们街区的 7 月 4 日独立日匹克球①巡回赛上，我进了半决赛。"

卡姆等着他继续说下去，却无意中暴露出他对欧文在匹

---

① 匹克球（Pickleball）是用球拍击球的一种运动，是从美国西雅图的本不里奇岛兴起的。

克球赛上取得的丰功伟绩不屑一顾。

"那是个挺大的社区。"

"有什么团队运动吗?"

"我差一点儿就进了高中篮球队。"

他落选了,卡姆心想,同时耐心听着欧文解释球队选的10个球员里没有他是多么不公平。男生总是忘不了这种事情。

"……所以说,如果不是因为这个,我早就进篮球队了。"

在这儿他是团队一员,一个接受了强化的团队。他老和顶尖运动员唐尼混在一起,还巴结教练。卡姆还记得欧文被选进潜水小分队时是多么兴奋。

突然,房间里亮了起来,一瞬间,雷声震得小屋剧烈晃动。震得几盏灯都摇曳起来。卡姆再看时,欧文正用双手紧紧抓住桌子,扑克牌早被他丢在一边,像逃脱的老鼠一样散落在桌面上。

"要去碉堡吗?"卡姆提议道。

欧文点点头,两人走到门边,卡姆一把推开门。

"真见鬼!"

他在将要踏入浪花前刹住了脚步。海浪轻拍通往小屋的木质台阶。他们的小屋是一整排里的最后一间,碉堡在另一头。两栋建筑之间,雨水混着海水时涨时退,没有间隔规律,有时浅至脚踝,有时深及半腰。

"我们没法跑步穿过这片地方,"卡姆说,"可能会被一阵大浪拍倒,拖进海里。"

沙滩又是一亮,这时已经不可能离开他们的小屋了。欧文紧紧抱住支撑他床的那根柱子。卡姆快速躲回屋里，把门关上。

"这玩意儿扎得深吗？禁得住暴风雨的冲击吗？"

欧文愁眉苦脸地看着他："这房子自从我来了以后，就一直在这里。"

"以前遇到过这样的大浪吗？"

"没有。"

"沃德教练在哪里？为什么没有人来接我们，或者吹个号角通知一下？"

浅浅一层水从缝隙较大的木门底下漫进来，滑过地板，像一条饥饿的舌头开始舔着他们的双脚。

"我的天，我们完蛋了！"欧文啜泣起来。

"到床上去！"

被卡姆的喊声惊醒，欧文抱着柱子顺着梯子爬上了自己的床。片刻之后，水面开始稳步上升。海水与拍打着单薄的小屋东墙的海浪狼狈为奸，踏着相同的节奏，从下方的门缝里涌进来。等到水及膝深时，卡姆也爬上了自己的床。

"我们该怎么办？"欧文问他。

"先看看水位升到多高，也许不会再涨太高。如果水位涨到窗户的高度，我们就从上面'弃船'。我可不想潜水出去。"

又一道海浪猛拍在墙上，连床都摇晃起来。大雨倾盆，透过窗户根本无法看清外面，所以卡姆是看不到海浪何时涌来的。但每一道浪拍中屋舍时，他都能感觉到。阵阵海浪的撞击力各不相同，坐等下一阵大浪是否会拆散屋舍、把人卷走，实在是一种煎熬。随即，他们的灯也灭了。又一道海浪袭来，小屋在大浪的重压之下发出痛苦的呻吟。又听得一声响亮的断裂声，这意味着下方某处有一根支柱已经折了。

西耶娜！卡姆心想，她应该不会在小屋下面吧，会吗？他想，她不会的。

下一阵海浪袭来，小屋旋转起来，屋子的一侧已经被扯散了。

"我们得冲出去。"卡姆说。

"你是说游出去吗？"

"来吧！"在黑暗中很难看清欧文在做什么，但是卡姆很清楚自己下到水中的时候，他的新室友并没有跟来。

"你在哪儿？"卡姆大喊。

"闪电会击中沙滩上最高的东西，"欧文缩在床上向他喊，"要是走到那边，被击中的就会是我们。"

"闪电再次蓄满电至少得两分钟。我们越野训练时，爬上悬崖用不了这么长时间。"这是句瞎话，卡姆根本不知道"蓄电"一次到底需要多少时间。可是卡姆宁愿撒这个谎，好把欧文从在劫难逃的小屋里弄出来。如果海浪使得小屋与它的支柱分离开来，小屋就会被卷入海中或者撞上悬崖。无论哪种结果，卡姆都不想待在小屋里干等。"过一会儿听到下一道雷电打下来，我们就冲出去！"

卡姆等待着。又一排海浪猛撞上东墙，他屏住呼吸，但好在这浪并不大。最终，震耳欲聋的爆裂声撕裂了黑夜。卡姆伸长手臂，探到了欧文的手。

"冲!"

欧文往下一跃。卡姆打开门闩,门在水中敞开,可这一回停下来的却是他。

"我的播放器!"他喘着气说。他艰难地回到屋里去拿耳机和播放器,留下欧文一人紧紧抱着门柱。卡姆从桌上抓起播放器,艰难地蹚着水走到门边。

卡姆走回来的时候,欧文埋怨起来:"已经差不多过了一分钟。"

"不!"卡姆说,"只过了30秒。我一直在数。还有90秒的空当,要是现在走,时间还有很多!"这又是一个谎言,但这是一个必要的谎言。

他们是幸运的——走出门时,海浪正在后退,他们还能深一脚浅一脚地走在没有腿深的水中。他们沿着沙滩往上走,海水在把他们往后拽。卡姆知道,不久之后海洋又会朝他们背后抛来一道新的波浪。

"绳子在那儿!"卡姆指着悬崖所在的大致方向——在天黑雨大的夜晚,只能看到一块更深的暗影。他那足球队员的双腿在水中搅动,但是向前却是举步维艰。简直像卡姆的童年梦魇——一片漆黑中,他奔跑在湿润的沙地上,似乎后面有一只巨大的怪兽随时都会猛扑上来。只不过这一次,有人和他在一起。他意识到自己仍钩着欧文的臂膀,只不过现在欧文正拖着他前进,经过强化的双腿艰难涉水、踏沙而行。卡姆琢磨着,对于即将来袭的闪电的恐惧是否具有与TS-9药剂相同的效力以驱使欧文前行,但是这些都已无关紧要。欧文是一道生命线，而卡姆紧抓不放。

他们不久便脱离了海浪，行至沙滩较高处，没被后面涌上来的几道小波浪打到。然而，在黑暗中几乎无法确定绳子的位置。他们一路摸索，湿漉漉的双手盲目地抓向岩石与带刺的枝叶，直到欧文突然将他提离了沙地。卡姆自己并没有抓到绳子，欧文的一条胳膊钩住卡姆的腋下，将他提了起来。接下来的一道海浪扑上了卡姆的双腿，海浪原本会先将他冲得撞上崖壁再把他拖回海中，但是欧文提起他的高度刚好，这道浪只是冲得他们在绳子上晃了一下。

"你得自己抓住绳子！"欧文顶着风大吼，"我没法提着你往上爬。"

卡姆伸手去抓绳子时心想，欧文能拉着自己不放就已经非常了不起了。他的手刚一合拢，一道比之前更高的浪从他身后扑来。这道水墙使得两人猛地撞向了崖壁，好在茂密的树丛较好地减缓了冲击，没让卡姆撞破头，但绳子却脱了手。于是他只得紧抱住欧文的腰。令他意外的是，他的室友拖着他一齐往上攀爬，尽管海水仿佛冰冷饿鬼湿淋淋的大嘴，要把他们往下吸。这道浪退去时并没能带走它的猎物，只留下他们俩在黑暗中摆动。

"再试一次！"欧文喘着气大喊，直到卡姆再次摸到了绳子。

卡姆的双手又湿又滑，他现在唯一能做到的就是抓住绳子。欧文向上攀了一点儿，放下一条腿给卡姆抓，帮着他往上爬，如此重复多次，直到两人不再受到浪花冲刷的威胁。他们寻到一处凸起，靠着崖壁稍作休息。闪电再度袭来时，欧文紧紧抱着卡姆，如同一个小男孩看到了恶魔的影子后紧抱住自己的哥哥。卡姆搞不清欧文是不是真的有个哥哥，但是他觉得很可能真的有。

"现在我可以自己爬了。"卡姆说，虽然并没有十足的把握，可他想让欧文继续向上。他想，大雨中在崖壁半腰吓得动弹不得实在危险，哪怕是用了 TS-9 的家伙到最后也是会觉得累的。他会觉得累吗？

其他人已经在丛林的临时避难所里了，避难所也差不多就是堆起来的木头墙上罩着一张防水帆布，供人躲避大雨和大型动物。卡姆和欧文才跌跌撞撞地进了门，就响起一阵欢呼声。里面没有干毛巾，不过通风孔的下方已经生起了一个火堆，噼啪作响。其他队员都在大浪侵袭前到达了避难所。

"你们俩为什么不在暴风雨刚开始的时候就来？"扎拉问。

卡姆累得瘫倒下来，他精疲力竭地将头转向她："我不想走，欧文又不想丢下我一个人走。"

"这么说来，就是你太傻，他又太忠心耿耿喽？"

卡姆已经累得不想争论了。此外，他并没有这样想过，其实她说得没有错。

欧文插嘴道："是卡姆提议冲出来的，否则我现在可能已经被卷到海上的什么地方去了。"

"对啊，不过，海浪打到我们的时候，简直就是你在提着我往上爬。"卡姆回应道。

他们都如释重负地笑了。沃利则开玩笑地说，他们两个都使尽全力要把对方整死。

"这就是你说的团队合作。"欧文补充了一句。

突然卡姆理解他了。欧文只是想成为团队中的一员，这就是他简单的梦想，成为一名首发球员。就像卡拉培想演唱，阿里想驾驶一样，欧文被首先挑选出来。他想，也许欧文并不是在窥探自己，而不过是为了确保自己一切还好。关心和怀疑是两种很容易被相互混淆的相似情感。也许最终，欧文只不过是个害怕闪电、遵从教练所有吩咐的孩子。

卡姆抬起拳头，要来个顶拳庆祝，欧文微笑着握拳轻轻碰了过去。

卡姆的歌单

29.《希望与改变》🔊
演唱：那个古怪女孩

30.《爆 炸》
演唱：真见鬼

31.《没门儿！》
演唱：钓鱼去

等不来你的改变，
但我还能抱点儿希望。

　　卡姆又一次被人注视着醒来，他席地而卧，有人单膝跪在一旁俯视着他。黎明尚未来临，但暴风雨已平息。在这篷子下面，丛林的树荫下，在天幕残留的灰色云朵之下，因为没有阳光，四处几乎没有一丝光线。对方还没开口，卡姆就已知道，她是西耶娜。

　　"走还是留？"她低声问，嗓音柔和得让他觉得自己仿佛置身梦中。

　　"走。"他回答。

　　她带着他走出避难所，在森林中穿行。夜行，西耶娜比他更在行，不久他们就来到了一个小水池边。卡姆听见了水花飞溅的声音，他知道这个地方，他曾经在白天看到过它。溪水沿着陡峭的坡地流进池中，随即又溢出来，消失在悬崖边。天光下，人可以站在如瀑般的水流之下没到大腿的池水中俯瞰大海。卡姆在他目力所及的范围之外的那片幽暗中，感受到了它的苍茫。他们站得很近，近得有些不自在。两人互相低声说话，纵有飞流直下的溪水，却还能互相听见对方。

"是瀑布？"卡姆问。

"是的，我们可以在这儿聊聊。"

他开门见山地说："我确认了，我的病情并没有加重。"

"要是你一开始就相信我，事情就能进行得更快也更容易。"

"说得好像你一开始就有多相信我似的，写含糊情书的小姐？"

天色很暗，但西耶娜的迟疑泄露了她的羞涩，她也许笑了，也许没有。

"那些不是情书。"她终于回答道。

"我想要谢谢你。"卡姆说。没有眼神交流，就有必要借别的动作来传达他的感激之情的真挚度。他在黑暗中抬起一只手去触碰她的手臂。但她离得比预想的还近，结果他的手在半路触到了她的臀部。为了避免顺着她的身体一路摸索而上，更加冒犯人，他顿住了。她对此始料未及，他能感受到她稍稍后退了一些，但还不至于抗拒他。

"现在要谢我还有些早，我可能会害得你被杀掉。"

"我以后可能没有机会谢你了。"

"我想，我得说不客气。"她说。她说完了最后一个词就不再说话，好消除她语调中可能流露出的任何情感。

他们陷入了片刻的沉默。在黑暗中，他们被瀑布急促的拍打声包围，激起的水雾让卡姆哆嗦起来，他的手没有抽回来。

"这里的水很冷。"西耶娜似乎猜出了他的想法，或者感受到了他在黑暗中的颤抖。这不过是她为了避免进行情感交流而说的许多废话中的一句，闲谈而已。

"这是你淋浴的地方，对吧？"这个与她一同站在淋浴房里的念头让他热血沸腾。他突然想知道，如果她梳顺打结的长发，除去破衣烂衫，会是怎样的模样。

"我很嫉妒你们的热水淋浴间。"她说，"但这还不是最糟的部分。我用了足足两星期时间才鼓起勇气去偷鞋。大眼睛女孩和那个肤色苍白的女孩每晚都会把她们的鞋留在台阶上，可我隔了好久才偷偷溜到她们的小屋前拿走一双。我把这双鞋当成非常奢侈的东西，我以后再也不会把鞋子当作理当拥有的物件了。"

"你这么做很勇敢。"

"我用一只死猴子的脚爪留下了足迹，好让她们相信是一只猴子偷了鞋。她们俩不是太机灵。"

"我从未听说过丢鞋子的事。"

"那是在我们见面之前。"

卡姆在黑暗中微笑，这句话非常女孩子气。这让他觉得他俩似乎是一对奇异的情侣，尤其此刻他的手还没离开她的身体。他心想，也许我们今天就会死去。他把她拉近了些，吻了她一下。

卡姆被她的口臭吓了一跳,他皱了皱眉,可马上就觉得自责。这并不是她的错——她最近一直住在丛林里,谁知道她吃的是什么。生鱼肉?也许是昆虫?还有几口鸟肉。

她往后退去,抱紧自己:"我的天!"

"怎么了?"

"我……我好几个月都没刷牙了。"

"没事,还好吧。"卡姆撒了个谎,"我只是不知道这是不是现在该做的事。这对我来说时机不太对,对我们俩来说都是如此,对不起。"

"没关系。"她没有松开双臂,"我们可以继续拥抱。"

卡姆用双臂抱住她,瀑布的水雾笼罩着他们,他们就是清凉水雾形成的茧中包裹的温暖中心。

"以前,我是一个完全正常的女孩。"西耶娜轻声低语,"我会化精致的妆容,每个星期五晚上都会出去玩。如果在现实社会,在一个有牙膏的世界,我会回吻你的。"

"我们现在做什么?"卡姆问她。他很喜欢抱着她,不想让这一切结束,但任何事都有结束的时候。

"暴风雨结束了。"她说,"碉堡没人看守。"

卡姆吸了一口气:"我们去拿补给?"

"对。然后等他们上岸,我们就乘飞行员的船悄悄溜走。沿着海岸线 88 千米以内应该有一个村庄。我们可以每晚开16 千米,白天把船藏起来。"

"要是他乘皮筏艇来怎么办?我和你可不能一路划桨到

佛罗里达去。"

"发生了这么大的自然灾害，他不会划皮筏艇过来的，他和沃德会乘一艘充气快艇来。暴风雨袭击这里的时候，他们被困在外面，这是我们的好运气。现在就是我们的机会窗口。"

卡姆的衣服仍然是湿透的，不过碉堡里有干的成套服装。

他们在黑暗中找到了最靠北的一条通向沙滩的绳子，这比卡姆和欧文攀上来的中间那条要容易爬。他们摸索着到达了碉堡平坦的墙边，然后溜了进去。灯一闪，亮了起来，卡姆能听到发电机仍在嗡嗡作响。要是待在这里，他们就不会受到暴风雨的侵袭。门上在与眼部齐平的高度有水印，那是大浪拍到或水花溅到的地方；另外，大厅里有些积水。除此之外，一切看来都完好无损。

"首先是食物。"西耶娜说，直接走向食物储藏室，"接着就是干净的新衣服。这里面什么地方有枪吗？"

"我想没有吧，不过我们可以搜一下沃德的办公室。"

西耶娜搜集到一些罐装水果和肉干，把它们装进了卡姆找到的一个背包里，同时贪婪地往自己嘴里塞新鲜食物——剩下的烤猪肉和面包。她一口气喝下了3罐果汁。卡姆找到一个水壶，把它灌满水。厨房里有火柴和刀，卡姆用布包裹住一把切肉刀，还在外围缠上强力胶布，做出一个临时的刀鞘来。西耶娜拿了个金属碗，她说，如果要烹饪食物或者烧开水，这就可以当锅子使，这是卡姆之前没想到的。

接下来去沃德的办公室。房间上了锁，不过碉堡里面的门都很简陋，往上踢个两脚，门的侧柱就裂了。屋里没有枪，对此卡姆一点儿也不吃惊。他从未见过沃德佩枪，而死亡之翼的原则也不允许使用杀伤性武器。不过西耶娜一眼看到门后钩子上挂的皮带上垂着沃德的砍刀，便取了下来围在自己的细腰上，为了围得牢固一些，她不得不扣到最后一个洞眼里。

这个房间与其说是沃德的办公室，不如说是在训练期间让他存放私人物品的地方。里面没有文件，没有电脑，也没有任何通信器材。沃德和飞行员随身携带步话机，但没有任何可以用来呼叫外部世界的设备。显然，他们不想让队员们找到任何记录或联系任何人。

"拿毯子。"西耶娜说，"我们沿海岸线航行，如果飞行员从空中寻找我们，我们或许得钻到丛林里去。"

"你知道我们要往哪儿走吗？"

"往南。"

卡姆回想起，他们当初执行任务往南航行的，在下一个海湾找到了"冷傲的情人"，不过此后，他们可是乘着又大又快的游艇航行了半天才到达海盗前哨的。这可能会是一次漫长的航行。

毯子在置物柜里。卡姆打开柜门，拖出两条来。柜子里也有新牙刷和牙膏，他迟疑了一下，选了肥皂和洗发香波，递给西耶娜。

"你很想念这玩意儿，对吧？"他说。

"我是很想要一些洗发香波。"她承认。她接过去的同时，卡姆拿起一个急救箱，假装看看里面是否还有他们需要的东西。

"想要一把这个吗？"他尽可能漫不经心地指着一把牙刷说。

西耶娜闻言，飞快地捂住了自己的嘴。

"我的口气有那么糟吗？"

卡姆忍住没有回答。虽然已经如此小心谨慎，他还是没能足够巧妙地提及这个话题。他一耸肩，一摇头，试图做出最后的挣扎，把它小事化了。

"你才是担心这事的人，我都没有发觉。"

西耶娜走到旁边的洗脸池前。上方挂着一面小圆镜。她原本似乎对自己的外表毫不在意，直到这一刻，她在碉堡昏暗的日光灯下，在廉价的塑料边框镜子中看到了自己，还有站在她身旁的卡姆。她摸摸自己的头发，试探着张开嘴。她憔悴的双眸中噙满了泪水，接着，泪水像从漏水的龙头里流出的一般，滴进了洗脸池中。她面红耳赤地拿起牙刷、牙膏和牙线，狠狠地刷着自己的口腔，牙龈都流血了。

他们从器材室拿了几个背包，尽量往里面多塞一些东西。

"时间够不够？"卡姆问。

"我耍孩子气已经浪费了太多时间。现在海面已经平静下来，他们应该不久就会出发往这里赶。在这栋建筑里每多待一分钟，我们的风险都会加倍。"

"这么说该走了？"

"还有最后一件事。"

她快步跑进训练室，猛地打开一个卡姆非常熟悉的柜子。里面有十支飞镖，足够用来执行一个任务。

"一人五支。"她说。两人各自收好。

此时仍是黎明前，但云朵已在消散，在复古老照片般的昏暗光线下，沙滩上的黄褐色沙砾已隐约可见。一侧的海水与另一侧满壁枝叶的悬崖一样黑暗，拍岸的浪花以一种响亮而固定不变的"嗖——哗——"的节奏演奏着背景音乐，其间时不时点缀着来自丛林的尖锐的鸟鸣兽吼。

卡姆想，只有等船开近才能听到马达声，或者等船被拖到沙滩上时才能看到它。"我们要躲在哪儿？"

"那儿。"西耶娜领着他下到沙滩上。

他的小屋已经不见了，他留给她的字条也不见了。有三间小屋幸免于难，有两间还可以住人。第三间还连在支柱上，但已扭曲得十分严重，地板几乎歪成了对角线。

朱尔斯和卡拉培住过的地方只留下四根折断的支柱立在沙中，仿佛一张翻倒的桌子的四条腿。扎拉的小屋残骸堆叠在崖壁边——它整个被夷为平地，碎片落成一堆，看起来像有人在那儿清空了一盒子需要自行拼装的玩具小屋组件。

卡姆和欧文的小屋整个都被铲平了，连根支柱都没留下，连西耶娜之前藏身的浅沙坑也被冲得一干二净。卡姆呆望着那片空荡荡的沙滩，他得集中精神才能想起原来上面有一栋小屋，以及小屋的模样。西耶娜拿起遮挡的枝叶。天然的沙土地上有一处凹陷，卡姆看得出沙土是被挖空的。沙滩上没有堆积的沙土，显然她是一次运走儿袋子沙土才完成的。这个藏身处靠近南边的绳子，欧文就是把他拉到了这条绳子上才让他免于被大海吞噬。潜水训练时，假如唐尼没有在离岸的急流中游回来找到他，这片噬人的大海也早已将他吞没。

"我不能丢下他们就走。"卡姆说。

"什么？"

"我必须给其他队员跟着我们一起离开的机会。"

"你是说告诉他们我们要离开？我们没机会这么做。在我们离开一小时以后，他们就会知道得一清二楚了，好吗？如果我们幸运的话，他们会在我们离开两个小时以后再知道。"

"如果你想问为什么我得这么做，你完全有权利问。"

"是啊，我是想问，该死的你是不是疯了？！"

卡姆叹了一口气："没有为什么。"他对她的反应一点儿也不吃惊。在他意识到自己必须这么做的同时，他也明白她是不会同意的。

"这些人追杀过我，卡姆。追——杀。"

"他们不止一次救了我的命，连唐尼也不例外。"

"卡姆，你可以去找他们。就力量而言，我无法阻拦你——我的强化效果已经没有了。但是现在我有了补给，也不用再等你了。只要沃德和飞行员顺绳子爬上去，到丛林里的营地找你们所有人，我就要走了。"

卡姆一把抓住绳子开始攀爬，而西耶娜大声咒骂着，躲到了枝叶屏障后面。

大洋那一端，东方的天空已开始泛亮，卡姆的双手被绳索磨得生疼。他走到营地时，看见扎拉蜷着身子坐在清晨的火堆边。她咧嘴一笑。

"早上好，陌生人。我在想你到底跑哪儿去了。"

"我们得把男生们都叫起来。"

扎拉看了看周围："哇，我是唯一剩下的女孩。"

不，你并不是，卡姆心想。

她嘻嘻一笑：“别告诉别人我昨晚和五个男生睡在一起。”

卡姆没有等她来帮忙。他摇了摇沃利和欧文，直到他们都动了动身子。他没敢直接用手碰唐尼，而是拿起一根金属棍和切肉刀对敲起来。

三人都爬起身，恼火地抱怨着。沃利的红发支棱着，仿佛留了个莫霍克人的发型①。泰根抱着脑袋坐起来，对着火光直蹙眉。

“傻机？”唐尼朝卡姆瞪了一眼。有一只叮人的蚊子落在他裸露的胸口，他看也不看，迅速一拈指，捉住了蚊子一边的翅膀，捏碎了，再把这残疾的小动物往火里一丢，虫子向下旋进了火焰，发出"啪"的一声。“你到底要干什么？”

“我有些事要告诉你们。”他严肃地说，同时把刀收入鞘中。

唐尼耸耸肩，其他人等待着，睡眼惺忪，同样是一副懵懂无知的样子。

“什么？”沃利看到卡姆有所迟疑便问道，“你做了个吓死人的噩梦？梦见你快要死了？”

“我梦见的自己可没有这样。”

“真是个好梦，卡姆。”欧文饱含睡意地说，“可也不值得为了它吵醒所有人。”

“反正你们这几个懒汉也得起来了，”扎拉说，“暴风雨已

----

① 莫霍克人是指美国易洛魁联盟最东部的一个印第安部落的土著。莫霍克发型类似于马鬃，两鬓很短，中间长并且竖起。

经过去了。我们得去检查受破坏的情况。"

"听着。"卡姆说，"我并没有得绝症，也许我们中间没一个人得了绝症。"

大家沉默了片刻，随后唐尼说话了："告诉我，这不是你把我们叫醒的原因。"

卡姆深吸一口气。他不能把西耶娜的事告诉他们——他欠他们的，但是他也欠西耶娜的。

"我上次去实验室接受检查的时候，医生说我的病情没有恶化。"他说。

卡姆宣布的这个消息让大家惊讶得再次陷入了沉默；他自认为，这样的反应挺合时宜的。他心想，我引起他们的注意了。

"这是什么意思？"唐尼看起来既感兴趣又十分恼火，"别和我们瞎闹。"

"他们是不是用了个词，缓什么？"扎拉问。

"缓解"是他们已经学会忘却的一个词。沃德说，这里面包含着太多虚假的希望。只是这么略一提起，都让他们屏住了呼吸。这是他们想要听到的，比起卡姆所相信的正在发生的事，这样的解释更为简单，但这并不是真相。

"不完全如此。"卡姆说。

他们集体发出了一声叹息。

唐尼翻了个白眼："所以你会比我们中的某些人活得长一些，恭喜你。"

"我不认为我曾经生过病。"卡姆试探着说，"我认为是TS在要你们的命。"

　　扎拉一脸冷酷的表情，她感到脆弱时就会这样板起脸来：
"这可不是什么新闻，卡姆。不是 TS 就是恶性胶质瘤。要是
因为你与疾病斗争以来都没接受过强化，你就想让你自己好
受些，这没问题。不过，如果只是肿瘤比 TS 晚一个月杀死你，
别指望我们会为你欢呼。我们宁可像摇滚明星那样死去。"

　　"我可不觉得自己像摇滚明星。"泰根说着，双眼紧闭，为
了忍住痛苦而面孔扭曲，卡姆意识到他正在经历一次 TS 引发
的头疼。

　　"也许你们也没有生病，或者至少在他们给你们用 TS 之
前，你们没有生病。也许他们撒了谎。"

　　扎拉的脸都狰狞了，沃利摇着头。唐尼站了起来，用手
点着卡姆的前胸。

　　"听着，我们有一整队的医生，每人都有自己的私人实验
室——更不用说直升机和价值百万美元的游艇——他们每两
星期就会对我们进行一次复杂的医疗诊断。可是现在，不过
只有一个绝望、不肯面对现实的前运动员在给我们灌输一种
胡扯的阴谋论。别怪我们不相信你。"

　　一个身影猛地推开了避难所的入口，早晨的阳光照射进
来，他们都诧异地转过身来。

　　"那就相信我吧。"西耶娜说。

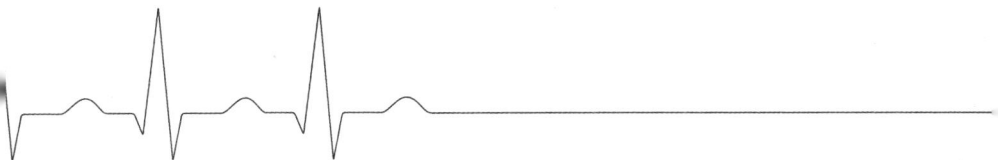

卡姆的歌单

30.《爆　炸》🔊
演唱：真见鬼
_____

31.《没门儿！》
演唱：钓鱼去
_____

32.《踩　水》
演唱：盲人给盲人指路

鼓儿咚咚响。

唐尼的表情就仿佛是见到了鬼。

"你们都认识我。"西耶娜说。这句话是一句陈述而非提问。她小心翼翼地观察着唐尼、欧文和泰根，手还扶在砍刀上，随时准备逃走或动手自卫。

泰根仍抚着头，一言不发，而欧文却做了个鬼脸，仿佛他刚吞下一只蜘蛛。不过，卡姆还真得佩服唐尼，他至少抑制住了自己的震惊并做出了回应。

"你就是那个和皮特一起掉下悬崖的逃亡者。"他谨慎地说。

她点点头。

"可你还活着。"

"我掉下悬崖却没死并不重要。"她说，"重要的是，尽管他们做了那样的诊断，我还是活了下来。"

"你是谁？"问这话的是扎拉。

"她是去年那个班上的。"卡姆说。

"去年那班？"

"TS-8。"

卡姆匆忙地解释着，七拼八凑起各种信息，有西耶娜的、他自己的，还有一些从阿里的笔记本里得来的。这并非易事。他说的许多内容都是推测，当他试图用话语表达出来的时候，有些内容并不互相匹配。但他们都听着——一个从亚马孙丛林里奇迹般出现的女孩成功地获得了他们的注意。然而，当卡姆急急忙忙、不时犯错地把自己的想法讲出来时，他们都开始露出迷惑不解的神色。

泰根看起来比之前更加痛苦，而唐尼与欧文都咬紧了牙关。他们曾经追杀过西耶娜——这是他们到达后的第一个测试，而西耶娜也警惕地盯着他们。她听从卡姆的恳求，给了他们一个机会，但显然并不信任他们。

最后，扎拉问卡姆："要是他们在我们身上做试验，为什么你没有用 TS？"

西耶娜替他做了回答，卡姆对此颇为惊讶。

"他就是那只不会被注射药品的小白鼠，每项试验都有这样的一只。我们也有类似的一个，他当时和我一起出逃，但没能成功逃脱。我受过强化，而他没有。"她的双眼看向别处，拼命眨眼强忍泪水。卡姆看得出，无论这个男孩是谁，她曾经和他是朋友，也许胜过朋友。

"我们没得到所有的答案，"卡姆说，"但是我知道他们在对我们撒谎。"

"也许是为了我们好，"唐尼反驳道，"你想过这一点吗？"

西耶娜有些不耐烦了："卡姆，我们没有时间犹豫了，我要走了，问他们那个问题吧。"

卡姆挺起胸膛，他已经尽力了。为了说服和他一起挥洒了数月血汗的队友，他已经拿出了自己拥有的所有权威，消耗了全部的信任。这一切都应该是有意义的。

"你们愿意和我们一起走吗？"他问。

没有人动弹。

"如果你们愿意，往前走一步。"他补了一句。

唐尼没有动。欧文对唐尼唯马首是瞻，也没有动。沃利和扎拉对视了一眼，摇了摇头。泰根只是抱住了双膝，同样没有回应。

"你们中间就没有一个人关心我们发现的真相？"

"只有关心是不够的，卡姆。"扎拉说。她听起来正左右为难，但还没有下定决心付诸行动。

唐尼双臂交叉。"我才不会因为某个吓破了胆的女孩，把自己困在树林里好几个月，并认为组织要追杀她，就白白丢掉在生命的最后一年里当超级英雄的机会。沃德派我们去找她的时候就告诉过我们，她正试图让我们的使命付诸东流。根据我目前听到的内容来看，他是对的。"

卡姆痛苦地抱怨道："我知道有些事不对劲，听我的吧，我们是同一条战线的，我们是队友，我们是朋友。"

"据我所知，你最近刚失去了你所有的朋友。"

卡姆环视周围。唐尼说得对。阿里，不在了；卡拉培，不在了；朱尔斯，也走了。他被孤立了，没受过强化，说得好听点儿就是队伍的薄弱环节。所有人都陷入了一种令人难堪的寂静。

最后，欧文说话了。"我认为卡姆说的有点儿道理。"他试探着说。

卡姆很震惊。唐尼也很震惊，他狠狠地瞪着欧文——跟班居然敢破坏"团结"局面，仿佛他一张口就背叛了自己。

"这里面有些事说不通。"欧文接着说。

唐尼打断了他的话："伙计，我们应该在一条战线里。你和这个家伙待了一个晚上，就和他狼狈为奸了，还是怎么着？"

"我不过是也有关心的事。等沃德一回来，我就会向他问些事情。"欧文瞥向卡姆，寻求他的支持。

但是找沃德谈话并非卡姆心中所想，现在轮到卡姆不应声了。他此刻的沉默弥漫在空气中，同他请团队成员拥戴他时遭遇的集体沉默一样凝重。

"我们能做的都已经做了，卡姆。"西耶娜悄声说。

他也看得出她说得没错。他跟随西耶娜退出了避难所，欧文见状，脸上露出一副受伤的表情。两人钻进茂密的林木丛中，朝着南边的绳子奔去。

西耶娜首先到达悬崖边，并催促卡姆快一些，这样他们能在别人到来之前往下攀爬，悄悄躲进她的藏身处。但他们已经太迟了。

"船！"她指向一艘破浪朝沙滩开来的苏迪亚克。船上载着两人，是沃德和飞行员，这点毫无疑问。"太迟了。我们回去，再……"

"哦，不……"卡姆将她的注意力引到崖壁上通向营地北侧的短绳。唐尼和欧文正顺绳而下去见沃德。

西耶娜瞪着卡姆："他们会把你的事告诉他，还有我的事。"

卡姆能看出西耶娜正在心里重新估算，当她意识到自己的逃跑计划已经泡汤时，她的脸沉了下来。

"我很抱歉。"卡姆说。这句话听起来很无力——在破碎的希望面前，单纯的空话是如此没有意义的表态。

"我本来可以不管你自己逃走的。"她这话不但是对自己说的，也是对卡姆说的。"补给无人看守，你们都在悬崖上方。沃德和飞行员会把船留在沙滩上，到上面去找你们。我真是太傻了。"

"你并不傻，你只是关心我。"

"关心你？我连你是谁都不清楚。"

"你相信我是一个好人，而我相信我的队友是好人，他们加入这个队伍只是为了行善。我们都是这样。"

"我现在只想回家。假如我没有生命垂危，我想活下去。"

"也许他们会放我们走，给我们一个新家和假身份。"

西耶娜严厉地瞪了他一眼，谴责他实在太幼稚："你真相信这些？"

"我死去的队友都是自愿冒险的，我从未见过他们杀害任何人。"

唐尼和欧文已经往下方的沙滩去了，卡姆惊诧于两人能如此迅捷地摆动着攀下绳索，他们的步伐大而有力。额外的 TS 药剂在他们的血管中涌动，强化着他们的肌体，远超大自然的设计。卡姆想象着 TS 药剂就像廉价音箱一般在他们脑中震动。

两人在拍岸的浪花中与沃德碰了头，飞行员正在把苏迪亚克拖上岸，他们在哗哗作响的浪花声中大声说话。卡姆把身体探出悬崖，费力地听着。他们的声音几不可闻，真是让人抓狂。

按说沃德和飞行员看到暴风雨肆虐后的景象，应该格外惊讶才是，但他们并没表现出来。他们只不过朝小屋看了那么一眼。卡姆心想，他们认为小屋是可替代的。碉堡毫发无伤，就像一块落入沙子里的难看的方砖，映衬着看起来还挺美丽的赤褐绿三色交织的悬崖。卡姆仔细地观察着，沃德正在向两名队员中的假定发言人——唐尼问话，是一些简短的问题。他看到唐尼指向南边那条绳子。他们正在谈论自己，也许还有西耶娜。卡姆俯下身，伏在灌木丛中。最后，沃德转而面向欧文。

欧文开口了，哪怕隔得很远，卡姆也能看到沃德的神情变得悲伤起来，一副听天由命的模样。欧文正在向他提问，问那些难以回答的问题、卡姆的问题、谴责性的问题——它们与团队的原则并不完全相符。飞行员在一边旁观，神色严峻。终于，他示意沃德走到一旁。沃德略作迟疑，接着又与他争论了一番，但最终，他还是退到一旁。

卡姆听到了一声闷响，欧文的问题戛然而止。欧文低下头，一脸迷惑，接着就瘫软下去。

唐尼以惊人而又出乎意料的速度在欧文倒下之前接住了他。卡姆心想，这就是被强化后的反应时间。从这么远的距离，他无法知道具体发生了什么，但当飞行员面对唐尼时，欧文无力的身躯垂在他们之间，仿佛一面盾牌。飞行员才略一迟疑，唐尼便将欧文抛了过去，他被增强的力量让他能将沉重的身体抛起，仿佛那不过是个充气假人。飞行员身体向后倾斜，脚后跟撞上了苏迪亚克的浮筒。欧文的身体撞上他的前胸，飞行员身体一斜，失去了平衡。他的双臂一阵旋转，接着就重重地摔回了船里。

欧文一动不动，就这么倒在浪花中，被海浪推上沙滩的同时翻了个身。

"他们打了他一镖！"卡姆惊呼。

唐尼发足狂奔。沃德追赶着他，但唐尼以非人类的速度飞奔过沙滩。强化后的速度，卡姆想。沃德顿时停止了追赶，飞行员则费力地从船里爬出来，掏出了他的步话机。

"南边的绳子！"卡姆朝唐尼喊着，"这儿！来这上面！"

"来了更多的船。"西耶娜说。

又有两艘苏迪亚克快速绕过南方的海湾朝这边驶来，卡姆见状打了个寒战。上面载着些黑衣男子，显然，飞行员刚才用无线电联络了他们。有那么一刻，卡姆在琢磨，是否在整个培训过程中,他们都一直埋伏在海湾的那边,每天等待着有人因突发紧急情况或万一有人问了太多问题而呼叫他们。

"快跑,唐尼!"卡姆在绳子的顶端大喊。他意识到自己正在为自以为痛恨的那个男生加油。

唐尼从卡姆的小屋所在的空地前飞奔而过,把已开始追赶他的飞行员远远甩在后面。唐尼跳起来抓绳子,在半空中抓住了它——离地足有 3 米多高。当飞行员仍陷在厚重的沙子中跌跌撞撞地沿沙滩前进时,他已经双手交替向上攀爬。飞行员停下脚步,扫视崖顶。他正在寻找余下的队员们,卡姆心想,他在考虑是否我们都在瞧着这一幕。

唐尼上升得极为迅速,看起来就仿佛他是沿着崖壁慢跑而上。卡姆朝他伸出手去,在他快到达顶端时,一把抓住他的手,将他拉了上来。

"发生了什么事?"卡姆问。

唐尼没有回答,只是站着,目看卜方的海滩。当另内艘船靠岸时,他惊讶地瞪大了双眼。

卡姆突然生气了。尽管唐尼比他魁梧,还受过强化,他也要与这个队友对峙。"为什么他们要用飞镖打欧文?你为什么把他丢在水里不管?"

终于,唐尼转过身来,卡姆看到他的双唇正轻颤着。"他们并不是用飞镖打的他。"唐尼结结巴巴地说,"他们朝他开枪射击,他死了。"

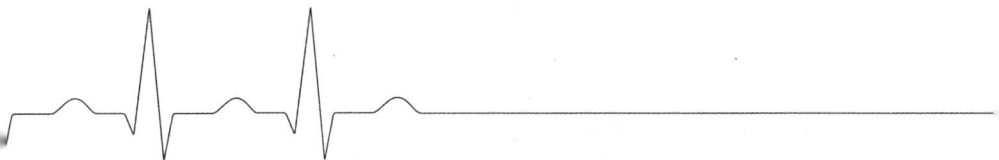

卡姆的歌单

31.《没门儿！》 🔊
演唱：钓鱼去

32.《踩 水》
演唱：瞎人给瞎人指路

33.《这只小猪》
演唱：吱吱叫的轮子

不想，也不会。
哈玛——哈玛——哈玛。

西耶娜一砍刀落在绳子上，利落地把它切断。绳子向下落去，盘曲着掉到了沙滩上。下方，后到的两艘船上的人正在向沃德和飞行员那边聚拢。其中若干人配有来复枪，不过他们并没有用枪瞄准悬崖上的人，目前还没有。

"我们得走了。"西耶娜对卡姆说，"他也来吗？"

"唐尼，你跟我们来吗？"卡姆问。

唐尼点点头，他们开始穿行于灌木丛中。三人很快就来到第二根绳子旁，西耶娜砍断了它。下面的人已呈扇形散开。卡姆数了数，有四把来复枪，还有飞行员的一把手枪。

扎拉的脑袋从悬崖边第三根短绳所在的枝叶中冒了出来。她认出了三人，但没出声，只是用口型问："见鬼，怎么回事？"

卡姆指了指她所在的绳子底下的一个黑衣男子。他脸上带着友好的微笑，向上朝她挥手，并开始攀爬。

"把绳子砍断。"卡姆也用口型回答她，同时做出一个拉锯的手势。随后他意识到扎拉只有一把尖嘴小刀。她弯下腰来开始锯绳子，并把自己给暴露了。卡姆看到，沙滩上那伙人中有一名男子正屈膝用来复枪瞄准她。

"不！"

忽然从林中飞出约一米长、人脑袋那么粗的圆木——这是避难所里果树的主干。它在空中翻滚着，沿着一条缓慢而又松弛的弧线向下落去。那名男子正专心致志地向扎拉瞄准，没有看到这根圆木。圆木击中他的肩膀，发出一声巨响，他应声倒下，像个胎儿似的蜷缩。另一名男子跑向他，但并没有伸出援手，只是捡起掉在沙中的枪，又开始向扎拉瞄准。但他对有可能飞出来的圆木过于警惕，瞄准时，他的注意力有些分散，所以他第一枪只打中了扎拉双手下方的岩石。

卡姆惊异地发现，扎拉居然笑了。随即他看到她切断了绳结。一直在攀爬的男人也看到了，他停下来，并开始往下爬。卡姆觉得，这一幕真是太怪异了，因为这人越往下爬速度越快。他手里仍抓着绳子，但绳子却已不再悬挂在悬崖上，它与男子一同落下，软软地被抓在他手里，人与绳子一同摔在沙滩上，快得令卡姆蹙额。男子尽力双脚着地，但是他的双腿随之垮了下去。卡姆目睹过太多球场上的伤情，这名男子以后再也无法正常行走了——他的双膝彻底摔毁了。

黑衣人越聚越多，枪也越来越多，而卡姆他们也没有时间再站在毫无遮掩的悬崖上了。扎拉瞥了卡姆一眼，卡姆示意她回到避难所去。她甚至没有停下来点头示意，就再度一头扎进了树丛中。

卡姆和西耶娜催促着唐尼穿过树丛回到避难所中，其他团队成员都站在里面，脸色凝重。沃利一遍又一遍地呻吟，仿佛有人在回放他的声音。

"这真是太糟了，太糟了，糟——透了。"

唐尼垂着脑袋，连连摇头，不敢相信刚才发生的一切。扎拉正喘着粗气，唇角扬着一抹满意的微笑。泰根抱着头。卡姆立在一旁等待，片刻之后，他意识到他们都在盯着自己。

"我们现在该做什么，僚机？"扎拉问。

正当他回答不上来的时候，西耶娜在他耳边悄声说："进丛林。他们几分钟后就会上来。"

"你来告诉他们。"卡姆说。

"现在这是你的团队了，卡姆，你是队长。"

他明白她说得没错。他们都在等待自己发号施令，并不指望扎拉或唐尼。卡姆是正确的，而不是他们，且他们中无人认识西耶娜。他们只会跟随"僚机"卡梅伦·科迪——卡姆。

"糟——透了。"沃利继续呻吟着。

假如卡姆不马上把他们带离营地，事情就真的要像沃利说的那样子了。

"进丛林！"卡姆下令。

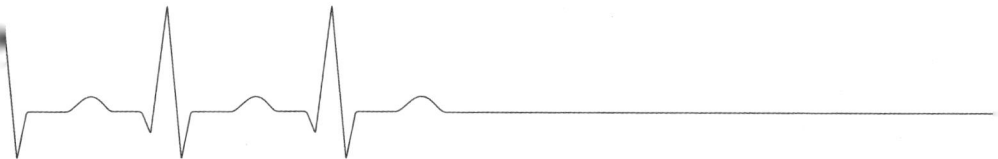

卡姆的歌单

32.《踩 水》◀))
演唱：盲人给盲人指路

33.《这只小猪》
演唱：吱吱叫的轮子

34.《飞》
演唱：畏惧

沉没还是浮游？算不上什么选择。

　　起初，他们行进的路线还是熟悉的区域——是他们曾经和沃德以及飞行员一起训练躲避彩弹的地方。森林刚被暴雨浇透，他们在潮湿的灌木丛中穿行，不久便全身都湿透了。他们动作迅速，但跑不起来，因为地形不允许。他们经过某些地方，西耶娜就会指出自己曾经藏身的地方。

　　唐尼已经遁入了自己的内心世界，不断地咕哝着："我错了，大错特错。我真是个蠢蛋。"

　　卡姆听任他消沉。他是个蠢蛋，而且他的确搞错了。

　　走过训练场，灌木浓密起来，没有路了。他们爬过遍布荆棘的灌木丛，攀到树上，结果却发现必须原路返回。队伍前进缓慢，卡姆是走得最慢的人之一。卡姆和西耶娜没有强化能力，以及头疼不止的泰根，得勉强才能跟上。西耶娜很肯定他们已经被追踪了，只不过是距离问题。假如能到达某个看起来像文明社会的地方，他们六人肯定马上就会违反"不可违反"的规定。沃德和飞行员是不会让这种事发生的。卡姆寻思了好一阵，假如他们承诺从此销声匿迹，就像朱尔斯之前一样，又会怎样。不过现在说什么都太晚了。在事情无法挽回之前，她已经做好了交易，这样对她也好。当然，假如他们离文明社会十分遥远，组织完全可以放任他们在丛林中四处游荡，直到被豹子给吃掉。

"落水洞到了！"沃利大声宣告。

卡姆赶上队伍，站在池边。他再次惊叹于这个拥有平静无波的蓝色洞底的深坑——如同从森林中切割出的一片怪异的空旷空间。他曾紧急降落在落水洞边的巨大木棉树上，与他们满口哲言警句的私人教练碰面，这仿佛已经是很久以前的事了。沃德乐于助人，向人传授技能并提供指导，但卡姆对他的初步印象还是他挥舞砍刀时的样子。如今瞥到西耶娜从沃德那里拿走的砍刀，他感到了一种不可思议的安心。

他们满怀崇敬之情站在落水洞边，在逃进森林之后，终于可以好好喘口气；这片大自然壮丽的奇景罕有地结合了宁静与宏伟，唤醒了他们对崇高力量的信仰。在这景象面前，他们感到自己无比渺小，这时，泰根突然呕吐起来。

泰根上一顿吃的东西落入水中的声音，破坏了沃利的心情。

"兄弟，你干吗要吐在这么天然这么纯净的水里？"沃利抱怨道。

"抱歉。"泰根边咳边跪在地上。卡姆的大块头队友双手抱头，粗壮的手指紧紧搥着他的棕色鬈发。只见他的脸扭曲起来，一把拽下两大绺头发，仿佛他试图扯下来的是要钻进他脑袋的几条蛇。

卡姆在他身边跪下，单手抚着他的背，泰根抬起头来，他的双眼混浊，眼神涣散。

"嘿，嘿。放松点儿。"卡姆试着宽慰他。

"之前是我抛的圆木。"泰根悄声道。

"我猜就是你。"卡姆柔声说。

"女孩子们通常不会注意到大个子。"

他说的是扎拉，想知道自己是否给她留下了深刻印象，似乎没有注意到此刻扎拉就站在他身后。

"我想她注意到你了。"卡姆冲他眨眨眼。

泰根的嘴角扬起，露出一半像笑容、一半像鬼脸的表情，几乎像是在微笑，可是他的嘴却让他笑不出来。

"我们得继续赶路了，哥们儿。"卡姆试着把他扶起来。泰根单膝着地摇晃着，重重地坐了下去。

"他已经神志不清了。"西耶娜说，"是 TS 药剂引起的副作用。他用药有多久了？"

"他是我们中用药时间最长的。"扎拉说。

"而且最近还加大了剂量。"卡姆补充道，"这是不是让情况更恶化了？"

西耶娜耸耸肩："他看起来病得不轻。"

"这话是什么意思？"

"我不知道！"她没好气地说。

沃利朝附近的一棵树踢了一脚："应该是你来告诉我们，我们的脑子会变成什么样。"

"我并不知道到底药剂是怎么发挥作用的。很痛苦，好吗？我那时候也开始头疼，但不像这样，后来我就停药了。"

泰根伸出手，挽住卡姆的臂膀，把他往下拉到自己身边。虽然他状态这么差，但仍然很强壮。

"我尽力了。"泰根说。他的眼神已变得茫然，上下忽闪的眼睑下方，眼珠乱转，面部则由于头部的剧痛而扭曲。

"我知道你尽力了。"卡姆回答。他给了泰根一个男人的拥抱——头各侧向一边，只用单臂相拥，并轻快地拍一下后背。

但泰根抱住了他，紧紧不放："我的头很疼，爸爸。"

卡姆的心都跳到了嗓子眼儿。他强忍泪水。其他成员都惊呆了，只能静静地注视着。卡梅伦，处理好这件事，卡姆对自己说。他抚平泰根扯乱的头发。"儿子，我为你自豪。"他说，"非常自豪。你表现得很好。"

泰根与他拥抱了一会儿。当卡姆终于松开怀抱时，大块头看着他，露出古怪的神色，有一瞬间认出了卡姆。

"你们可以走了。"他说。

他重重地瘫倒下来，卡姆扶起他，让他背靠在巨大的木棉树上。卡姆站起身来，脸朝向他的团队。他们在等他做出决定。

"我们不得不让他留在这儿。"

沃利听罢，发出了一阵含糊的咒骂声，扎拉似乎有话要说，但他们都没有表示异议。他们知道卡姆是对的，片刻之后，他们留下了大块头队友，绕过落水洞前行。

不久，他们就来到了落水洞的另一头。扎拉第一个朝洞口回望，她急促地嘘了一声，发出警示。

"有枪！"

她用训练时学到的方式，用胳膊肘指着危险所在的方向，向大家示意。他们一边俯身隐藏，一边回身看去。有一个男人站在泰根倚着树的身体旁边，手持一杆来复枪。除了西耶娜，所有人都迅速爬到落水洞边一棵被连根拔起的大树后面。大树倒在地上，如同瘫倒的巨人。由于没有强化剂，西耶娜反应迟钝了几秒，等到那个男人用来复枪瞄准她时，她仍站在空地上。

"别动！"那人用英语大声喊。他瞥了一眼挂在腰上的对讲机，他显然想请求增援，但又不敢把双手从枪上撒开。

西耶娜静止不动，她可跑不过子弹。卡姆咒骂一声站了起来。

"这就对了。"男人看到卡姆站起来便说，"其余的人也走出来，没必要再惹麻烦。"

卡姆走上前去，站到西耶娜身前。但他并不是去陪她一起站着，而是顶替她的位置，把她往枯树那里推去。

"待在原地别动！"男人冲西耶娜大吼，但枪口还对着卡姆。

"我还在这儿。"卡姆说着，以争取足够的时间让西耶娜隐蔽起来，"要协商，有我就行了。让我们从基本信息开始谈起，我们压根儿不清楚你到底要干什么。"

"派给我的任务是把你们安全地带回去。之前发生的事，显然是场很大的误会。"

"用枪确保安全？"

"他们告诉我们你们都很强，训练有素，很危险，你们在沙滩上的表现证明了这一点。我们已经有两个人倒下了。"

"你们为什么要开枪打哥顿？"卡姆喊道，想试试他到底知不知道他们的名字。

"哥顿攻击了你们教练员的上司。"

上司？卡姆心想，飞行员和沃德之间的领导关系从来都不明确，现在总算清楚了。

"他在撒谎。"唐尼低吼着，"欧文根本没动。"

"年轻人，你的名字叫什么？"男人冲卡姆喊道。

"泰根。"卡姆说，"要是我就在你身边，我会抓住你，好让我的朋友们脱身。"

"可你不在这边。"男人说。

看到泰根动弹了一下，卡姆开始心跳加速。他的大块头队友缓缓扭转身体，用粗壮的大手一把抱住了那人的双腿。

"嘿！"男人痛苦地尖叫起来。他挣扎着，用枪向下砸泰根的手臂。泰根用尽身上残存的力气紧紧抱住不松手。

他出众的臂力已然衰微，然而还是能够转身一把抱住并折断男人的双腿。男人倒了下去，枪也响了，但枪口指向的是松软的土壤，只发出一声闷响。男人与泰根就地翻滚，最后一齐坠入落水洞。下坠了约 6 米之后，他俩激起了水花，就像泰根刚才的呕吐物一样。

男人浮上水面，喘着粗气。枪不见了，泰根也不见了。大家从树后缓步挪出。

"当心。"卡姆提醒他们，"万一有其他人出现，随时准备隐蔽。"

男人在水中挣扎，抬头盯着他们看。卡姆能看到他伸手去够腰上的步话机。不过它也不见了。

"其他人是不是不久之后也会朝这边赶来？"卡姆朝他大喊，"说真话，不然我们就让你沉下去。"他示意沃利，后者从地上猛地撬起一块哈密瓜大小的石头举起。

男人迟疑了一下。"是的。"他说。

"那我们就把你留给他们来救。"

那人四处张望："等等！我要怎么上去？"

"靠你的同伙。"卡姆回答。

男人露出痛苦的表情，他审视着光滑的岩壁。"我不太会游泳！"他大喊。

"我们会把绳梯留给你。"卡姆说。

可他转身一看，扎拉已经把绳梯砍断了。它掉进了那片蓝色的水面中，如逃逸的游蛇般一扭，然后沉了下去。男人挣扎着，试图脱掉他沉重的靴子，但鞋带都已湿透，每次他向下去够，头就往下沉。

卡姆伸手去拿自己的绳子。

"没时间了，卡姆。"西耶娜说，"很可能他们还有更多人马上就要赶来了。"

卡姆双眉紧锁。

西耶娜一只手搭上他的胳膊。"如果他说的是真话，他会没事，这样还能帮我们拖延时间。"

"他说的话决定了自己的命运。"扎拉说。

"那要是没有人马上赶来呢？"卡姆不赞同地冲她摇摇头。扎拉把用来砍断绳子的刀收入刀鞘时，双眼一眨不眨地回瞪着他。他没有时间和她为此事对峙，因此，他只是带着他们离开落水洞边，重新朝丛林走去。

他们转身要走的时候，沃利冲着男人大喊："伙计！你要是撒了谎，你就完蛋了！"接着便抛下那块石头。石头落水的地方离男人很近，水花飞溅到他脸上。随即，石头就像所有不幸掉入一个偏僻、与世隔绝的落水洞中的物体一样，落入深处消失了。

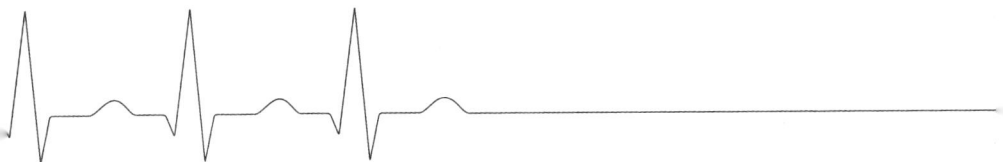

卡姆的歌单

33.《这只小猪》🔊
演唱：吱吱叫的轮子

34.《飞》
演唱：畏惧

35.《告发你》
演唱：击鼓少年

小不点儿，小不点儿，
回家的路在哪里？

"我们要去哪儿，卡姆？"扎拉问。

"去实验室。"

整个团队无一例外都对这个决定惊诧不已，但西耶娜的表情最为难过。

"你开玩笑的吧？"她生气地脱口而出。

"那里是我们唯一知道的丛林之外的地方。而且他们在那里肯定有地面交通，或至少有通信方式，与外界相连的那种。"

"是呀。"沃利满脸讥讽之色，"我们是不是要飞过去？我是被强化了，可我还没长出翅膀来。"

"我认为没那么远。"

"你怎么能这么说？我们去那边要乘着直升机飞一个小时呢。"

卡姆从口袋里掏出阿里的日记本。"你们记得格温很善于辨别方向吧？这是她的特长，对吧？她能通过计数来得出时间。她告诉过阿里，坐过几次直升机去看医生之后，她就开始计算旅程到底需要多长时间。每次面对太阳，她都能透过眼罩看到阳光。当她发觉每隔几分钟，光线就会透进来，她就揣测出……"

"……在绕着圈飞。"扎拉替他说完了这句话，"聪明的女孩。"

"是的，她的确聪明。"卡姆语气带着悲伤，"很可能飞行员绕圈飞行，就是为了让我们意识不到这处设施有多近。格温计算好了时间总长，减去了我们绕圈的时间。经她估计，飞行时间只有不到 5 分钟。她通过太阳的方位确定，当我们不绕圈的时候，直升机主要是在朝西飞行，向内陆飞。"

他们听得目不转睛，如同沃德给他们开吹风会时那么专心致志，他们被强化之后的精神集中力，既求之不得又有点儿令人胆怯。

"我们知道起飞点位于营地南方的那块林中空地，大约要乘船走 5 千米。"卡姆继续说，"而直升机的中等飞行速度大约为每小时 190 千米。"

"你是怎么知道的？"沃利问。

"仪表板。我被空投到这里之前，从上面看到的。"

"啊,你还记得那个?"

"是啊。"卡姆耸耸肩说,"假如我们乘直升机以每小时190千米的速度飞行5分钟,大约也就飞行了16千米。"

"可是要穿过丛林。"西耶娜提醒他。

"我可没说这会是轻松的十几千米。"

"等我们到了那里以后呢?要怎么做?"扎拉问。

"我不知道,我还在想办法。"这句话似乎安抚了他们。自从他对实验室的所在地做出令人钦佩的分析后,虽然他缺乏长远的计划,他们也愿意宽限一些时间给他。在他们跋涉的同时就有时间进行思考,卡姆对此心怀感激。他并没有所有问题的答案。他心想,我只是个僚机,我不是队长,像阿里那样。飞行员在招募他的时候都已经这么说了。

扎拉指着西耶娜说:"你怎么没试过徒步穿越丛林?"

"丛林这个鬼地方。"西耶娜答道,"才不像自然频道播放的那些科普节目说的那样呢,丛林又危险,又脏,还让人毛骨悚然,有凶残的猛兽和你手掌那么大的虫子。连植物都能抓住你,割伤你,毒倒你。"

"你不是个大自然爱好者,我看出来了。"扎拉说。

"此外,我们还可能迷失在里面,一直到死。"

"我们不能往回走。"卡姆说,"现在正是时候,你得告诉我们为什么你没有徒步走出丛林。很显然,你留在这里是有原因的。"

"我考虑坐船逃走,这个选择看起来更好。"

"为什么坐船比穿越丛林更好?"

西耶娜面露恼怒之色，不过她最终还是翻了个白眼，解释起来。

"听着，当时我得蹚水过河，突然听到一阵水花声。我吓死了，就后退爬上一棵树。我在上面待了大约 20 分钟后，以为自己只是犯了傻，就往下爬。可我的脚才一落地，一头巨型短吻鳄就从水里冲出来。假如我当时药性已退，它很可能就把我给吃了。后来整个晚上我都躲在树上。"

她的表情尴尬极了。卡姆心想，无论是谁都会害怕的。随即他想起潜水训练中，他以为自己要被一条鲨鱼吃掉时，自己都被吓尿了。她的表情里包含着同样的羞愧，也许更严重一些。他随即意识到，她吓得失禁了。

"这一带没有短吻鳄。"卡姆说，试着把讨论变得更加专业一些，"应该是一头凯门鳄。"

沃利闻言大笑起来："就是水族馆里的那种小东西？"

"凯门鳄是短吻鳄的一种，能长得很大。"

"有多大？"沃利问。

"我不知道。"西耶娜烦躁地说，"长得够大了。比我大。当时我就和那该死的家伙一起待在水里。"

"3 到 4 米。"卡姆说，"不过它们能长到 5 米长。"

"你怎么知道这么多？"沃利一边摇头一边问。

"我猜是我比较注重细节吧。我还记得西耶娜所不喜欢的自然节目中讲的相关趣闻。"

"这么说来，你是吓破胆了？"扎拉对西耶娜说，"这就是你逗留在营地附近不走的原因？"

"对啊，我吓破胆了，好吗？你不怕吗？反正现在说这个也没意义了。我又没抢到船。"

"是的，"卡姆说，"我们没抢到，所以我们得继续往前走。你要在我们到达河边的时候，告诉我们你是在哪儿撞上了你的爬行动物朋友。"

团队再次出发，在丛林茂密的下层植物丛中，他们的进度只能以米而不是以千米来计量。在能够真正停下来稍作休息前，他们必须将自己和营地之间的距离再拉大些。卡姆侧耳细听，找寻直升机机翼转动的声响。他没有听到这种声音，但是为了安全起见，他们已经避开了空旷地带，在西耶娜痛恨的一片片荆棘密布的灌木丛中缓慢穿行，靠她的砍刀为他们开辟出一条路径来。这让行进的速度更加迟缓了。

最后，他们爬上一座可供他们俯瞰身后几百米的小丘，在一条溪流边稍作停留。大家已经精疲力竭。至少卡姆已经精疲力竭了，看样子西耶娜也不例外。他那几个被强化过的队友似乎很快就缓过劲儿来，但仍然忠诚地等着卡姆和西耶娜休息好。

"卡姆，"西耶娜私下对他说，"既然我们现在有点儿时间，我还有更多的坏消息得告诉你，必须马上处理。"

"棒极了。我正觉得形势喜人呢。"卡姆给自己加油鼓劲，"说吧。"

"他们在追踪我们。"

"这又不是什么新闻。"

"不，我是说他们真的在追踪我们，通过卫星。"

"可我们一直待在树冠下面。"

"他们在我当时的队员身上都植入了GPS装置。我敢打赌，他们也对你们做了同样的事。"

"植入？"

"皮下，你知道它的意思吗？"

"在皮肤下面。"

"你在接受医疗检查的时候，他们有没有往你身上注射什么东西？"

卡姆摇摇头，可他的手游移到了自己臀部被恶狠狠地打了一针的部位。那里还有一个微小的肿块，他原本以为不过是疤痕罢了。他开始觉得心里有些发毛。

"扎拉，"他问，"你就诊的时候，医生有没有给你植入什么东西？"

她疑惑地看向他，可她的手马上就移到自己那完美的臀部上。

"不需要回答了。"卡姆说。他再次转身，对西耶娜说："这么说来，他们知道我们的精确位置？"

"很有可能，包括我们朝哪个方向去，谁落下了。他们就是这么追踪我们这些TS-8服用者的。"

"好极了，那我们应该如何……"

"必须得弄掉它们。"她打断他的话，拉起袖子，露出肩上一块凹凸不平、红白相间的狰狞伤疤。"你们还是幸运的。"她说，"我当时连把刀都没有。"

卡姆也不愿意去想象她当时用了什么才把装置弄出来。

他抽出自己的砍肉刀，这个能用，不过扎拉也有一把刀，而且她的更锋利。"有多大？手表电池那么大？"

"还要小一些，我的是气枪子弹大小。"

"你确定？我可不想扎破沃利的屁股，却发现搞错了。"

"我什么也不确定。不过我们得割破某个人，验证一下。"

卡姆四下看看，找寻可能的候选人，某个尤其是最后没有任何发现，也不会抱怨自己屁股被扎破的人。扎拉不行，唐尼不行，沃利肯定也不行，而西耶娜身上已经没有 GPS 装置了。他的队员们都回看他，这个选择就很明显了。

"我来吧。"他最终对西耶娜说，"用扎拉的刀，不过你来动手，我可不想被她大卸八块。别扎太深伤到肌肉，我还得继续行走。"

西耶娜摇摇头，说："我撕开自己皮肉的时候，差点儿痛晕过去。我可不想给别人再做一次。"

卡姆做了个鬼脸："还是扎拉来？"

"恐怕得这样了。"

他把大家召集起来，解释了一下情况。他们神色严肃，没有发笑，像他原本以为的那样。他们都很紧张，担心要是在他的臀部发现什么，就得轮到他们自己了。更糟的是，更多的人可能会带着枪赶来，并且精确地知道他们的位置。

卡姆跪在地上，脱下裤子，扎拉拿起刀站在他身后。他让她先试着把东西挤压出来，结果并不奏效，不过在触摸一番后，扎拉确定某块皮肤下面的确有某种坚硬的异物。只见她迅速地一刀切开皮肤。

"啊！稍微提示一下啊?！"

"我不想让你的肌肉紧绷起来。"

"这么做会留疤的。"沃利说，可没有人发笑。

"可惜了。"扎拉补了一句，大大咧咧地审视着卡姆，"这个屁股长得很可爱啊。"

卡姆感觉到扎拉的手指在皮肉中摸索，露出了痛苦的表情。接着她猛拍他一下："行了!"

她把掏出来的东西放在掌心里。这是一片面积只有铅笔芯那么粗细的扁平磁盘，比气枪子弹还小，由金属和塑料制成——很像一块电脑芯片。它的表面突起了一些细小、锐利的尖钩，用于固定。"一个注入型的定位装置。"她大声宣布。

卡姆吹开垂在眼前的长发，面露忧虑之色。"这意味着我们得快点儿了。"他说，"大家排好队。"

扎拉履行起职责来。她已经成功了一次，而且他们也没时间可以浪费在争论上。很快，当最后一个芯片被取出来时，队里的每个人都流血了，不过卡姆手里多了四个芯片。

"要不要砸烂它们?"沃利问。

"不。"卡姆说，"我们应该利用它们。"

"怎么用?"

"帮我找一根木棍来，"他说，"我们可以把芯片绑在上面，再把木棍丢进溪水里。水带着它们往下游流去，他们会以为我们在沿河而下。"

扎拉摇摇头。"然后回到我们的出发地? 小溪会流入营地附近的海湾，这么做没法拖延很长时间。我们应该回到落水洞，把芯片都丢进去。这样，他们就会认为我们集体自杀了。"

"就像吉姆·琼斯。"卡姆低声自言自语道。

"他们就得花好几天时间来打捞根本不在水里的尸体。"

"太冒险了。"卡姆说，"他们已经在那里找到我们一次了，而泰根的追踪器正把他们往那儿引。再说，这么做等于是放弃我们已有的稍许领先优势。"

一只鸟从上空冲着他们呱呱大叫，惊得他们全体隐蔽起来。"闭嘴，臭鸟！"沃利大吼，又朝它丢出一根烂木棍。

卡姆细看那只鸟。它的白色双翅和身体与黑色的头部形成了强烈的反差，带蹼的脚爪表明它们更喜欢待在水里而不是抓握树枝。具有欺骗性的略小的喙和一个大嗓门。应该是某种海鸥，卡姆心想——就是那种经常光顾老家贝灵汉海湾码头，还在海岸餐馆后争抢食物碎屑的那种鸟的南美表亲。

"西耶娜，"卡姆问，"我们的背包里有没有海鸥会喜欢的食物？"

卡姆的歌单

34.《飞》 🔊
演唱：畏惧

35.《告发你》
演唱：击鼓少年

36.《伟大，伟大》
演唱：水上飞机

乘着那股上升气流。飞翔……

　　几分钟后，海鸥飞走了，它肚子里装着四个追踪器。卡姆并没有直接把追踪芯片藏在饼干里。当海鸥振翅向下，朝食物飞去时，扎拉照他的吩咐跳了上去。她蹲在离诱饵不到一米的地方，然后像陷阱蛛一样蹿了出去，单手抓住海鸥的一只脚。她出手迅疾、精准，卡姆不禁庆幸，自己再也不用在沙滩上与她搏斗杀出一条血路来。等到抓住海鸥，他把小巧的芯片一个接一个地塞进鸟嘴，再喂下一小口饼干，确保芯片被咽了下去。之后，他们驱赶着这疯狂大叫的海鸥，让它快飞走。

　　这法子行得通。海鸥四处飞翔，不会在树上长时间逗留。

事实上，它可能只在前往或者离开海岸或落水洞的途中，在河边稍作停留。卡姆笑不出来——他们的处境太危险了——不过，一群人乘着船举着枪围猎海鸥的画面却让他想要发笑。

此后，他们又徒步走了一个小时，并与原来的路线保持45度的斜角，以防有人正在定位他们前进的方向。卡姆受过强化的队友们继续为他和西耶娜控制着行进的速度，他对此很感激。丛林的地形时而易行，时而难走，完全取决于下层植被的茂密程度。他们还曾让沃利爬上树去尽力远眺，他看见了他们身后的大海，但是前方却只有一片绿色。西耶娜认出了这块区域，这是她曾经自个儿到过的最远的地方。曾令她心生恐惧的那条暗褐色河流在树下四处流淌，完全不受河岸的约束。他们沿河行走，可是没多久就被河流包围。卡姆从她的表情中能看出她很紧张，稍有声响，她都会惊得跳起来，牙齿紧紧地咬着下唇。

他们行进到一小低洼的沼泽地带，唐尼放慢步子，与卡姆一起在队伍的后方艰难地蹚着齐膝深的河水。

"卡姆，我有事要说。"他嘟囔着。这让人很在意，因为自从欧文被枪击身亡后，唐尼几乎就没有说过话。阿里被任命为第一个任务的队长后，他也好久没说过话。

"说吧。"卡姆说。

"你要我去做什么？"

"你这话是什么意思？"

"我是说，我的职责是什么？我感到自己一无是处。"

"我们没有职责。"

"我觉得我们应该有，不过这不是由我来决定的，现在你是头儿，我承认。"

"我不是你的头儿，你也不需要承认什么。"

"但是我彻彻底底地错了，我甚至不敢再相信自己的直觉。"他抓住卡姆的肩头，看起来似乎具有可怕的攻击性，但是更可能是搞不清自己的力量增大了多少而造成的。卡姆一龇牙——这架势像双臂分别被一只五指老虎钳给夹住了。

"疼。"他平静地说。

唐尼松开手，深吸一口气。"抱歉，我有些迷茫，卡姆。"他说，"我需要你来告诉我该做什么。"

"我们都很迷茫，唐尼。我们每一个人都是了解这一点才加入的，我们大家一起错了，我们都太轻信他们。"卡姆很诧异自己能舒缓而温和地把话说出来，他觉得自己这番话把唐尼从悬崖边拉了回来，"我们依旧不知道这是怎么回事，对吧？那些海盗真的是海盗吗？我们陷害的政治家是谁？我们只知道，不知怎么回事，事情就搞得一团糟。"

唐尼两眼空洞地看着对方："那么，我该做什么？"

卡姆叹了口气。"安保。"他最后说，"你就是我的'铁拳'。"

随即，沃利朝他们跑来，一路泥浆飞溅："还有人在追我们呢！"

卡姆迅速转身，四下张望。"在哪儿？"

"差不多90米开外，一个唱独角戏的傻瓜。"

"你怎么知道的？我连6米远都看不到。"

"我听到他穿过灌木的声音，快听。"

所有人都一动不动，全神贯注地凝神静听。唐尼和扎拉交换了一个眼神，他们也听见了。卡姆竭力尝试，可他什么也没听见，西耶娜也无法确认，但卡姆并不怀疑他受过强化的队友的感知力。

"你肯定只有一个追兵。"卡姆询问团队成员。

"是。"扎拉回答道。唐尼也点点头。

"有枪吗？"

"没法知道。"唐尼说，"我们最好这么想。"端正了他和卡姆的角色后，唐尼就进入了士兵模式。阿里是对的，卡姆心想，唐尼虽然是个令人讨厌的家伙，但是他却是那种战斗中你想要的和自己同一团队的人。

"要继续前进吗？"沃利问。

卡姆抬起拳头，示意大家安静，并审视着四周的环境。"也许我们可以利用这个家伙。"他说，"我想要了解更多现在的进展情况，让我们给他个出其不意。我们一起行动？"

他们点点头。卡姆拿过西耶娜的背包，将飞镖递给大家。"只射他一镖，而且只能在他有武器的情况下，别扎他两次。"他看了扎拉一眼。她皱起眉头，但是很显然她接收到了信息。

河上朦胧现出一棵木棉，大小够派上用场了。卡姆卸下背包，将它藏在突出水面的树根下，藏得既可以让人发现，也不会让人觉得是故意放在那儿让人发现的。他让沃利爬上树去。树上有几根低垂的枝丫，但沃利能够凭借不常用的支撑点，摇摆向上爬去。他时不时单手把自己拽上去，或者一下子从一个支撑点跳向另一个。5米高处，有一个弯钩形状的树枝，沃利隐入树中，但留下了一只鞋子，"让人着急"地暴露在那儿。其他人则在河岸边5米开外处躲了起来。这会是一次远距离的飞镖投射，他让唐尼射第一镖。接下来就是等待了。

那人蹚过河水，一路上小心机警，现在距离扎拉像雕塑般跪着的地方不足1.5米。卡姆选对了策略，木棉树一跃入眼帘，就会吸引对方的注意力，而背包的一角更是吸引了那人的视线——人造物品在自然世界中是如此突兀。沃利动了一下，发出了轻微的擦蹭声，作为最后的引诱。那人完全上钩了。他的视线一直朝上，径直走过扎拉身边时，都没往旁边看上一眼。要是卡姆早知道他经过时会离扎拉这么近，就指定扎拉来投掷了。唐尼离得更远些，但是，命令早已下达。

这人比上一个岁数要大，略有些谢顶。如同第一个追踪者，他没有伸手去摸步话机，说话会发出响声。如果保持安静，就能占先机。他知道他们很危险——就如另一个人所说的那样，他们已经在海滩上证明了这点，他紧抓着他的枪。

卡姆揣测过那个掉进落水洞的人的命运——那人穿着所有的衣服，也只能坚持踩水一段时间后沉底。这个跟踪者追得很紧，肯定没有停下来帮那人脱险。他要么是错过了他的战友，要么是见死不救。不论哪种可能，都是可怕的。

"猎人"瞄准了目标，但射中沃利的腿似乎并不能满足他。他站在几乎将他完全隐藏的高高的草丛中，等待沃利移动。卡姆能够看到唐尼受挫的表情，他不确定自己能够射中，但是耐心又不是他的强项。他射出了飞镖，手臂向前甩出，飞镖射了出去。纤弱的飞镖翼切过草叶，镖杆歪了，镖尖斜斜地穿透那人厚实的衬衣布料，击中了那人的手臂。他低头看去，有些吃惊，像是个野餐时被马蜂蜇了的人。飞镖在布料上挂了一会儿，便掉落在丛林的地面上，镖中的液体仅仅注射进去了一部分。

枪管垂了下来，然后从他无力的手中跌落，泥水飞溅，但是他并没有倒下。扎拉拿起飞镖置于耳边，做出预备的姿势。

"别！"卡姆大叫，"别射第二镖！"他不确定再来一镖是否会要了那人的命。

男人拔腿就跑，双腿不断击打出水花。由于一条手臂失去了作用，他的速度大受影响，也失去了平衡。

"抢下他的步话机！"卡姆大喊。

还没等他那只还能用的手摸到步话机，扎拉就轻松地抓住了他，像驯马（或小公牛）一般，她双臂钳住他的脖子，将他骑趴在地。男人有刀，但没机会拔刀。等卡姆赶来阻止扎拉时，扎拉已把他打得不省人事了。

"够了！我们需要他意识清醒。"

西耶娜拿来绳子，他们把他绑起来，随即卡姆坐在他边上。那人有些秃头，眯缝着眼睛，是高加索白人人种，但他棕褐的肤色告诉卡姆，这人已经在这片区域待了一段时间了。他的卡其色衬衣是崭新的。他的来复枪是毒蛇丛林王 AR-15，沃利认了出来，立刻据为己有。卡姆听说过这种枪，AR-15 虽然看起来像是军用枪支，其实只是美国最常见的攻击性民用来复枪，在任何枪支店都能轻易买到。事实上，这就是华盛顿特区一个臭名昭著的连环杀手用来狙击无辜民众的枪型。

卡姆提起挨了揍的俘虏脑袋，说："我们有些问题要问。"

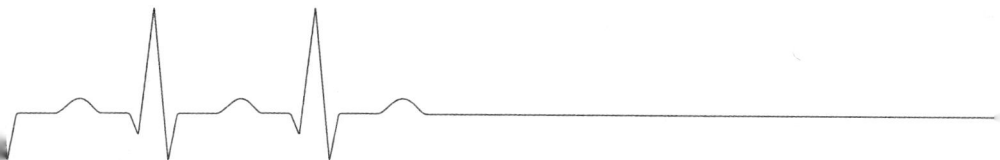

卡姆的歌单

35.《告发你》🔊
演唱：击鼓少年

36.《伟大，伟大》
演唱：水上飞机

37.《束 紧》
演唱：狩猎日

我就是那个要告发你的人。

卡姆扶着那人坐起来。"先告诉我你的名字。我知道你很可能会编造一个，但这么一来，除了浑蛋，至少我们有了个称呼你的名头。"

"加里。"男人说。

"很好，加里。我需要你告诉我点事。你知道我们是来真的，对吧？"

自称为加里的人摸了摸自己头上被扎拉不停地往烂泥里猛按的部位，说："我会说的。只要让她离我远点儿。"

"来追我们之前就该想到这个！"沃利愤愤地说。

"谁派你来的？"唐尼吼道。

"还有你们为什么要杀死我们?!"扎拉插嘴说。

"他们付我钱了。就这样。我对你们没有敌意。"

沃利用来复枪瞄向他的两眼之间："哦？好吧，那你现在有多喜欢我？"

卡姆抬起手将枪管推开，示意队友们靠后。

"你们还有多少人在追我们？"他语气平静地问道，虽然他并不觉得自己比起其他人来有多平静。

"就我和那个被你们弄进杀人缸的家伙，不过我猜他现在已经死了。"

"你没去帮他？天，为什么？"

"我不认识他。我拿钱是来找你们的，而不是去帮竞争对手的。要是我停下把他捞出来，我早就把你们跟丢了。"

卡姆很震惊，他本意并不想杀死那个人。

扎拉接话道："算上飞行员和沃德，你们那边有 8 个人。据我估算，4 个已经出局。我知道你们一直用步话机保持联络。其他人在哪里？"

"回船上去了，也许现在已经走了。"

"待在这儿。"卡姆将这个被捆住的家伙推进泥里，就像四脚朝天的乌龟，"我们得商量一下怎么处置你。"

团队在几米外聚拢，正好在那人的听力范围之外。

"他在说谎。"扎拉说，"说英语的人才不会在大街上随便接受雇用，然后飞到南美来。如果他们需要打手，完全可以雇用当地地痞。"

"我同意。"西耶娜说，"打手是不会用'敌意'这个文绉绉的词儿的。"

"他是组织里的。"

卡姆点点头。少年海盗拉努埃尔是别人在大街上找来的，加里不是拉努埃尔。

"我们得干掉他。"扎拉说。

卡姆皱眉。"我们现在要开杀戒了？"他问，"是不是一不留神，我们就从好孩子变成刽子手了？"

"到目前为止，做个好女孩并不真的适合我。"扎拉用大拇指敲击着她那把刀子的刀刃。

"那，我们就和他们一样喽？"

唐尼摇摇头："我们更快，更强壮。"

"没错，我们身体素质更优秀。"卡姆说。他不想和队友争辩，但是他的嗓音中带着些挑战的味道。杀戮永远不应该成为首选，他这么觉得。但是，如果杀戮是唯一的选择，又如何？

西耶娜发话了："我们没从这家伙那儿得到什么有用的信息，他已经耽误了我们10分钟。他们可能在追踪他。如果我们放了他，他们会再给他一把枪，他又会来追杀我们。"

卡姆皱着眉，沮丧地将挡着自己眼睛的纤细长发吹开。头发太长了，他出神地想着。西耶娜当然是对的，她总是正确的，但是她并没有提议给那人执行死刑。她让他这个团队领袖来做决定。

"好吧。"卡姆说，"我有个主意……"

黑色的凯门鳄在远处的河岸上晒太阳，它也许比西耶娜声称的还要大，根据卡姆粗略且公认的估计，要有 3 ～ 4 米长。这只亚马孙丛林的顶级捕食者无意躲藏。的确，它看上去像是在自信满满地打瞌睡，巨大的尾巴浸在河水里，似乎是在感觉水中的波动。开阔而水流缓慢的河湾，是西耶娜第一次看到这庞然大物的地方，那里为凯门鳄提供了天然的家园；正如卡姆所猜想的，凯门鳄没有离开的理由。

加里面朝下倒在污泥里，他被西耶娜的绳子绑着，头在河滩上，双腿大部分都浸在浅水里。卡姆在离他几步远的河岸上对他喊话。

"你知道黑凯门鳄吗？"卡姆问。

加里竭力从污泥里抬起头，点了一点。

"很好。"卡姆说，"因为并不是每个人都知道。沃利认为它们不过是动物园里的小型爬行类动物。但是，凯门鳄不是动物园才有的。它们并不真是小型动物，对吧？"

加里没有回答——他正忙不迭地试图把腿从河里抽出来。

"我在什么地方读到过，人类最大的恐惧之一就是活生生地被另一种动物吃掉。"卡姆继续说，"这是出于本能的，非理性的，可以追溯到我们还是穴居人的年代。可以说，它存在于我们的血液之中。这也是你最深的恐惧之一吧，加里？"

加里趴着，没说话。卡姆看得出他在思考，但是很难解读他的情绪。忧虑？恐惧？愤怒？还是兼而有之？

"如果你不害怕，我们可以把你就这么留在河岸上。假设他们对你的重视程度要多过你对队友的重视，他们最终会找到你。当然，除非，本地的野生动物首先对你发生了兴趣。"

审问用了太多时间，他们还浪费时间来绑住他，卡姆希望这样做是值得的，但是他不能再等下去了。他示意扎拉上前。卡姆说话时，她抽出刀子，在加里的裤子上划出一条口子。

"你知道，电影里英雄总是能用计拖住他的劫持者，等到救援者赶来。不过，你不是英雄，加里，这也不是电影。"

扎拉的刀子又割出一条浅口子，加里的血开始流入河中。

卡姆大声地对西耶娜说："凯门鳄能嗅到河水里的血吗？"

西耶娜耸耸肩："我不知道。"

"她不知道，加里。"

加里不安地蠕动着："我为他们做安保工作，这下行了吧？"

卡姆和西耶娜互相瞧了瞧对方。

"把我拖上去，我会交代的。"

"你在那里说得挺好的，继续吧，安保指什么？"

"如果实验对象潜逃，我们就介入。"

我们就是"实验对象"，卡姆心想。用在活生生的人身上，这真是一个丑陋的词儿。

"'潜逃'指什么？"沃利问。

"逃跑。"西耶娜说。

"现在还有其他的安保人员在追赶我们吗？"卡姆问。

加里从嘴里吐出污泥："出于某种理由，他们认为你们正往回逃向海边。"

"是鸟。"扎拉轻声在卡姆耳边说。

"他们记录你的行踪吗，加里？"

"没有，但是他们大体知道我在哪里。我告诉他们，我在跟踪一条新的线索。你们留下了一条挺明显的痕迹。"

"上一次你汇报的时候，他们在干吗？"

"还在找你们，还有清理现场。"

"清理？"

"确保没有留下你们在那里的证据。"

"他们干吗要攻击我们？"

"他们说你们要攻击他们。"

"你为什么要杀我们？"

"他们没有告诉我为什么！"

加里默认了他是被派来清理他们的——杀掉而不是抓住，这让卡姆的心漏跳了一拍，这也让他很愤怒。卡姆往水中一踢，水花溅在浅滩上。

"你说的这些没用，加里！他们到底说过什么重要的没有？继续说，我听着呢。也许，凯门鳄也正听着呢。"

加里不得已蠕动着翻了个身，这样他就能看见那爬行动物了。河岸上的凯门鳄依旧纹丝不动，静止得就像死了一般，但加里看起来并没有安心，他深吸一口气。

"我听一个家伙说，有人要毁了实验，把事情泄露出去，或者诸如此类。"

是朱尔斯，卡姆心想，好样的大嘴巴朱尔斯。要么是她发给她姐姐的邮件，或者她出现在苏格兰，引发了什么。

加里身后的上游方向溅起水花。

他惊叫着，扭动着："刚才那是什么?！"

沃利自顾自地咯咯笑起来，又捡起一块石头。

"把我拖上去！"加里恳求道。

"我们现在算什么？"

加里扭动着被捆住的身体，张望着找寻凯门鳄的下落："它在水里吗？"

"冷静点儿。你的逃跑本能打断了我们卓有成效的对话。沃德教导过我们，要忽略这本能，你也可以做得到。我只剩几个问题要问了。"卡姆叉起手来，表示他不会马上把加里拉上来，"我们算什么，加里？"

他犹豫了一下，但是还是回答了："彻彻底底的实验废弃物。"

团队成员之间眼神交错。卡姆依次与每个人都交换了一个冷酷的眼神，首先是西耶娜，然后是其他人。他们就是"试验品"。"废弃物"都毋庸置疑。像一次糟糕的投资，他们被勾销了。"卖掉，再记作税损。"用卡姆爸爸的话可能会这么说。

"让我上去。"加里恳求道，蠕动着身子想看看身后到底是什么，"我已经把真相告诉你们了。如果你们非得这么做，就继续绑着我，可是得把我从水里拖出来！"

"再问一个问题，加里。医疗中心在哪里？"

加里停止了扭动。他盯着卡姆，没有回答，沃利立即投出了第二块石头，砸中了凯门鳄的腰腿部。它微微动了一下，睁开了巨大的眼睛。

"我想要一个答案，加里。"

这次水花更大了。加里把自己扭到一边，翻滚起来。待他转过身子来，那边的河岸已空空如也，泥里只留下一大片污渍，那是凯门鳄曾经在远处河岸歇息的唯一证据。

"天哪……"

卡姆等着。加里抽出双腿，但他的双脚还在水里。由于他费力的动作，双脚在水中颤抖，令缓缓流动的河水中泛起一阵阵泄露踪迹的涟漪。

"不论有没有你的帮助，我们都要去那里。"卡姆说。

"啊，我的天呀……"

凯门鳄游动的轨迹出现在 10 米开外的水面上，"V"字形水波直指加里摇摆的双脚而去。

"我会帮你们的。"加里坚称。

"我在问地点。"

加里急得语无伦次，想在话语成句前就说出口，他寻找着该说的内容，任何能救他命的话。

"很近，大概 3 千米。我不知道路径，但是在西南面。我衬衣口袋儿里有个指南针，还有——"

凯门鳄从水中暴起，但唐尼早已有所准备。凯门鳄一出水面，他就向前扑去，将加里拽离了它咬合的双颌。它本来有可能追着他们上岸，但是沃利从一侧跑来，一脚踩在它头上，像踩在跳板上一样跳了起来。

"哟呵！"沃利叫道。他落地后转身跳开，跳出了愤怒的爬行动物那张大嘴的攻击范围，孩子气地拍着手奚落鳄鱼。"来呀，凯门，凯门！"

卡姆摇摇头。这怪兽追赶着沃利滑稽的舞蹈。它笨拙而危险，但根本威胁不到沃利，这也让唐尼有机会将加里拖进树林。唐尼单手就完成了，充分展现出他令人难以置信的力量。

卡姆从加里的衣兜里掏出指南针："你是说，西南方向3千米？"

扎拉看起来并不相信对方："他现在知道我们要去哪儿了。如果他们找到他，他会告诉他们我们在哪儿。"

"不，我不会说的。"加里说。

"闭嘴。"扎拉说，"我们不能把他活着留在这儿，卡姆。"

卡姆感到胃部一阵翻滚，他想要猛打自己的脑袋。她是对的。他们又远离加里聚拢在一起，连沃利也不例外。他之前逗引着凯门鳄在后面大追特追，又朝它头上投掷了好几块石头，将它赶回水里去了。

好的领袖聆听团队的意见，卡姆如此想着。

"我在征求你们对加里的处理建议。我们不要再次独断专行，不要再像在落水洞时的那样。"他没有看向扎拉，但是大家都知道他在说她，她不需要被点名。

扎拉首先发话："如果你想要统一意见，那就让我们来投票吧。"

"把他留在河岸上，交给凯门鳄。"沃利说。

"那很残忍。"卡姆指出。

"生命的循环，伙计。凯门鳄也得吃饭。"

"我们可以把他藏在一棵树上。"西耶娜说，"他们也许最后才发现他。"

"也许不能。"

"唐尼，你觉得呢？"卡姆问道。

"无论你下什么命令，我都会执行。"

"我要听你的意见。已经有两个人要把他绑起来留活口，还有两个选择……不这么做。"

唐尼紧咬牙关，紧攥双拳，呼吸沉重。他话一出口，便饱含着惊人的信念。"就像我刚说的，你的决定就是我的选择，任何决定，卡姆。"

TS 药物使唐尼获得了令人恐惧的专注度。有关他的一切都是非常强烈的——他的注视、他的话语，乃至他细小的动作。

"那好吧。"

卡姆的强壮队友托住加里的腋下，挂到树上去，远离凯门鳄的攻击范围。卡姆对加里说："我们把你留在这儿。"

"我不会告诉他们你们去哪儿的。"加里保证道。

"对，你不会说。"卡姆抽出一支飞镖，扎进加里的大腿。这会让他昏迷几个小时，卡姆希望，这些时间对他们而言足够了。

扎拉戳戳加里的身体，确认他失去了意识。"他之前已经摄入过部分剂量，这样可能会要了他的命。"她说。

"也可能不会。"卡姆回答说。

卡姆的歌单

36.《伟大，伟大》🔊
演唱：水上飞机

37.《束 紧》
演唱：狩猎日

38.《放你走》
演唱：黑鸦

我们年轻，我们强壮，我们的生命如两头烧的蜡烛。
啊，伟大，伟大！

他们从附近的小丘上观察地形。树林突兀地止于南端，茂密的丛林中被砍出能够容纳两栋房子的空间来，看上去仿佛丛林拼图里遗失了一块拼板。房子是瓦楞形金属板与垂直木板混杂搭建，板底端还有深色的水渍以及显然已经腐朽的碎屑。屋顶是厚厚的茅草顶。

"那些是林中小屋。"沃利说。

"做小屋可有点儿大。"扎拉评论道。

"也许是什么旧农庄的房子，屠宰场或者其他什么？"

"在一片沼泽的中间？"

卡姆观察了一下房子周边的区域。"没有进出的道路。"

西耶娜指出:"外侧那栋附属建筑有现代的电线连到外面,我敢打赌那里是发电机,就像我们的碉堡那样。"

卡姆又观察了一会儿这片区域,搜寻着。"就在那儿!"他边说边指向一条砂石小道,"你们还记不记得我们走进去接受医生检查时听到的嘎吱声?"卡姆记得清清楚楚。他们被蒙住双眼,集体赶下直升机,赶进诊室。当无法通过视觉收集信息时,触觉和听觉就得到了强化。

扎拉让大家看向一片空旷的开阔地,那里的地面平整、光秃秃的,还有磨损的痕迹。"直升机坪?"她提出自己的看法。

唐尼定睛细看。"板材下面有灰泥。"

"你怎么看出来的?"

"缝隙之间就看得到。"

"我看不到。"卡姆咯咯轻笑一声。

"你在笑什么?"唐尼说。

卡姆发现,这是他第一次在不如别人的时候发笑:"我觉得自己像是个牵着导盲犬的瞎子。"

"有人看到通信设备吗?"西耶娜问。

"这个地方不可能有电话线,不过周边有的树高得可以当信号塔。"

"守卫呢?"

"没看见。"

"摄像头?"

他们绕着建筑物走了几圈。他们越是观察,走得离房子越近，就越是清晰地发现这是一栋被伪装过的现代设施。看来主要是为了欺骗任何可能从上空经过的人。

"这里没有出去的交通办法，我们进到那里面又有什么好处呢？"唐尼问。

西耶娜提供了几种可能的答案："电话、无线电、网络，去最近的村庄的地图。"

"还有医疗诊断信息。"卡姆说，"所有我们接受过的测试的结果。"

"你对这个很在意啊。"扎拉说。

"犹如飞蝇扑火。"沃利说。

"是飞蛾扑火。"扎拉说，"别的什么才会吸引苍蝇。"

"你明白我的意思。"沃利哼了一声。

"我觉得两样都说得通。"卡姆说，"那里面正在发生一些严重的乱七八糟的事。"

"我没有看到任何异常行为。"西耶娜说，"他们不知道我们在这里。不过如果他们找到加里，他醒过来，并说出我们往哪个方向走的话，我们就只有几个小时的时间了。"

扎拉摇摇头。"我们早该拿他喂凯门鳄。"他们猜测这里有摄像头，便避开前后门靠近建筑。沃利将来复枪递给扎拉，独自上前，身体贴着房子，一边还寻找着隐藏的摄像头。不久，他已经到了前门一侧角落窥探，示意发现了两个摄像头——一个在前门入口，一个在后门入口，它们算是覆盖设施范围的最低级别防护。接着，他快步跑过开阔地，又多此一举地军人般匍匐穿过灌木，返回队伍。

"那里有一个守卫。"他喘着粗气说，同时从扎拉那儿拿回枪。

"在哪儿？"

"正门边上的凹室里，在抽烟休息。"

卡姆皱起眉头："把他干掉？还是不冒他可能拉响警报的险，离开？"

"我们都到这儿了。"沃利说。

西耶娜点点头，唐尼也点点头。

扎拉耸耸肩："你知道我要选什么。"

"摄像头照得到他吗？"

"照不到，他在凹室里面。"

他们低低地猫着腰围了上去。等到面朝正门，他们就瞧见守卫了。他躺在一张廉价的塑料草坪椅上，嘴上叼着支烟。很难分辨出他是否有手机或步话机，但是能看见他的枪，AR-15自动步枪。沃利指了指凹室上方的摄像头。

卡姆转向扎拉。"你有没有法子靠上去缴了他的枪？"

"当然。"她说，"我可以走上前去，好像刚遛弯儿路过，向他要支烟，然后一个空手道掌劈翻他，就像电视里演的那样。"

卡姆闻言翻了个白眼。"行，我明白了。这不是个好计划。沃利，你能从这儿击中他吗？"

"小菜一碟。"沃利说。他检查了一下弹匣，拉开保险栓。"要我打哪儿？"

"扣扳机的手？"

"他会逃进去的。"

"那么先打腿？"

"没问题，然后我再打他的那只手。"

"当真，你认为你做得到？"

扎拉挨着沃利，低下身子。"我提醒你，如果你打中他的脑袋，他既不会逃走呼救，也不会回射。"她说，"而且如果他有手机的话……"

卡姆皱着眉头，她是对的。"一旦看到有手机，沃利，你就做你该做的。"他说。

"行。"沃利边说着，边举起 AR-15，枪托顶着肩膀。

卡姆觉得他的队友可能需要慢慢来，但是沃利动作流畅地举枪射击，一气呵成。他的手臂强壮而稳健，"砰"的一声响，但并没有响到周边几千米内能听见回声。这声响的风险并不高，安保摄像头并不是专为采集声音而设计的。卡姆看见那人的腿突然弯向一边，随即他身后的墙上出现了一个深色污点——鲜血像心理测试里的墨迹那样爆开，卡姆觉得形状看起来像只海鸥。沃利不等卡姆阻止，又补了两枪。第一枪打飞了守卫右手的一根手指，第二枪在他的左掌心打出个洞来。守卫倒向座椅，蜷成一团。既看不到他勇敢地咬牙坚持，也没有英勇的回击，更没有爬向前门的不懈努力。那人只是看起来笨拙、痛苦地蜷了起来。

扎拉和唐尼第一时间上前制住了他。这么做是有风险的，他们不得不穿过摄像头的探查区域。然而，既然已有守卫在外执勤，里面还有人盯着监控的可能性也就低了——这很可能是录像而非监控。卡姆来到凹室时，他的队友们正在检视前门，搜门卫的身，寻找钥匙。

"他在流血。"卡姆说。

"你用枪打中了人，他就会流血。"沃利说。

"他失血很多。"

沃利检查着他的杰作："他很幸运，我瞄的是他的裆下偏左。"

"他失血太厉害了。"卡姆坚持道。

"你肯定是打中了他的大腿动脉。"扎拉说。

"什么意思？"沃利问。

"他会因大量失血而死。"

"我们可不是要杀了他。"卡姆喘着粗气，"我们只是要你打中他的腿。"

"我是打中他的腿了。"

"你只需让他丧失行动能力。"

"我可不熟悉让腿部丧失行动能力的部位。你说'腿'，我就打了腿。"

守卫呻吟着，手在空中乱抓，意识混乱。他几乎没注意到他们的存在。

"赶快急救。"卡姆下了命令。

"你要我们干什么？在他腿上扎止血带？"唐尼问。

"办不到。"是扎拉在说话，"你没法切断整条腿的血液流动。"

"我们当时决定射他，是要让他没有反抗能力。"唐尼说，"他可能会死，就是我们要冒的风险。"

卡姆跪在那人身边，说："是我们让他来冒这个风险，这不公平。"

"你知道自己在说什么吗？"扎拉说，"他们到目前为止对我们又有多公平？他们又让我们冒了什么样的风险，嗯？"

守卫疼得汗流如注，但是他有一张和善的面孔，让卡姆想到了他最喜欢的教授。失血使得他视线模糊，他的视线越过他们，看向远方。他的皮肤冰冷而湿黏。阿里曾经在受训时解释过循环性休克的症状，所有的症状，这个守卫都有。

"我觉得自己也有责任。"卡姆说，"有什么是我们可以做的？"

西耶娜拿起一个钥匙环："他需要看医生。"

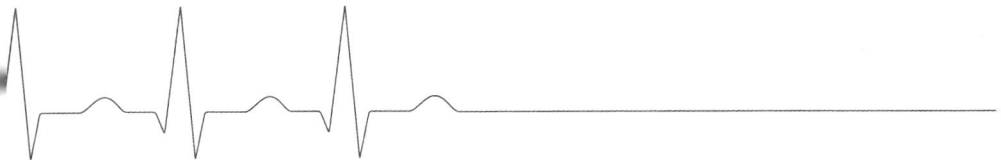

卡姆的歌单

37.《束 紧》🔊
演唱：狩猎日

38.《放你走》
演唱：黑鸦

39.《愤怒女孩》
演唱：茧子

呐——呐——呐——呐，走啦。

　　唐尼踹开胶质俱乐部的房门，一个身穿白大褂、戴着大圆眼镜的小个子男人，惊异地转过身盯着他。这个男人站在房间那头，手中拿着咖啡壶和咖啡杯，咖啡才倒了一半，人已僵住了。他看到了淌血的守卫，倒吸了一口气。

　　沃利抬起 AR-15 自动步枪对着他："你是医生吗？"

　　他们将守卫抬到台球桌上。这里共有一名主管和两名实验室医生。这个不是负责人，但是技术骨干之一。扎拉用刀顶着他的背，他丝毫没有轻举妄动，他对她的反应速度了如指掌。医生说话有口音，是欧洲人，虽然卡姆并不确定具体是哪国。也许是俄国人，也许是俄国周边地区的。这医生并没有问他们为什么开枪打守卫，也没问这队人要怎样。这反应告诉卡姆，医生知道他们正在逃跑，不过他看起来有些疑惑，搞不懂他们为什么要救守卫。

"我们怎样才能救他？"卡姆问。

"大量失血。第一步要止血，然后输血。"

"你这儿有血吗？"

"没有，必须有人献血。也许得用飞机把他运出去。"

"不许叫直升机，眼下开始止血就行。"

卡姆让唐尼和沃利去控制住其他的员工："找到他们，把他们锁在一间没有通信设施的房间里，别朝他们开枪。"

"遵命，长官。"唐尼说。

"请别叫我'长官'。"卡姆回答。

沃利做作地敬了个礼："遵命，阁下。"

他们带上来复枪和医生的钥匙，离开了房间。

"面对现实吧。"西耶娜说，"你就是他们的'长官'。"

"我才不会叫你'长官'呢。"扎拉朝他狡黠地咧嘴一笑，"除非你能比我强。"

医生正在做缝合收尾工作，做得很匆忙——简陋的包扎表明这只是在救命，而不是为了保住腿。守卫的手指也保不住了，他手上的枪口损伤还需评估。医生只是对其进行了清理和包扎。

"我已经做了我所能做的。"他说，"不输血，他还是会死。"

"那就让他死吧。"扎拉说。

"不，这我接受不了。"卡姆深吸一口气，"医生，你知道我是谁吗？"

医生透过厚厚的眼镜片看着他："9K，足球队员。"

9K？卡姆琢磨着。这是他之前填写过的调研表上的名字，他们给他的编号，既不是卡姆也不是卡梅伦。这就是这些科学家眼中的我，实验对象9K。

"那么一来，我打赌你也知道我的血型，对吧？"

输血在一间诊疗室内完成。中间，沃利回来汇报了一番，告知另一名医生和实验室技术人员都被控制住了，唐尼正看着他们。当卡姆告诉他关于输血的事，沃利咒骂地说，这是数件蠢事中最蠢的一件。但是随着血液开始流动，卡姆确信他们在做正确的事情。

扎拉躺在守卫边上的桌子上，她强健的手臂伸展开来，上面插着大大的针头。卡姆的血型不匹配，医生这么说。扎拉是 O 型血，匹配任何人，也就是医生说的"万能献血者"。她辩驳了一番，但卡姆告诉她，当你力所能及时，能救人一命总是好的。

"我加入进来的时候就是这么想的。"她说。

据医生所说，输血将历时 1 到 4 个小时不等，这时间足够用来搜查这栋楼。沃利和他的枪留下守着扎拉，卡姆和西耶娜则四处查探。在交通方面，医生没帮上什么忙。他说，只有他们这些实验对象使用直升机，而且要由飞行员驾驶，这真是帮不上他们。最近的村庄在南面 60 千米以外，距离太远，没法步行穿越丛林，其间大多是被水淹没的沼泽——那是凯门鳄的乐园，这还只是重重困难之一。

卡姆径直走入单面镜后的观察室，在那里他曾看见实验室技术人员处理他队友的血液。轮床已经撤走，屋里有台冰箱，里面放着一堆小瓶子，上面整齐地贴着自9A到9K的标签。有些实验对象的样本要比其他对象多，9C却只有一个瓶子，是皮特，卡姆心想。另一个架子上是"8"系列，从A到J。"7"系列也是从A到J。"6"系列从A到I。"5"系列又是从A到J。

"他们每年都有一支队伍。"卡姆说。

西耶娜皱起鼻子："除非……"

"什么？"

"除非不是每个队都能坚持一年。他们告诉我们，他们一直都在提升TS的药效，我们应该可以活一整年。但是，如果我们是活得最长的一批，也就意味着此前的队伍没活这么久。"

卡姆看得出西耶娜在思考。随后她的嘴唇翘起，发出一声怒吼。"在他们的专家给我做诊断之前，我根本没有感到不舒服。等他们开始给我'治疗'之后，我才开始出现多形性胶质母细胞瘤的症状。"

卡姆一手搭上她的肩头，她没有躲闪。

"这是个彻头彻尾的谎言，卡姆。他们让我觉得自己病了，他们整出症状来匹配他们骗人的诊断，然后再向我伸出诱饵，我由于绝望就上钩了。"

看到卡姆并没有表示异议，西耶娜紧闭双眼，仿佛黑夜里期盼怪物滚开的孩子一般。在某种程度上，她的确就是。

"我是个好女孩。我聪明,有责任心,与人为善,有求必应。为什么是我? 为什么是我们?"

"也许这就是原因。"卡姆说,"我们并没有生病,纯粹只是实验对象。我敢打赌,他们早在生病的第三世界的实验对象身上测试过这种药。"

那里有一扇厚重的大门,上面装着巨大的杠杆式门拉手。卡姆走过去,侧耳细听。里面寂静无声,大门触感冰冷。他用力一拉,房门打开,显现出一间陈列着一排排大抽屉的冷藏尸柜房。卡姆可以看见自己呼出的气。他知道的那张轮床正停放在房间尽头。

西耶娜在一排排柜子间游走,她抓住身边的抽屉把手。

"别。"卡姆说。

"这里有令人不快的真相,我们来这儿就是要揭开它。卡姆,要是忽略了它们,我们将一无所获。"说完,她拉开了抽屉。

卡姆几乎吐了出来。卡拉培的脸比她活着的时候还苍白,她戴着一顶橡胶帽子,红色长发不见了,不过,很显然这就是她。她平静地躺在那儿,双眼睁得很大,令人不安。死亡本该是安详的,而她长久睁大的双眼却让卡姆觉得她死得并不安详。事实上,她的表情看上去很像刚才受到惊吓的门口守卫。

"他们让人把她的尸体运到这儿。"卡姆说,手指摸索到了抽屉上的标牌,上面写着9E。他四下张望,其他的抽屉也有标牌——9A,9B,9C,9D……一直到9K。他倒吸一口冷气:"是为我们准备的!"

西耶娜关上卡拉培的抽屉,走向后面一排。"8F,这是我的。"她猛地拉开抽屉。谢天谢地，里面是空的。

卡姆不敢抬手，因此西耶娜打开了边上的两个，9I 和 9J。

"这是我的朋友阿里，这是格温。"卡姆说完，便双唇紧闭。西耶娜随后走向 9K 抽屉。她将抽屉打开，卡姆将头伸进空荡荡的抽屉里。他想知道死者会不会有幽闭恐惧症。"我在看的，是我自己的墓穴。"他说。

"卡姆……"

"嗯？"

"我想你必须来看看这儿。虽然我不想你看到，但是你必须看。"

卡姆转过身。西耶娜略微打开了 9H 抽屉。"我真的很抱歉。"她边说，边将抽屉拉得更开，好让他看见里面。

卡姆惊得连连后退："不，不——不——不！这不公平！"

没有了头发，朱尔斯比卡拉培更容易辨认。她超大的眼睛和小小的下巴都是明显特征。她剃了发的头上也戴着一顶帽子，更糟糕的是，她头上有一处明显的切割，他们拿走了她的一部分头骨，想来是为了研究 TS 药物对她大脑的影响。

直到西耶娜抚摸着他的头发，卡姆才意识到她抱住了自己。她微微将他拉到一边，用脚关上了所有的抽屉，似乎这么做是出于对死者隐私的尊重。之后，他们相拥而立，在这冰冷的房间里，西耶娜把她的体温分给了卡姆。

过了一会儿，她低声对他说："你的队友欧文还没到这里。即便他们没来这儿找我们，也会很快把他的尸体带过来，他们不会让他的尸体腐烂的。我们应该为接下来要来的人做些准备。"

　　"我得坐一会儿。"卡姆说。他提起身子，坐上轮床。她点点头，走开了。

　　一排排的抽屉并非只有"9"系列，就像那一瓶瓶的血液，这里还有"8"系列、"7"系列以及"6"系列。这里是停尸房，卡姆心想。我们都在停尸房里，我们都太天真了，还不知道自己早就死了。

　　一声尖叫绕过两道弯、穿过两道厚门传来，虽然微弱，但是他们却听见了。

　　"是沃利。"卡姆边说，边跳了起来，"出事了。"

卡姆的歌单

38.《放你走》🔊
演唱：黑鸦

39.《愤怒女孩》
演唱：茧子

40.《用类固醇的我》
演唱：瘾君子之邦

让我放你走。

唐尼在房间里，抓着医生的脖子，把他顶在墙上，卡姆知道事情不妙。沃利踱着步子，手掌猛拍着自己的头，满嘴胡言乱语，没有一句能听得懂。

"怎么了？"

"他正在杀死她，卡姆。"唐尼说。

"我不知道！"沃利嚷道。

"沃利杀了谁？"

"不是沃利，是医生！这个医生，他从扎拉身上抽走了1.5升的血。"

"什么?!"

"我搞不清多少血才算太多!"沃利哀号道。

唐尼掐得医生呛出了口水。

"不!"唐尼咆哮着,"想说话?想都别想!我会把你的喉咙都撕开。"

卡姆转向扎拉。她脸色苍白得和卡拉培一样。他跳到她身旁,抓起她的手臂。她几乎无力转头。

唐尼抓着医生的脖子,把他往墙上砸,力道重得医生的身子在重击之下发出咯吱声。

"等等!我得和这人谈谈。"卡姆说。

"卡姆,现在谈什么都晚了。"扎拉低声说,"直接……"她的话没能说完,已奄奄一息。

"我们也许救得了她。"卡姆说。他注视着医生的眼睛,意识到自己错了。"发生了什么事?"

"对程序产生了不良反应。"医生说,"也许是过敏反应。"

"你抽了 1.5 升的血?"

"医学上的安全量,如果——"

"输回去!"卡姆荒谬地说。

"我做不到,他们都会死的。"

"我不在乎他的死活,救她!"

卡姆瞥向守卫。他的舌头从嘴里垂下,看起来也没比扎拉好多少。卡姆再次怒视医生,眼神中满是谴责。然而,医生只是盯着自己的双脚。显然,他谁也救不了。

卡姆跪在她身边。她的胸口不再上下起伏律动,双唇间也没有呼吸喷出——生命消逝。她的一年结束了，不会再有极限体验，不会再逞威风。她静静地躺着，除了双眼微睁，她仿佛只是睡着了。卡姆茫然地心想：这是一个梦想着结婚，梦想着自己挑选餐盘的寻常女生；一个曾想要吻我的女生。但是，再也不会有亲吻了，她死了。尽管如此，卡姆还是像一名绅士一样，轻轻地吻了她的唇，却吻得绵长，颇有意味——这是婚礼上的吻。没人提出异议，事实上，没人说话。之后，他伸出手，为她合上双眼，她此时神情安详。

有人跪在他身边，是西耶娜。"卡姆，他是故意的。"

"我不是故意的。"医生坚称。

"他就是故意的，卡姆，你知道他是故意的。"

卡姆犹豫了："我需要好好想想。"但是，他却没法思考。想到扎拉已经走了，他的思绪一片混乱。

"我需要时间，我只是需要……"

"没错。"医生说，"我们需要好好谈谈这些事，我可以解释清楚。你瞧，程序没能成功，是当时……"

卡姆感觉怒火中烧，愤怒好像要从嗓子眼儿里喷出来。"现在谈什么都晚了。"他大吼，并向唐尼示意。

还没等卡姆反应过来，唐尼的手臂猛地扯动。等手臂收回时，手上抓着一个淌着血的粉色物体——医生的舌头。西耶娜迅速地用飞镖扎向医生，中断了他恐怖的号叫声。

卡姆原地转向一边，有些失落。"我们本来是在救人，为什么一个医生居然会那样做？"这是个没有具体提问对象的问题，也许是在问他的队友，也许是在问他自己，也许是在问他已经背弃了的上帝，或者谁也没问。

唐尼用毛巾擦净手上的血："我们试着做好事，而医生却暗算了我们。听起来很耳熟吧？"

"是我建议扎拉这么做的。"卡姆痛苦地叹道，"是我害了她。"

"我也没料到会这样，卡姆。"西耶娜看穿了他的心思，"我们都没想到。"

"我一直都用枪指着他。"沃利叹道。

"如果你不这么做，他就会把你也杀了，然后再伏击我们其他人。"她拿起四支注射针筒，医生已灌入了墨色的液体。"看起来眼熟吧？"

"他知道我们接受的训练是不下杀手的。"唐尼咆哮道，"但是，这规矩要变了。"

"作为你们的队长，很抱歉，我让你们都失望了。"卡姆说着，想起了阿里曾对他说过的话，"在队伍的人员减半前，我得聪明起来。"此时，他几乎要绝望地摔倒在地，幸亏唐尼扶住了他的双臂。

"我们还要跟着你，卡姆。"

沃利点点头。"是你一路带领我们来到这儿，否则，我们早就和欧文一起死在海滩上了。"

卡姆转向西耶娜寻求支持。

"你得机灵下去。"她说，"别临阵退缩。"

卡姆不知是该哭还是该笑。他觉得她本可以说许许多多的话，但只有这句最打动他。

"我们必须把其他员工也集中起来。"他说。

余下的是一个医生和那个主管，唐尼之前把他们锁在一间观察室里。透过单面镜，卡姆第一次看到了他们。他们也知道有人在看着他们，所以都规规矩矩地坐着。在卡姆来接受医疗检查并故意撞进实验室时，看到的几个人中间就有那个作为下属的医生。主管是个印度人——印度的印度人，而不是美国印第安原住民。

卡姆走了进去。

主管站了起来，面带笑容，他的牙齿很白："你好，卡梅伦。"

卡姆没有笑容："你好，辛格医生。"

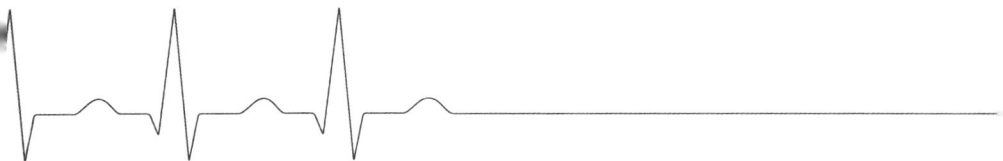

卡姆的歌单

39.《愤怒女孩》 ◀⑤

演唱：茧子

40.《用类固醇的我》

演唱：瘾君子之邦

41.《深入腹地》

演唱：蒸汽朋克

如同那一日，我目睹他们弄死了我的狗。

"我知道，那不是你的真名。"卡姆说。

"名字并不重要，不过目前我们还得用它们来指代人。塔利斯医生在哪儿？"

"昏迷了。"

"我的守卫呢？"

"死了。"

"我们得谈谈，你和我。这么对待我的工作人员可不行。"

"是你在害我们，我们知道是你。"

辛格医生摇摇头，似乎是卡姆没明白其中的意思。"在试验中，某些试验对象会死。但是，卡梅伦，我们正在改变全人类的命运。通过科学，通过药物，我们人类将会发生显著的进化。还差一点儿，我们就能成功了。任何一组都会成为突破点，本来你们组也有可能。我们对你们期望很高，但开始没多久那个大个子男孩就开始头痛了。"

"这些'试验对象'都是人——朱尔斯、阿里、欧文、卡拉培、泰根还有扎拉。"

"都是享有特权的少数人，早就有人告诉过你们，可能要做出牺牲，你们都同意了。"

"当时和我们说的是我们快要死了。"

"所有人都会死。大多数长寿的人过得空虚而平凡，活在对死亡的恐惧中，生命也因此倍加衰弱。我们给了你们一个特别的一年，让你们卓尔不群，毫不畏惧死亡，甚至得到解放。这是一个礼物。"

突然间，卡姆明白了为什么辛格医生在向患者们宣布死期时会微笑。他们对他来说只是稀罕物品，是操场上拿着放大镜的男生眼中的一群蚂蚁，或者一只解剖开来的青蛙。他曾听说过，有些医生在能主宰病人生死之时，开始自觉无所不知、无所不能，人们把这种现象称之为"上帝情结"。

卡姆摇摇头。"医生，你的逻辑有缺陷。我没有经过强化。我没有获得我的礼物。现在我很不开心。"他示意唐尼和沃利上前把他们两人捆起来。

他们把俘虏分别绑在两张诊断台上。

"我有一个私人问题想问。"卡姆说，"如果我不问，它就会一直困扰着我。你为什么选我？"

辛格医生一本正经地说，如同在口述尸体解剖："你看起来是个讲究团队合作的人。你本不应该成为领袖。唐纳德入选是因为他的忠诚，他才是我们选中的队长。"辛格转向唐尼，"唐纳德，你是否愿意拿回你本该有的职位？"

唐尼正在捆绑医生的手停了下来。有一阵，卡姆猜想他在考虑接受辛格医生的提议。接着，他听到唐尼说："卡姆，要不要我杀了他？"

辛格医生的笑容第一次消失了。卡姆让这问题悬着，故意不回答。

"我不觉得你是在救治病人。"卡姆说，"西耶娜，世界上卖得最好的药是哪些？"

西耶娜不在意地笑了笑，说："伟哥？肉毒杆菌？落健？"

"都是些为了满足虚荣心的药物。你们不研制治疗药物，却想要造出强化剂米。"

"这就是他们需要健康的试验对象的原因。"西耶娜听懂了卡姆的言外之意，接话道。

"对。他们对我们进行了研究，他们选择了我们，两个天才、三个运动健将、一个强壮的大个子、一个音乐神童，还有几个非常健康的大学生。"

"还有我。"沃利说。

卡姆笑了。"嘿，对了，伙计，我还真没有想出选你的原因。"

西耶娜瞪着辛格医生，说："我敢打赌，他们卖的药 10 万块一片，富人不仅财务上优于常人……"

"在身体上也优于常人。"卡姆补充道。

辛格争辩道："不，并非如此。只要等到专利过了期，之后生产的非专利药物，任何中等收入家庭都能够负担得起。"

唐尼烦躁起来。"我刚才问你要不要杀了他，回答呢？"他提醒卡姆。

卡姆指向辛格医生："他杀了许多无辜的人，后边有一个冷库，里面全是无辜者。他就是个连环杀手。"

"在我的家乡，这是要判死刑的。"唐尼说。

"不！不！我们的出发点是好的。"辛格坚称。

唐尼掐住他的脖子，沃利则将 AR-15 自动步枪瞄准了他那睁大了双眼的助手。

辛格现在才面带正色，没有一丝笑容地急忙说："无辜者的死，建造起了金门大桥和金字塔。我们在做比这更有意义的事，让进化不再需要几个世纪才能达到那个境界，重启已经停滞不前的进化。我们要提升人类的体质。"

卡姆摇摇头。"不，你们做不到。"

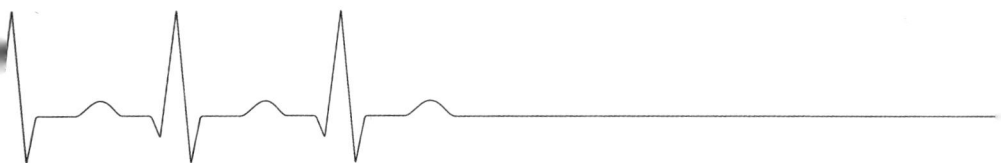

卡姆的歌单

40.《用类固醇的我》 🔊
演唱：瘾君子之邦

41.《深入腹地》
演唱：蒸汽朋克

42.《我们一起孤单》
演唱：平面地球社

更好的我在陈列架上。
当我需要帮助时，我就会把自己取下来。

　　远处传来直升机旋翼沉重的旋转声。沃利第一个听见，比卡姆整整早了 30 秒。从他们与辛格医生交谈后到直升机飞临，这之间仅有一个小时，远比卡姆想要的时间短得多。他们此前的准备比较匆忙，卡姆希望这些准备工作已经足够了。他搜查了办公室，他的队友则做着其他准备，搜寻电话、电脑和有用信息。这里有电脑，但是有密码保护。破解复杂的电脑系统只是可笑的间谍小说中才有的情节，而非现实生活。他转而搜寻纸质记录，并找到一些手写的便条。他边看边咒骂医生的鬼画符，不过他还是能够认出其中的绝大部分观察记录。很多内容对他而言毫无意义，但已有足够的信息碎片，能拼凑出一些答案来。

随着直升机的声音越来越近，卡姆便去和沃利一起躲在窗边，俯瞰直升机降落点。

"直升机上既然载了人，就可以确信他们知道我们在这儿。"

直升机慵懒地打着盘旋。他们正在检视地面。此时，卡姆很庆幸他没让沃利在屋顶蹲守。

"如果他们持枪而来，就朝他们射击。"卡姆对沃利说。

西耶娜来了，脚步敏捷轻快，蹲在他们身边。"唐尼已在前门就位。等我们看清敌方情况，我就去把守后门。"

"情况不太妙。"沃利说，"满载而来，还有来复枪。"

"你能搞定他们吗？"

"当然，为什么不行？我们已经拿下了这里。"他打开了AR-15自动步枪的枪栓。

现在，卡姆能透过窗户观察机内情况了。他们三人排成行，神情严肃。西耶娜咬着嘴唇，看上去比卡姆以前所见更像是个小女孩。她害怕了，他意识到。随着直升机盘旋着接近地面，她的呼吸透过齿缝发出了嘶嘶声。

她斥责沃利："你觉得摆平一帮手无缚鸡之力的医生就能证明什么吗？看起来，那边派来了一整支队伍。"

"沃利接受过强化。"卡姆说。他轻拍了一下狙击手队友的背部，以示支持，"这正是一次测试的好机会，也可以说是一次临床研究。他们本来就是这么替你规划的，对吧，伙计？"

"对的。"

直升机起落架重重地落在地面。西耶娜向卡姆投来一丝不明的眼神，又深吸了一口气。她随后轻触卡姆的肩膀，猛地冲了出去。卡姆看着她离开，她跳跃着下楼梯，每步都迈过三四级台阶。他觉得，她走得有点儿太突然了。考虑到朝他们扑来的敌人的人手和装备，卡姆不知道自己是否还能再见到她。

他留下来和沃利待在一起，从这儿他能看到整片空地。窗户猛地打开，这在炎热的亚马孙丛林里并不少见。沃利端低来复枪，头也低着，他可不想吸引外边人的注意力。他们一开始应该都盯着房门，唐尼和西耶娜会保证这一点。

飞行员正在驾驶直升机，卡姆能看清他的眼镜和耳机。等他降落了，舱门猛地打开，一群人蜂拥而出。一切都来得太快，很难辨别出对方是公司的人还是雇佣兵。不管哪一种，他们都装备精良，准备痛下杀手。很多人都拿着 AR–15 自动步枪，身穿防弹背心，还戴着头盔。两个人跑向房子，另外两人分别左右包抄，最后两个人则卧倒在地，掩护其他人。

等待是种煎熬。沃利端着来复枪蹲在那里，人尚未探出去。随即，卡姆听到房门开了又关，是唐尼，他心想。这个动作足以吸引对方的注意力了，只见他们都立刻转头朝向屋子的正面。

沃利朝他们开枪了。

首先击中了奔向房子的两个人。沃利打中了他们的腿。突突——突突，他们各自又迈出一步，便栽倒在地，仿佛被孩子们弄翻的玩具人偶。沃利微倾枪管，负责掩护的两个人的四个肩头可能又各中一枪，因为这两人已趴在地上，所以很难区分他们是否真的被击中。分别左右两翼包抄的两人感觉到有些不对，其中一人停止前行。此时，西耶娜突然甩开了后门。

两人急忙转身，武器指向后门，同时暴露出了自己的侧面，沃利借机射中了他们的臀部，紧贴着防弹背心的下沿。

整个过程，沃利毫不迟疑，也不用调整视角，他只是将枪管的指向从一个人移向另一个人。每个目标打上两三枪，一个接一个迅速地解决掉他们。等一圈打完，他从头再来，射击目标尚能活动的四肢，直到他们没有能动弹的手脚。随后，他把来复枪收进屋里，用口哨吹起欢快的调子来。

卡姆笑不出来，他觉得有些恶心。6个人萎靡地躺在地上，这只用了不到10秒钟。他盯着沃利看。如果对方是在培养强化士兵，那么显然试验很成功。

"怎么啦？"沃利问。

"干得好。"卡姆说。他想不到还能说什么别的。

"又来了一个！"是西耶娜的声音。

卡姆和沃利向窗外窥视，不错眼珠地仔细盯着，以防下一个敌人已经查出了火力的源头。但是，那人没有停下来。他慢步走下直升机，不慌不忙，径直走向屋子。他的身材像个举重运动员，但是行动却如猎豹般敏捷，宽阔的肩膀此时很放松。他没带枪，但腰带上别着一把刀。

"是沃德。"沃利倒吸一口凉气。

"见鬼，他来干什么？"卡姆说。

"要我开枪打他吗？"

"别。"卡姆本能地说。刚才沃利把敌人放倒在地的"大屠杀"仍让他心有余悸。而且，他认识沃德，这让他很难下令射击。相比之下，对付不认识的人要容易得多。这就是他们用数字来标识我们的另一个原因，卡姆这么觉得。辛格医生曾说过，名字并不重要，因为名字赋予试验对象以人性，这让工作人员比较难下杀手。

"我们怎么对付他？"沃利问。

卡姆瞥向直升机。飞行员仍然没有起飞，而是操控着飞机的尾部冲着他们，这样沃利就没法击中他了。沃德高高地举起手做出讲和的手势。

"让他进来。"卡姆说。

沃德在离窗户 18 米的地方停了下来，抬头往上看。在这个距离，假如他逃跑或者发动攻击，是不可能不被射中的。卡姆注意到，沃德刚才已经看出了射击的源头，而其他人没有。

"里边是谁？"团队的私人教练喊着。

卡姆的计划并不需要他向沃德撒谎。他一边躲开视线，以防树林里还有人，一边透过敞开的窗户说："是卡姆。"

"卡姆，你是说了算的，还是只是发言人？"

"这当口儿算是我全权负责吧。"卡姆说，"那么，我有什么可以帮到你？"

沃德笑了，他的笑声几乎和沃利在尴尬情景下不合时宜的嬉笑一样烦人。"你们还有多少人？"

"很多。"

"不会的，不会很多，我知道的。五个，也许四个。上面是沃利和你在一起吗？"

沃利轻声对卡姆说："他怎么知道的？"

"你射中了猴子，还记得吗？我印象中，你是队里射得最准的。"

"哦,对啊。"沃利一脸欣喜,仿佛一个小男孩听到父母夸自己是学校戏剧公演里最好的演员。

沃德挥手示意:"让我们谈谈,卡姆。这局面开始失控了。"

"不是开玩笑吧,我得说,现在才谈太迟了。"

"和谈永远不会太迟。交谈是你最有力的工具,而且是你通常的首选。还记得吗?"

"我记得。但这所有的谎言严重消除了我对你那些哲言警句的信任。"

"我并没有对你们不诚实,卡姆。我只是你们的教练,我尽自己最大的能力来训练你们。我所说的一切,你们都可以相信。"

"我们为什么要相信你?"

沃德回头望向直升机。机翼还在旋转,方便飞行员随时紧急撤离。旋翼的声响盖住了沃德的声音,当他说话时,只有沃利和卡姆能够听见。

"因为我是 TS-1。"

沃利橙色的双眉挑得老高,弯成了两道弧形。沃利看看卡姆,而卡姆则毫无反应。他只是感到震惊,这是另一个谎言?应该不是。

"有没有可能你下来,和我聊聊?"沃德放声问。

"不。"卡姆回答,"你进来。"

"我就担心你会这么说。"沃德皱起了眉头。他抽出腰带上的刀子,把它丢在地上。"好吧,我进来,别开枪。"

沃利转向卡姆,低声问:"要开枪吗?"

"不一定。"

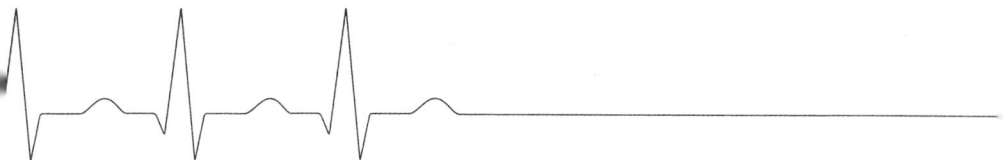

卡姆的歌单

41.《深入腹地》🔊
　　演唱：蒸汽朋克

42.《我们一起孤单》
　　演唱：平面地球社

我去过巴拉圭，乌拉圭，更远的地方。
不过没什么大不了，深入腹地而已！

　　唐尼让沃德从前门进来，接着沃利就在走道里举着 AR-15 迎接他。他们把沃德双手绑在身前带到了"胶质俱乐部"里卡姆的面前。

　　"西耶娜！"当沃德见到西耶娜，他看起来着实大吃了一惊，"你还活着！哦，我真为你骄傲。"

　　"你好，沃德。"她语气平淡地说。

　　"我们从哪儿开始谈，卡姆？"他边说边窝进一把巨大、舒适的椅子里。

　　唐尼、西耶娜、沃利和卡姆站成半圆形围住了他。一个小监视器搁在一旁的乒乓球桌上，监视器屏幕像漫画书页那样分为四格，分别显示前门、后门、南侧空地与北侧树林的图像。

"告诉我们关于 TS-1 的事。"卡姆说。

沃德将一条腿架在另一条腿的膝盖上，舒舒服服地坐好，仿佛要给孙子们讲"圣诞前夜"故事的老爷爷似的。

"好吧，我没死，这点很清楚。我的队友都走得很早，就撑了 3 个月。当时只剩下我们 5 个人，患有泌尿疾病、头痛以及恐怖至极的痤疮，就差一点儿，就要死翘翘了。但是，有一个家伙却变得更加强壮，非常强壮，这就足够了。我是基准，就像你一样，不过，他们给我吃的却是安慰剂。

"当我的最后一名队友快要死的时候，我琢磨着自己也回不了家了。但我和你一样，也不愿意就那样翘辫子。反正有我没我，他们还会把这个项目继续下去。他们来抓我，我打不过他们，所以我决定利用这个项目做些好事。我注意到他们的方法有问题，也就是和我一同被招募的伙伴和我都没有目标。只是让我们在实验室里玩玩乒乓球，然后测试我们的垂直跳跃高度，这远远不够。我们没有目标，大家都很无聊。我们没有建树，我们都萎缩了。我把我的理论告诉他们，我说服他们，真实的生活场景才是最好的测试环境。随即，我自告奋勇为他们设计这个项目，表示我会为他们提供真实表现的成绩测试方法，并且确保每个新人都能得到一次不可思议的经历，意义重大到足以用他们的生命来交换。"

"就像阿里的游艇。"卡姆说。

"还有沃利的悬挂式滑翔机，泰根的呼吸器潜水。"

卡姆有些吃惊，他没有猜到这些。"球赛是为我搞的。"他说。

"一部分是的。"

"你让我们完成最后的心愿，就是因为你的雇主是在要我们的命。"西耶娜低声埋怨着。

听到这一归纳性的描述时，沃德皱起了鼻子："你们完成了一些你们本来可能永远都没有资源或机会去做的事情。虽然听上去很奇怪，但最普遍的梦想，就是做些对世界有益的事情。所以，我给出了建议，任务应当包含三个标准：第一，对人类有益；第二，能满足一位或多位新人的愿望；第三，推动组织的事业发展。你们实实在在地建功立业了。你们的训练差点儿无法进行，因为我们的蠢货医生给人绑架了。不过，我们将这意外融入了我们的项目，你们把它搞定了！顺便告诉你们，所有人都认为你们很棒。之后的任务，你们让一个堕落腐败、行动无常的人永远无法在这个国家的政府占据高位。老实说，自从 TS-5 制止了一个国家的内战以来，你们是最好的班级。"

"哇哦。"沃利惊呼道，"一个国家？"

"是个小国家。说来话长。"

唐尼盯着监视器。直升机仍停在空地上，但是飞行员可能已经发出了无线电信号。"如果你是想拖延时间，等更多的士兵来，我们会毫不迟疑地杀了你。"他警告沃德。

"我知道。但是我可以向你保证，没人会来。我本不该告诉你这些，但我们现在已经没人了。之后飞行员得飞出去重新组编，寻找可靠却又愿意冒生命危险的雇员，可没有你们想象中那么容易。愿冒生命危险的，也许有吧。为人可靠，也许也有。但是两者兼而有之，这就难找了。"

"我们杀过人了。"卡姆说。他觉得自己应该语气显得十分愤怒，但他却无法消除自己声音中的负罪感。也许我内心的那个好人卡姆还在吧，他心想。

"这不重要。"沃德说，"他们喜欢这项目，你们是他们研究的明星对象。但是如果我搞不定现在这个状况，他们就会重新开展遏制性试验，下一批人就没有海滩房住，也没有办法实现他们的遗愿。"

"他们是谁？"卡姆突然问。

"有股东，有经理，有外国投资人，总之，一个小型委员会通过多层匿名机制监控着这个项目。我不知道他们是谁，他们相互也不认识。"

"名字并不重要。"卡姆自言自语道，"你根本不在乎我们。只有 TS 项目才要紧。"

"我压根不在乎 TS 项目，你们难道不明白吗？我是唯一在意你们的人！"沃德的嘴唇颤抖着，他的表情介于愤怒与被误解而受伤之间。

他是个不切实际的理想主义者，卡姆觉得。他这么想是因为沃德一说话就像是在发誓。

卡姆换了个话题："你觉得这处据点对他们来说有多重要？"

"我不知道。光是研究设施就价值数百万美元。"

"如果我们把这儿烧了，就一钱不值了。"卡姆说着，转向队友们，说，"好了，伙计们，这是我们的第三个任务，也是我们毕业前要做的最后一件好事，让我们做完我们已经开始做的事。"

唐尼没有动："我还有一件更加重要的事情要做。"

"什么事？"卡姆问。

"我要和那个在直升机里的家伙好好谈谈。"

"为什么？"

"因为他开枪打死了欧文。"

西耶娜点点头："飞行员不会一直等着沃德，我们不能让他飞走再重新组编。"

卡姆想了一会儿。"沃德，我们需要你的衣服和裤子。"

他们扒光了沃德，将他绑在台球桌上。唐尼套上沃德的衣服时是抬着头的。卡姆从他脸上看到了痛苦，他正在与身体的疼痛奋战。卡姆意识到，唐尼又头痛了，是很严重的头痛。

但唐尼不愿显露自己的弱点。他咬牙忍着。"我希望你能原谅我，有时候我有点儿太冲了。"他一边说一边努力整理措辞，"这只是……我能够表现完美的方式。"他伸出强壮的手，卡姆紧紧地握住。

"我很高兴能和你在同一个队里。"卡姆说。

这就足够了。

"沃利，你和我们一起来吗？"

沃利大笑起来："傻瓜，我热爱飞行。"

　　唐尼陪着卡姆朝停机坪走去，卡姆装着无精打采的样子。直升机仍是背朝他们，以防受到枪击。唐尼让卡姆和沃利在前头走，模仿押送犯人的样子，将自己的脸藏在沃利的红发后面。唐尼的身材配上沃德的衣服，让他看起来像他们的教练。走到半道，他甚至做了一个沃德特有的手势。直升机的旋翼依旧旋转着，这大铁鸟随时准备飞走。但是，在飞行员意识到不是沃德并加大引擎之前，三人已经前进到距直升机不足45米处。

　　他们突然发力跑过崎岖不平的地面。唐尼和沃利快得惊人，但奔跑也是卡姆同样擅长的事。他虽未经过强化，却和他们一同越过草地，越过受伤或将死的雇佣兵。也许有朝一日，每个人都会被强化，卡姆心想，那时，他就不会比别人快了。然而，他也很想知道，假如对手也被强化了，那么运动员或者战士接受强化的意义又何在。

　　飞行员并没有接受过强化，他没有尽早认出唐尼，也没能尽快做出反应。沃利和唐尼在他反应过来之前就跳上了起落架，卡姆觉得自己听见了沃利的咆哮，或者那只是引擎的轰鸣。卡姆也跳了起来，但他没够着。

　　"不！"他的叫声消逝在旋翼的轰鸣声中。

　　他很快站起身来。太迟了，直升机已飞了起来，他已经够不到了。直升机两侧各挂着一个男生，在他们体重的作用下摇晃着，但飞行员已能逐渐稳住机身。

　　卡姆站着，扯出一根长长的链条，两端系着沉沉的挂锁。这是一条原始的索套，和扎拉第一天放倒他时用的一模一样。

他快速甩动三圈，便松开手，尽可能地抛向高处。索套击中了机舱上方的旋翼，缠绕着，一圈圈绕了上去，挂锁随着旋翼的转动，以机关枪的速度砸着机舱。

直升机继续往上，在空中攀升。唐尼站在左侧的起落架上，踢开了窗子。沃利把舱门从铰链上给扯了下来。卡姆的锁链彻底击毁了直升机的旋翼。他们还在上升，接着，卡姆只能看见直升机的消逝曲线：它斜着在空中划过一条舒缓的弧线，落入丛林的树冠中。撞击声离得很远，隐隐约约，就如同AR-15 的子弹射中森林土壤一般。可能起了火球，他没看见，也不想看到。

卡姆紧闭双眼。片刻之后，他感到一只手搭在自己背上，是西耶娜。

"我能抱你一下吗？"她在他耳畔轻语。

"当然。"

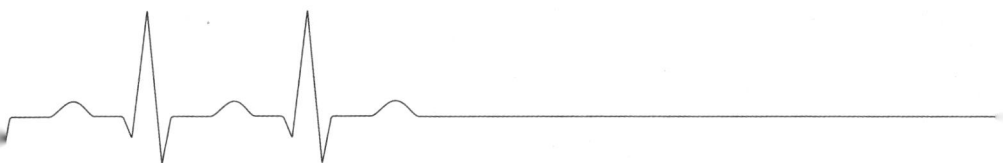

卡姆的歌单

42.《我们一起孤单》🔊
演唱：平面地球社

_____

_____

当我想起你，便不再是独自一人。

　　卡姆和西耶娜顺着陡峭的山崖，来到离 TS-9 营地东南方向数千米外的一块海边空地。树木已被清理干净，形成了一块离海边 45 米的圆形空地，供直升机着落用。一座小屋就隐藏在一旁的树林之中。苏迪亚克小艇被拖上海岸，藏于灌木丛内。这就是我们通向文明世界的船票。周边没有海滩，林木直接倾入大海中，大海气势汹涌，绿色的树林面对蓝色的海洋，且战且退。

　　两小时之前，辛格医生的助理技师已经告诉了他们降落点的位置。那位助手虽然不是有问必答，只是辛格的死说服了他。卡姆甚至没有询问或者浪费口舌，他只是走出房间，让这名不苟言笑的医生与唐尼独处了片刻。等他再回来的时候，辛格医生已经归天，他的助手才开始更乐于配合他们。

那名助手不只给他们指明了方向。黑掉电脑密码也许只是电影里人们才会做的事，但是让人交代出密码则是现实中完全可能的。都没等西耶娜威胁他，惊慌失措的男人就已经把它拱手奉上了。

借助一台带扫描仪的打印机，阿里的日记被迅速转化为一个电脑文档。卡姆避开了含有朱尔斯个人信息的几页。这里完全无法联上互联网，但是却有类似于电子邮件的网络服务，而且卡姆知道他的朋友梅森的电子邮箱地址。

他们发出的邮件信息包括阿里的日记、医生的手记、足以治罪的协议条款，他们还指导梅森匿名向美国农业部、他和西耶娜能够想到的所有其他药物管理机构以及媒体披露信息。卡姆没法知道这些机构是否会严肃对待，但是西耶娜却让他相信这值得一试。多家监管机构也将会收到副本，苏里南与巴西政府也将获悉，它们能够在组织赶来清理据点之前，在几小时内就发现该设施。随同电子邮件发送的还有他们在储藏间里找到的相机拍下的照片。卡姆附上了一张自己的照片，好让梅森知道这些都是真的。他简单地落了下款——"死亡之翼"。

那个助手有问必答。等官方人员到来，他会把一切和盘托出，于是他们留下了这个活口。辛格和另一个要害西耶娜的医生却更难办，卡姆对此很是纠结。不过，唐尼将他从这个两难的道德困境中解脱了出来。唐尼下手之后,对卡姆说:"伙计,我知道你做不到,而且我知道你不会赞同,但是你可以这么想,他们正在害人,害很多人。他俩死了,我们也算是救了很多条人命。"

沃德……卡姆依旧不能确定他是好人还是坏人,或者亦正亦邪。他们暂时认定他无罪,就把他留下来交给政府当局来处理。他要做好多解释工作了,卡姆心想。沃德和那个助手坐在一排排打开的抽屉式柜子前,那里面是年轻人的遗体,这一幕可能需要他使出所有的沟通技巧来解释。

他们将沃德锁在卡姆的屉柜里,将助理锁在西耶娜的屉柜里。卡姆担心两人会患上幽闭恐惧症,不过也就那么一小会儿。

他们将苏迪亚克小艇准备好,打算沿着海岸线航行,寻找最近的村庄或市镇,卡姆清点了一下背包中的物品。他的耳机和播放器还在,西耶娜的钻石也还在。重返文明世界后,这些珠宝会让他们过上好日子。在这一点上,西耶娜一直是对的。

他抬起头,发现她正瞧着他。他按下播放键,《我们一起孤单》的乐声从他耳机里隐约传出。

"你还头疼吗?"他问她。

"没那么厉害了。"

"既然你不头疼了,也许你能活下来。"

"但愿如此。"她停顿了一下,心事重重,"不过,我会怀念它的。我是指强化后的能力。"

"你不需要它，我喜欢正常的你。"

她莞尔一笑。

卡姆却皱起眉头。"我一直都是个普通人，我从来都没有特殊过。"

"说对了。"西耶娜边说边点点头，"你就是个随和、普通的家伙，在亚马孙丛林里一路跋涉，没有经过强化，就把我从一个谋害人命的国际组织的手里救了出来。"

卡姆笑了起来。

"你还吻了一个死掉的女孩子。"西耶娜补充道。

"你现在提这个究竟是为什么？"

"因为我还活着……"

卡姆微笑着。他将一边耳机塞入她的耳朵，另一边塞入自己的耳朵，随后他们吻了对方，很久。

尾　声

西华盛顿大学的校园看起来和卡姆离开时并无二致，下雨之后青翠欲滴，学生们行色匆匆，赶去上微积分课，或者去体育馆、学生会大楼。卡姆穿着连帽夹克衫，自帽兜底下打量着外面的世界。整整一个月不曾修剪的胡须遮住了他下巴的轮廓，即便是熟悉的同学，也和他擦身而过，没看他一眼。他们欢笑着，畅谈着各自的将来，似乎他从未存在过。没有我，世界依旧正常运转。

梅森的寝室在校园的最南头。

卡姆心中曾预想过、期盼过，新闻里会对组织进行许多报道，是大新闻。他发给梅森的邮件中包含 TS 药物实验的众多细节，能直接导致一家庞大的医药公司轰然倒闭。然而，什么也没有。很显然，他的这个朋友认为这是一场恶作剧，并没有把邮件转发出去。

不过他会纠正这个错误，卡姆咧嘴笑起来。他的出现就是想给梅森一个大惊喜。他曾反复考虑要不要先去看看家人，但是他们可能会过于惊诧，而自己也没有准备好再经历情绪的大起大落，所以，先见见发小，测试一下吧。

宁静的宿舍的好处就在于它很安静。卡姆走入布坎纳塔大厅时，只看见一个戴着太阳镜的男生和一个头埋在书里的女生。双方一照面，两人和他一样都迅速看向别处。正儿八经的腼腆书呆子，卡姆心想。

他坐电梯到五楼，敲了敲梅森的房门，没有回应。他毫不迟疑，沃德教他的破门技术让他不到一分钟就进去了。

房间是典型的梅森风格——一尘不染、井井有条，东西摆放得几乎完全对称，只有一处例外：策略棋摊在外面，上头只放了四个子儿。卡姆仔细观察：蓝特工和蓝童子军都在中心腹地的湖里，两枚红色炸弹棋子则在远处的边角上。当卡姆想要去移动特工棋时，才发现它是被粘在棋盘上的。每个棋子都是这样。这很奇怪，不过，卡姆这个喜欢下棋的发小就是个怪人。

看来卡姆扑了个空——梅森出门了。卡姆溜出房间，关上门。他一转身，就看见一个女生正站在走廊对面自己的房门口瞧着他。

"你看见梅森没有？"他立马问道。

"没有。"

"好吧。"卡姆准备离开。

"好像一个星期没看见了。"她补充道。

卡姆停下步子："什么？"

"是，他像失踪了。说不定是回家了或者去做别的什么事情了。"

"在学期中间？"

她耸耸肩，关上了房门。卡姆快速转身，突然间警觉起来。他盯着电梯，然后退回到梅森的房中。梅森皱皱的衬衫挂在衣柜里一根近 1 米长的木销子上。他甩下衣服，拆掉木销，向楼梯跑去。

卡姆迅速地往楼下跑，每下一层都检查栏杆外的楼梯。等到达二楼，他爬窗出去，跳到了一楼。

刚才那副可笑的太阳镜暴露了那个人的身份。在多雨的贝灵汉秋季学期，没有学生会戴着太阳镜。卡姆绕着大楼外围，回到正门入口，偷偷往里瞧。太阳镜男生已经走了，也许是乘电梯上去了。之前躲在书后的女生还在那儿，但她在全神贯注地监视着楼梯间，没注意前门。卡姆轻轻打开门，从她身后来了个偷袭。

木销子砸中她脑袋一侧，发出响亮的咔咔声，她重重地倒下去。卡姆可不会犯他第一天到海滩时唐尼犯过的错。他立刻制住了她，木销子卡住她的喉咙，让她发不出声来。

"你知道我是谁？"

"是。"她用嘶嘶的声音回答。

"那么,你知道我有多危险喽?"他用木销子死死地顶住她的喉咙,直到她两眼凸起才松了松。她没必要回答,他看得出来,她已经明白了。"当你只剩下有限的时间时,每分钟都非常宝贵,这真有趣。现在我给你开口的机会,但是如果你尖叫或撒谎,你就完了。只有你一个人在这儿吗?"他以此套她的话。

"我们有……"她喘着粗气,"两个人。"

卡姆点点头。她通过了第一项测试,她没有撒谎。"我朋友在哪儿?"

"我们不知道。"

卡姆按下木销子。

"我们不知道!"她喘着粗气,卡姆也无法确定她的口音是哪里的。

"你从哪儿来?"

"悉尼。"

卡姆退开一步,有些吃惊,放松了压在她喉咙上的木销子:"澳大利亚?"

"你以为你待的据点是唯一的?"

卡姆感到一阵眩晕。她是个新人,他已经意识到这一点了。她是被派来找寻背叛者的,就像他的团队被派去追杀西耶娜,这一点他也明白。只不过,她是被一个完全不同的行动组派来的。

卡姆根本不怪她。很明显,她是新来的,还没有好好接受训练就被扔到了外国执行第一项任务。我就是她的第一项任务。此外还有 8 个新人，他们中的有些人可能在找梅森。卡姆意识到，还有，找西耶娜，其他人可能会去找朱尔斯的姐姐。

他听见门外有交谈声，有人要进来了，是学生。卡姆将女孩塞入边上的清扫橱内，然后弄坏橱门把手。

愿上帝保佑梅森，卡梅伦心想。他聪明的朋友嗅到了危险，早逃之夭夭，但是他为卡姆留下来一条他们童年时用过的线索——策略棋。他将棋子放在错误的地方，这是只有卡姆才能明白的事。很显然，蓝特工代表卡姆，蓝童子军代表梅森，上中学时，梅森参加过童子军。此外，童子军是策略棋中力量薄弱的棋子，它能够逃跑。两个红炸弹棋子是等在大厅的两个新人、另一方的玩家，敌人。

他走出布坎纳塔宿舍，恰逢三个学生走进来。橱柜里的女孩听见有人来了，她尖叫起来："我被人袭击了！"

卡姆逃走了。

卡姆慌忙地穿过西华盛顿大学的足球场时，渐渐明白了整个阴谋有多么庞大。公司在这儿，在南美洲，也在澳大利亚。它无处不在。

把梅森卷了进来，卡姆觉得自己又愚蠢又惶恐。如果策略棋棋盘的信息无误，梅森恐怕正蜷缩在湖畔童子军营地的空屋里。现在那里是淡季，营地不对外开放。卡姆会在那儿找到梅森，然后再去追赶西耶娜。

他心想，我们会逃走的。

卡姆跑得飞快。此时，他觉得，今后的人生也许会一直这样跑下去。